徐霞客

山河异志

茶弦 著

人民文学出版社

图书在版编目（CIP）数据

徐霞客山河异志 / 茶弦著 . -- 北京 : 人民文学出版社，2020

ISBN 978-7-02-014900-1

Ⅰ . ①徐… Ⅱ . ①茶… Ⅲ . ①长篇小说–中国–当代 Ⅳ . ① I247.5

中国版本图书馆 CIP 数据核字 (2019) 第 014185 号

责任编辑　**朱卫净　张玉贞**

出版发行　**人民文学出版社**
社　　址　**北京市朝内大街 166 号**
邮政编码　**100705**
网　　址　http://www.rw-cn.com

印　　刷　**杭州钱江彩色印务有限公司**
经　　销　**全国新华书店等**

开　　本　890 毫米 ×1240 毫米　1/32
印　　张　10.5
字　　数　238 千字
版　　次　2020 年 1 月北京第 1 版
印　　次　2020 年 1 月第 1 次印刷

书　　号　978-7-02-014900-1
定　　价　49.00 元

人物表

- **徐振之** 号霞客，自幼喜好搜罗奇书，偏爱各类地理方志、山海图经。并练就了一身攀岩登高、观测山脉水势的本事。

- **徐有勉** 徐霞客之父，个性耿直，颇有侠义风范。万历三十二年匆匆离家，却离奇身亡。

- **许蝉** 徐霞客之妻，出身书香世家，偏偏痴迷于花拳绣腿的刀剑功夫，不甚爱读书。

- **汤显祖** 爱说故事的戏剧作家，正在创作《牡丹亭》，但苦于故事还没写完，就被听书的客人纠缠不放。

- **万历帝** 前十年在张居正的辅佐下兢兢业业，亲政后竟二十八年懒于上朝的古怪皇帝。

- **朱常洛** 万历的庶出长子，太子，因自小得不到父爱、饱受冷眼而备发勤政。

● **朱常洵** 万历的三子，福王，年纪不大但一身脾气。其母郑贵妃是万历最宠爱的妃子。

● **红珠僧** 为德川家康效力的日本僧人。依靠郑妃、朱常洵的助力在大明扩张势力。

● **马千乘** 石砫土司，白杆兵首领。闷头闷脑，话语极少，闲来无事便埋头打制各种结实的铁器。

● **秦良玉** 大明女将军，与马千乘伉俪情深。为人豪爽、健谈，身手极好。

● **客印月** 效忠于朱常洛的美人，一直期望朱常洛能纳自己为妃。擅长易容术，模仿他人时常惟妙惟肖。

● **常 鲤** 朱常洛三大侍卫之首，练就了一身硬功夫。猜疑心较重，极少露出笑颜。

● **陈 矩** 又称“陈佛爷”，司礼监掌印太监、提督东厂。极为廉洁勤政。史载于万历三十五年，在内直房中端坐去世。

目录

自序

创作这部作品的契机，在于一次相谈甚欢的约稿。可等到头脑冷静下来，我心里叫苦不迭。这只怕是我见过最简洁的选题了，没有类型，没有梗概，没有构想，没有时间节点……有的只是“徐霞客”三个字，以及几个关于他的趣闻轶事。最初，我着实有些犯难，但既然已经应下，只好硬着头皮上了。

与以往的习惯相同，动笔之前，我先是翻阅了徐霞客的事迹生平，而后又通读了他所处朝代的大致史料。历史上的徐霞客，生于明朝万历年间，又经泰昌、天启两朝，卒于崇祯十四年，在那个各种条件都相对艰苦的年代，他仅凭着一双脚、一腔热忱，踏遍山河大地，历人之所未历之险，见人之所未见之观，堪称“千古奇人”。常年积雪的山巅绝壁，曲折逶迤的地下暗河，深邃幽奥的落水洞穴，寸草难生的蛮荒大漠……哪怕再凶险之处，徐霞客也会排除万难，奋勇前行。不止如此，他在地质、水文等方面都有独到的见解与造诣，被后世誉为古代探险科考事业的先驱。

随着资料的积累，徐霞客所处的时代，在我脑海里也逐步展开了画卷。通过一些文献资料，不难发现徐霞客结交甚广，迎娶柳如是的名流钱谦益，为其亲作《徐霞客传》；东林元老高攀龙等人，与其时有书信往来；以书画驰名天下的董其昌，也曾替其母王孺人撰写过墓志铭……而彼时的大明朝则局势变幻、波谲云诡，忠良、奸佞、枭雄轮番登场。如此大的体量，如此好的素材，为何不用？最后，我决定重新对徐霞客进行文学塑造，以此来深挖他旅行的动机，揭示他内心的所思所想，慢慢确定他旅行鼻祖的地位。

这个系列中有悬疑的成分，有武侠的元素，但总的来说还是历史小说。创作历史题材，小事可以不拘，但大事定要不虚。我用了差不多两三个月时间，推掉无关杂事，在故纸堆里查找、搜罗，列出了一张人物表，那张表上密密麻麻，几乎囊括了所有同期的风云人物。根据那些人物的生卒、身份、籍贯等，我又一一做了筛选，最终挑出一部分，充当小说里的主、配角色。像万历皇帝、太子、福王、魏忠贤、客印月、汤显祖、秦良玉、袁崇焕、李自成、吴三桂、努尔哈赤，等等，我要将他们先后请出来，帮我唱好这部大戏。

提起历史上出名的大太监，大家首先会想到魏忠贤、刘瑾、李莲英之流，然而在当时的万历朝，还有个叫陈矩的宦官。他曾官至司礼监掌印太监、提督东厂，却从不以权谋私，是个不折不扣的正直君子。陈矩忠心为国，廉洁自律，朝野之中对其评价极高，不少人念其高德，送了他一个“佛爷”的美誉。在翻阅有关陈矩的史料时，我发现了这么一则故事：有一年上元节，陈矩购得一卷宋画《鬼母揭钵图》，托东宫的伴读太监王安，送到了太子朱常洛手中。

就是这么寥寥几句，却一下子激发了我的灵感。于是，我便以万历年间的“妖书案”和“国本之争”为引，以陈矩和朱常洛为媒，将宫廷中的变幻，与远在乡野的徐霞客相关联。

为了让剧情变得精彩，我又对着《鬼母揭钵图》的摹本细瞧了几天，再利用《千字文》和九宫易数编了个密码，徐徐展开了故事。

在计划里，这个故事的主线将严格按照历史走向，一应事件尽量精确到年份，甚至月份。不仅要对妖书案、梃击案、红丸案、移宫案这明末四大谜案进行重新构架，还要涵盖魏忠贤如何步步发迹，明军与女真在萨尔浒的那场决战，石砫白杆兵和最后的戚家军怎生在浑河血战中抗敌，天启年间那场诡异的王恭厂大爆炸，等等。

创作初期，对徐霞客这个主角，我是敬畏交加，始终没敢放开写。乃至于卷一定稿之后，这个角色的塑造仍不尽如人意。为了写好这个人设，我只得慢慢将自己代入角色。

我是个地道的山东人，如今已过而立之年，在家乡潍坊生活了近二十年，之后长居浙江杭州十多年。我见识过东岳的雄伟，也欣赏过西湖的秀丽；领略过北方的风雪，也沐浴过南国的烟雨。因我的本业原是画画，自大学时代，便经常去各地采风写生，除了那些山川锦绣外，打动我的还有各处的风土人情。一般情况下，我不会像旅游那样走马观花，而是花费几周乃至数月，在当地暂住。有时候，因不通方言，与当地人交流起来十分不便。我也不气馁，一面打着手势，一面模仿当地口音，实在无法，便以文字书写，往往没用几天，竟能与不少居民打成一片。每次去山中写生，身后总会有村中成群的猫狗为伴。有时从山上下来，村头总有人热情地招呼我去他们家中吃饭。时隔多年，当我重返当年去过的村庄时，仍有一些白发苍苍的老人，用那很不标准的普通话，清楚地叫出我的名字。如此种种，实在令我感动。我想，旅行的真谛，只怕也无外乎一个“情”字。

徐霞客的游记，与他所描绘的大自然一样质朴而绮丽，每字每段，都是至情流露，是世间少有的真文字、奇文字、大文字。我一边用情代入，一边在历史的夹缝中探寻着只言片语，渐渐地，写作也开始通畅起来。

时至今日，我已完成了这个系列的卷一定稿和卷二初稿，回想起来，感喟良多。从 2015 年接触选题，到现在此书付梓，我先后为人夫，为人父，于我而言，这个系列有着重要的意义。我在大学里教过书，在工作室里做过雕刻，在生意场上创过业，在影视圈里写过剧本，一路走到现在，我依然感觉，写作是我心头所爱，让我能够畅游在文字的海洋中，不断地学习，不断地丰富着知识储备。

在这里，感谢我的责编和出版方的付出，是他们为我提出了精准的修改意见，使我在创作上得以升华；也感谢我的家人和助理，是他们包揽了一切生活上的大小杂务，创造了一个安静的环境，让我专心写书。当然，更要感谢读到这里的读者朋友们，是你们的支持和包容，令我有了继续写下去的动力，我将尽我所能，认真创作，不负大伙的厚望。

最后，谨以写作时突发感悟，拼凑出的一阙《少年游》作结：

苍梧宿罢览碧涛，烟霞腾九霄。遐征万里，路遥水迢，走马趁今朝。

山河易碎韶光老，还酹把月邀。浮生若梦，情仇两抛，袖手江湖渺。

茶弦 2019 年 1 月 23 日于钱塘江畔

第一章 玄兵现

明万历三十二年甲辰 南京

秦淮莺语寂，谯楼鼓更深。夜雾弥漫开来，冉冉涌罩四野，紫金山上的虬松劲柏，都化作了黑压压的一团混沌。混沌之中，坐落着恢宏肃穆的孝陵，大明朝开国皇帝朱洪武，即埋骨于此地。

穿过蜿蜒的神道，便是孝陵正南方的首道门户大金门，与存放神功圣德碑的四方碑亭遥相呼应。此时的大金门下，燃着一小堆篝火，一名孝陵卫千户正在火旁，拨弄着一把铜胎铁背弓。

想拉动这等强弓，至少要有六石的劲力，而这千户随手一拽，便将弓弦拉成满月，足见膂力非凡。除此之外，他耳力更是超群，无须目视，循声放箭，百步内无有不中，故而被誉为“神聆弓”。

不多时，一列巡夜的兵士由远及近。还没等他们上前参见，那千户的耳朵突然一动，迅速抽箭张弓，竟将镝尖指向了众人。

众卫士面面相觑，齐齐停下脚步。与此同时，千户手中的利箭也“嗖”的一声离弦，从队伍的空隙间疾穿而过。

怔了半晌，带队的总旗官当先回过神来：“大人这是……”

千户敛弓一笑，道：“不必惊慌，我射来一只野味，与你们打打牙祭。”

“野味？什么野味？”众卫士不约而同地回头望去，然而目之所及，却是一片漆黑，根本瞧不出什么。

千户指了指不远处：“去那片蒿草里找找便知。”

总旗顾不上多言，要过一支火把径自奔去。寻了没一会儿，草丛中就露出一块巨石。借着火光一瞧，总旗瞠目结舌，方才千户射出的那支劲羽竟插在石间，上面还钉了只肥大的野兔。

利箭没入石中数寸，那总旗连拔几下都纹丝未动。他没奈何，只好拗断了箭杆，这才将野兔囫囵取下。

待总旗拎兔折回后，便急不可耐地道出所见。众卫士惊叹不已，朝着千户满口夸赞：

“大人箭术无双，实在令弟兄们开眼！”

“不愧是神聆弓，当真绝了！”

千户正欲客让两句，眉额忽然紧蹙，耳朵连动数下，冲着远方极力辨音。

众卫士只当又有野兔送上门来，纷纷喜道：“大人快多射些来，单这一只还不够塞牙缝……”

“别出声！”千户伏在地上听了听，脸上骤然变色，“不好，有外人闯陵！”

“什么？”众卫士顿时警觉，“人在哪儿？”

“碑亭！”

话音未落，千户已抬脚奔出。能选入孝陵卫的，皆是一等一的好手，故而虽事起突然，众卫士却无一人慌乱，各自操起兵刃，紧随千户身后。

转眼工夫，一行人便抵达四方碑亭。那千户仰手一指，号令道：“火把高照，贼人就在神功圣德碑上藏身！”

众卫士依言举起火把，见那数丈高的巨碑顶上，果然立着一人。

那人身罩黑篷，携根无枝短尺，朝下方环视一遭，又把视线转到了千户身上：“久闻孝陵卫‘神聆弓’耳力卓绝，果真名不虚传。”

千户厉声喝道：“既然知道我的名号，还不乖乖束手？”

那人冷笑一声：“仅凭一张硬弓、一双好耳，就想让老夫束手就擒？千户大人，你未免自负了些！”

千户暗忖：孝陵守卫重重，此人却能避开遍山耳目，悄无声息地潜入，怕是真有些过人的本事。想到这儿，千户不敢小觑，张弓射出一箭，打算先试试他的深浅：“少装神弄鬼，给我下来！”

岂料那人避也不避，抬手一抄，就将那疾射而来的箭支攥在了掌中。

众卫士见状，当场哗然。千户今夜一箭能插岩穿石，他们都有目共睹。而那人随意一抄，便将刚猛无匹的飞箭轻松截下，其武功之强，端的是深不可测。

千户心头一紧，知道遇上了劲敌，赶紧拉满强弓，猛然又放一箭。

这一箭更加凌厉，裹挟着破空之音，向那人呼啸而去。而那人手腕一翻，也将掌中利箭“唰”地甩出。

一支来，一支去。两道疾驰的银光，在半空中化为一线。锋镝相对，火星四溅，紧接着“噼啪”两声，双箭同时撞折，坠落在千户脚边。

望着脚下断箭，千户面如死灰。那人随手一掷，就能挡下自己全力施发的长箭，无论是力道还是准头，都远在自己之上。

又怔了一会儿，千户突然摸出支响箭，疾疾射向了夜空。响箭发着凄厉的嘶鸣，使得陵内的明岗暗哨齐番惊动。驻扎在附近的孝陵卫倾巢而出，如潮水一般，从四面八方涌来。

须臾工夫，碑亭外已聚满了披坚执锐的孝陵卫，放眼望去，到处是乌压压的人头和明晃晃的火把。

见强援赶到，那千户大觉心安，又朝碑顶喊道："此处已围得密不透风，你能耐再大，也难敌这千军万马！"

那人环顾四周，朗声道："老夫若拼尽全力，也能杀出条血路来脱身。然而念你等忠勇护陵，不忍伤你们性命，与其两败俱伤，倒不如就此罢手……"

千户怒道："死到临头还敢胡吹大气，弓弩手何在？"

数十名弓弩手快步上前："请大人吩咐！"

"擅闯皇陵乃是死罪，不必再留活口，给我弓弩齐放，将这逆贼射成筛子！"

"得令！"

弓弩手一字排开，把强弓劲弩尽数瞄向了那人。

眼见干戈要起，那人再无迟疑，一把将身上的罩篷扯去："且慢！你们可知老夫是何人？"

听得此言，千户便知有异，忙喝住弓弩手，再朝那人瞧去。此时黑篷已除，那人的面目露了出来，只见他年近花甲，颔下一绺长髯，双目矍铄，炯炯有神。所着袍冠上镶金嵌玉，隐约是朝廷赐服模样。

"远了瞧不真切，老夫这便下碑，好让你们看个仔细！"说话间，老者纵身跃下，稳稳落于驮碑的赑屃头顶，昂首挺胸，不怒自威。

瞧这老者气度不凡，千户也不敢再轻举妄动，一边留神警戒，一边向他的服冠上打量。

那老者所戴缁冠，前低后高，前缀九道金缕，后竖山形耳翼；所着玄服，束腰宽摆，满裥曳撒，胸补处绣着一只似龙类蛟的异兽，鼻生独角，探爪如钩。

见千户面露疑虞，老者轻叹道：“是了，这身服冠，现如今已经鲜有人知，也不怪你们不识。这玄服、缁冠皆为太祖钦定，老夫亦效忠于大明，所以才不愿跟你们刀兵相向！”

众卫士闻言，不禁暗议纷纷。按本朝的舆服规制，圣恩特赏的赐服补绣，无外乎斗牛、飞鱼、盘蟒、麒麟、猛虎和金彪，老者补绣上那只独角怪龙，显然不属于任何官阶；其缁冠也迥乎寻常，须知那缕脊曰“梁”，居朝中一品者，冠额方可以七梁作饰，而老者所佩九缕，却足足超出两道金梁。

正当这千户犹豫之时，那总旗上前献计：“张公公见多识广，大人何不让他老人家来辨上一辨？”

“极是！”千户唤过几名军健，“速去神宫监，请掌印张公公前来！”

几名军健应声，急急转头去了。剩下的兵士们仍旧围定了碑亭，对那老者死守戒备，不敢有丝毫大意。

这神宫监隶属大内十二监之一，专司太、高各庙的祭洒祀典，主官则称掌印，所任者或稳成持重，或通晓旧故，皆为宦官中名高望重之辈。

约莫一炷香光景，围圈外人头攒动，紧接着一线通道让出，一名老监在军健的搀扶下，颤巍巍地向碑亭走来。

不必说，此人便是那张公公，他两鬓霜白，面上皱纹堆叠，年岁显然是不小。

千户快步迎上，歉然道：“因有要事，这才斗胆劳烦公公，还望公公恕罪……”

“无妨。”老监摆手打断，“人在哪儿？”

千户一指碑下：“公公请看。”

老监眼神有些不济，又朝那老者走了几步，身子不由得一颤：“坤……坤极冠、灵犀服？”

老者将头一点：“总算还有人认得。”

“我得好生瞧瞧……”老监心下激动，哆嗦着便要上前。

千户恐生差池，忙向手下使个眼色。众弓弩手会意，皆列张锋镝，严密监视起老者的一举一动。

老监绕着老者端详了好一阵，这才笃定地点了点头：“这确是坤极冠和灵犀服的样式。只不过……”

老者蹙额道：“不过什么？”

老监道：“不过这服冠可依照样式仿制，无法断其真伪。你若想证明自己的身份，还须其他佐证。”

“果然谨慎，那这把兵刃，就请上眼一观吧。”老者抬起了手中短尺，缓缓递来，“此物颇沉，公公接稳了。”

老监伸出双手，将短尺接过。恰如老者所言，这尺虽短，入手却极为沉重，它通体镌满了云雷异纹，非金非铜、乌黑刚硬，瞧不出是什么材质。

踌躇半晌，老监又问道：“此物的确不凡，不知是何金所铸？”

老者答道：“传闻中的‘九天玄铁’便是。”

“九天玄铁？”老监一愣，继而自言自语道，“宫中故老相传：洪武六年，天降炽焰陨铁，连焚数座村落。太祖感其异象，命人搜罗余铁冶锻成兵，用以化劫镇厄……”

老者道：“不错。公公所言，正是这把玄铁尺的来历。”

老监又道：“然而我听说，用那玄铁铸成的几把兵刃，太祖已分别赐予数名重臣，敢问尊驾这把玄铁尺，又是从何处所承？”

老者举手遥指：“先人功勋卓著，亦葬于这钟山之阴，享配太庙香火，位列大明开国第一功臣！”

“啊呀！”老监恍然道，“原来是中山王徐达之后！”

“不敢。”老者道，“我氏族人，是为中山王旁支。当年那玄铁分铸成兵，我手上的这一把，唤作‘镇厄’。公公，请向尺端两侧观瞧。”

老监闻言看去，果然见那铁尺上端刻着“镇厄”两个古篆；下首三爻六断，似是个坤卦图案。

老者接言道：“坤为地，地以承天。当初太祖将这‘镇厄’赐予中山王，便暗含着匡扶社稷之深意。后来中山王病重，恐辜负了圣眷，遂将这‘镇厄’封还。然而太祖感念其功，仍把该尺还赐徐门。再后来辗转数代，此物便传至我的手中。玄铁所铸之兵，世间稀有，公公久掌太庙，想必能断其真伪。”

老监沉吟良久，捧尺奉还：“此乃御器无疑。唉，时至今日，我方知那些传言竟然都是真的。”

老者接回铁尺，跃下龟趺：“有些旧事涉连太广，还是莫去深究，仍当作传言为妙。公公，在下身份已明，可以离开了吧？”

“那是自然！”老监回过神来，将身子一让，“尊驾请便！”

“慢着！”千户急忙阻止，“公公，就算此人来历非常，也需要搜身明验，万一陵中少了些什么，我等可吃罪不起啊！”

老监声色俱厉：“你们若不想担干系，就当今夜什么都没发生过。还愣着做甚？速速散开！”

众卫士虽满腹狐疑，可见老监动了真怒，只得各自退撤。

“谢了！”

那老者说完，将玄铁尺用力疾抖，前端“唰”地弹出一截长尖，使得短尺陡然变长。对于周围讶异的目光，老者视而不见，只是以尺作拐，一跛一颠地渐隐在暗处。

望着老者远去的背影，那千户不禁愣道：“只见他腾纵如飞，想不到竟是个瘸子……”

“不可无礼！”老监训斥一句，又喃喃自语道，“国立之初，太祖收罗各类异士，御赐服冠玄兵，使其代代相传，暗佑大明江山……关于他们的传闻，我刚入神宫监时倒听老辈人提起过，当时也没怎么信，谁知却在今夜遇上了。”

千户又道：“公公，那人也没留个名号，他夜闯孝陵，究竟所为何事？”

“我也不知啊。”老监长息一声，“像那种异士，行事必然关乎社稷，他们的所作所为皆是机密，绝非你我能打探的。好了，时辰不早，我得回去了。”

“我送公公。”千户搀起了老监，慢慢朝山下走去。

夜幕笼垂，浓雾稍退，幽云中探出一弯瘦月，如一盏孤灯，洒下了惨淡的清辉。

来至陵外的下马坊，卫士已备好了抬轿。老监爬上去坐稳后，犹不放心，又向千户嘱咐道：“还是方才那句话，千户大人回去，要对手下严加约束，今夜之事就当没发生过，断不可向外人道也！”

“公公放心！”千户一拍腰间佩刀，“哪个敢多嘴，我割了他的舌头！”

听千户如是说，不光那老监，就连暗伏在不远处的老者也是安心落意。恐那千户再度察觉，老者极力地摄气屏息，直到他们俱已远离，这才另寻旁径，悄悄绕下了紫金山。

那老者未作停歇，继续摸黑赶路。别看他跛着一足，脚力却是不减，在荒野中疾行十多里地，来到了一处乱葬岗。

岗上怪岩嶙峋、乱木横参，薄雾经阴风一吹，时隐时幻，宛如孤魂游荡，端的是鬼气森森。不少墓坑埋得太浅，早已露出了朽烂的破棺。丛生的野草里，七零八落地散着几堆枯骨，群鼠在其间爬钻嬉闹、啃噬磨牙，发出“咯咯嚓嚓”的动静，足让人头皮扎煞、后脊发寒。

此情此景，老者倒不以为意，缘着草浅处陟踵而上，直到岗顶一株老槐下，才停住了脚步。

槐树周遭亦有几座坟茔。老者刚拭去额头细汗，身后一截残碑后，竟蓦地扑出一条黑影。

那黑影身法颇快，扬掌便印向老者后心。老者也不转身，反手一掌回击。

二掌方接，发出一声闷响。老者岿然不动，那黑影反被震得连退数步，最终撞在了槐树干上，惊得枝头栖枭扑棱棱振翅纷飞。

待那黑影喘匀了气息，苦笑着走上前来：“唉，与你相较，我这点功夫终归是不成……豫庵兄，别来无恙？”

瞧他面目清癯、苍鬓如雪，老者不禁喟叹：“你我自凤阳一别，已有二十年没见了吧？故人重逢，本应把酒言欢，你陈佛爷却偏要作怪，非选这么个鬼地方碰面。”

“事关紧要，不得不小心。”陈佛爷说着，从腰间解下一只皮袋，“豫庵兄也别埋怨了，地方虽说不济，美酒却是不缺。接着！”

老者接来，拔去木塞便仰头痛饮："好酒！果然是好酒！"

见老者饮得太急，陈佛爷赶紧道："这可是八十年的琼浆玉酿，整座紫禁城里也不过两坛，你在意点儿喝，洒了一滴都是罪过。"

那老者又饮一口，抹嘴笑道："佛爷也不问问事情办得如何，反倒心疼起酒来了？"

"还用问吗？"陈佛爷也笑道，"有你出马，事无不成，我也懒得浪费口舌。对了豫庵兄，还有个人想见你一见。"

话音刚落，灌木丛中闪出了一名妇人。那妇人约莫三十多岁，细颈削肩，看上去十分瘦弱，眉目虽说清秀，奈何却带着些许病容。

那妇人款款上前，冲着老者敛衽便拜："王氏淑蓉，见过恩公。"

"不必多礼。"老者看一眼陈佛爷，惑道，"这位大娘子是什么人？因何称我恩公？"

陈佛爷忙道："豫庵兄有所不知，她便是太子的生母，景阳宫的王恭妃。"

"竟是恭妃娘娘？"老者一怔，赶紧向妇人长揖，"我徐有勉一介布衣，断不可受此大礼！"

望着徐有勉那条跛腿，王恭妃潸然泪下："为我母子，恩公已残了一足。小女轩媖的性命，也全靠恩公搭救……恩公的大恩大德，淑蓉无以为报，唯有亲临叩谢，才能聊酬万一啊……"

说着，王恭妃伏地长跪，磕头不已。

"使不得，"徐有勉急忙去搀，"娘娘快请起身，莫要折煞在下！"

陈佛爷也从旁相劝："起来吧娘娘，这里不是客套处，咱们得拣要紧话说。"

王恭妃复拜了几拜，缓缓站起身来。徐有勉似记起了什么，从袖间摸出一轴："娘娘，《鬼母揭钵图》在此，请你过目。"

陈佛爷伸手接了过来，将轴边慢慢展开，一幅画卷逐渐显露出了全貌。

王恭妃摩挲着长卷，喃喃道："这就是那《鬼母揭钵图》啊……洛儿有了它，便不会被废掉了吧？"

徐有勉不解道："佛爷在来信中，只托我帮着盗图，却没讲明其中因果。难不成单凭这卷古画，就能巩固太子的地位？此图到底有何玄机？"

陈佛爷轻叹一声，把画轴小心卷好："这图中有何玄机，其实我们也不清楚，之所以要寻它，是受了紫柏大师的指点。"

徐有勉听这名字有些耳熟，追问道："可是那位紫柏真可？"

王恭妃点头道："原来恩公也知道他。"

徐有勉道："听说过。前些年他曾雕经济世，以化来的善财救苦济贫，在民间的声望极高。"

王恭妃面露戚色："唉……只可惜这样一位悲天悯人的高僧，却落了个蒙冤身死的下场。"

徐有勉一怔："怎么，他死了？"

"是啊。"陈佛爷接言道，"去年京师的那桩'妖书案'，想必豫庵兄也听说过吧？"

对于"妖书"一案，徐有勉确有耳闻。去年冬天，京城出现了一份叫《续忧危竑议》的揭帖，一夜之间，散布得到处都是。此帖以问答的形式，论涉皇储之争，将矛头引向了皇贵妃郑氏与其子福王，暗指他们意图陷害当朝太子朱常洛，以谋夺东宫之位。

那郑贵妃宠冠六宫，得知消息后，便去找万历皇帝哭诉叫冤。万历帝一见妖书，龙颜震怒，即刻下旨，命三法司、锦衣卫会合东厂彻查，务必要找出幕后的主谋。此案一生，牵连甚众，一些别有用心之人，也借机挟嫌报复、排除异己。当是时，尚书揭发侍郎，首辅陷害次辅，闹得朝野中人人自危，无端遭罢黜、入刑狱者不计其数。

想到此处，徐有勉眉头一皱："难道那紫柏大师，是受了此案的株连？"

陈佛爷点了点头，又道："并且我怀疑'妖书案'的主使者，恰恰就是郑贵妃一伙人。他们贼喊捉贼，设下苦肉计借刀杀人，用以肃清支持太子的重臣。"

"此话怎讲？"

"在妖书案中，明明是郑氏有嫌，可礼部郭侍郎、次辅沈阁老等人却首当其冲。他们或是被捕受刑，或是宅邸遭围，兵马司也屡番介入，胁迫其招认自尽。豫庵兄你想想，郭、沈诸公皆力拥太子，若将他们除去，最为受益的不正是那郑氏与福王？"

"不错！"徐有勉恨道，"那二人的心肠当真歹毒，陈佛爷，你既然猜出了奸人，为何不直言上奏？"

"上奏？"陈佛爷强颜笑了笑，"豫庵兄啊，你当皇上不知吗？他心里头明白着呢！那会儿，我见无辜的死难者越来越多，便有心要早些结案。正愁无从下手，一个皦姓的生员便被告发。经我查实，这姓皦的虽不是主谋，但素有劣迹，时常讹人敲诈，于是我就将纂写妖书的罪名安在了他头上，总算平息了事端……风波过后，我又听说紫柏大师竟也遭人诬陷，被羁押在诏狱中饱受拷打，便匆匆赶去营救。哪知仍晚了一步，紫柏大师出狱没多久，便因伤重不治而圆寂了。临终时，他曾招我近前，悄悄留下了四句话——朱家儿郎朱家孙，有缘方登九五尊。寻分鬼母揭钵卷，再数训蒙千字文。"

"揭钵卷……千字文？"徐有勉自念几遍，"这是何意？"

陈佛爷摆了摆手："我也不知。再欲问时，紫柏大师已经溘然长逝了。再后来，我查到孝陵的享殿中暗存着一卷《鬼母揭钵图》，就致信豫庵兄，托你帮忙取来。娘娘得知我要与你会面，执意同来。我推托不过，只得派心腹带她出宫，悄悄南下至此。"

"原来是这样。"徐有勉沉吟一阵，又道，"只是娘娘此番擅离宫禁，怕是有些不妥。若被皇上察觉，没准会招来大祸。"

王恭妃凄楚的眼神里，透出一丝决然："我如今身陷幽宫，朝不保夕，这次冒险出来，一是要向恩公亲自叩谢，二是想再见小女一面……如今我已得偿所愿，就算是死，也无憾了。"

徐有勉道："这么说，娘娘也见过了云梦公主？"

"见过了。"提到爱女，王恭妃脸上泛起了柔情，"我没敢与她当面相认，只是隔着院墙，远远地瞧了一阵。当初她还是个襁褓中的婴儿，一晃十几年过去，竟出落成亭亭玉立的大姑娘了……恩公，轩媛以后，也要多承你照料了。"

徐有勉道："我将公主视若己出，定会让她无忧无虑！"

"豫庵兄言出必践，有他这番话，娘娘就只管放心吧。"陈佛爷抬头看了看天色，有些焦急，"娘娘，不能再耽搁了，得赶紧返往京城。豫庵兄，大恩不言谢，咱们就此别过！"

徐有勉道："夜长梦多，我送你们一程！"

陈佛爷摆了摆手："不必，在来的时候，我怕路上有失，便从'净武堂'中选了十几号高手护送。"

"还有护送之人？"徐有勉四下一望，"怎么不曾瞧见？"

"我这便唤他们出来。"陈佛爷言罢，从怀中掏出一只木哨，放入口中吹响。

岂料连吹了数下，周围依旧静悄悄的，那阵阵哨声尽数被吸入无边的黑暗中，有如石沉大海，没有换来一丝半点儿的回应。

“怎么回事？”陈佛爷与王恭妃面面相觑，顿时有些不知所措，“他们就在附近警戒，不该听不见啊。”

夜风飕飕渐起，残雾一扫而光，冷月当空照泻，映得乱葬岗上似雪凝霜。

徐有勉猛打个激灵，从腰间“唰”地拔出了玄铁尺。

见他这剑拔弩张的样子，陈佛爷急问道：“豫庵兄，有什么不对劲？”

徐有勉紧握铁尺，丝毫不敢大意：“佛爷，你就没闻到一股子血腥味？”

“血腥味？”陈佛爷提起鼻子一嗅，冷汗登时下来，“不好，定是出事了！”

闻知有变，王恭妃心下慌张，不由自主地倒退几步。也不知踏上了什么，只听得“呛啷”一声，王恭妃便一个趔趄跌在地上。

待看清了绊脚之物，王恭妃骇得连声惊呼，竟是一截攥着钢刀的断掌！

王恭妃身子剧颤，几欲昏厥。等陈佛爷将她扶起，徐有勉也循着溅在草中的血迹，找到了断手的主人。

那人仰面朝天，瞪着一双灰白的眼珠，右掌被齐腕砍掉，喉间一道长长的创口，皮肉外翻、血浆半凝，显然已经断气多时。

陈佛爷瞠目结舌：“这……这是我们的人啊……他可是净武堂中数一数二的好手，怎么会被这般轻易地杀死？”

徐有勉神色凝重：“保护好娘娘，咱们再往前蹚蹚！”

越朝前行，风中的血腥味便越加浓重。又穿过一片灌丛，眼前的情形，更是让三人触目惊心。

只见那空地之上，横七竖八躺满了死尸，有的颈骨折断，有的身遭数创，皆是两眼眦睁、死不瞑目。

看到随行的高手都暴尸荒野，陈佛爷心中剧震：“怎么会这样？究竟是什么人做的？”

话未说完，不远处的岩石后，传出了一声轻微的呻吟。

“还有人活着！”徐有勉身子一纵，朝那岩石奔去。

石后“窸窸窣窣”了一阵，滚出个满脸血污的汉子。瞧见徐有勉赶来，那汉子又挣扎着爬了几下：“救……救我……”

徐有勉刚想去扶，旁边陡然袭来一股杀意。说时迟那时快，徐有勉足尖疾点，连忙朝后翻腾。与此同时，斜刺里搠来一道寒光，紧贴徐有勉身侧划过，将那重伤汉子“噗”的一声钉在地上。那汉子喷出一口鲜血，即刻命赴黄泉。

恐生闪失，徐有勉几个起落，退至陈、王二人身边。三人顾不上多想，齐齐朝那石旁望去，发觉钉死那汉子的，竟是一柄底端带着刃刺的锡杖。

紧接着，杖旁一人现身，单脚踏住了尸背，抬手便将那锡杖拔出。那人甩去了杖尖血水，把那锡杖急急摇晃。

杖头银环激撞，“叮当”一通乱响。环音方毕，又有几条黑影“嗖嗖”飞至，分作前后左右，将徐有勉三人牢牢围在中央。

来人或持锡杖，或操戒刀，打扮十分诡异。他们身穿素衣，披挂袈裟，头上皆罩着一只蒙脸草笠，根本瞧不见原本的面目。

陈佛爷心中忐忑，王恭妃栗不能言。徐有勉虎目一凛，见每人颈间都挂着串乌黑的念珠，遂运起真气，厉声喝问：“哪里来的野和尚？有胆作恶，却没脸见人吗？”

此音一出，回声激荡，仿佛半空中打了个霹雳，直震得枝头碎叶簌簌颤响。

岂料，众诡僧不为所动，皆环伺于四周，如塑像石雕般一声不吭。不多会儿，又有一僧缓步踱出，此僧与其他人不同，他项佩红珠，手握异箫，应该是诡僧中的首领人物。

红珠僧步伐沉稳，似能落脚生根。待他立定后，朝着三人一伸手：“东西交出，苦头少吃！”

听他说话拿腔捏调，徐有勉冷哼道：“将舌头捋直了，老夫听不懂你在说什么！”

红珠僧抬手比画道：“要皇陵的东西，给我！”

三人相视一顾，顿知他们是在打《鬼母揭钵图》的主意。

红珠僧察言辨色，心下愈发笃定：“看来你们已拿到了，快交出来！”

见这一战在所难免，徐有勉傲然亮出招式：“能否讨到，得先问问这把玄铁尺！来吧，让老夫见识下你们的手段！”

徐有勉中气充沛，内力显然不低。没有十足的把握，红珠僧也不敢贸然行事，他将手掌连挥两下，派出身旁二僧先行试探。

那二僧各操了刀杖，疾疾杀奔上前。徐有勉知道红珠僧的用意，出手便不留情。见那锡杖当先打来，徐有勉避也未避，振臂迎上，挥尺猛格。

尺杖相激，爆出一溜子火花，持杖僧的虎口顿时被震裂，锡杖也脱手而飞。趁他这一愣神，徐有勉回尺横扫，“咔嚓”两声脆响后，持杖僧的腿骨已然折断。就在这时，另外一僧也挥着戒刀破风斫至，徐有勉忙将身形一矮，堪堪让过了刀锋。

拿刀僧一击不中，转身再砍。徐有勉眼疾手快，左掌曲指如喙，一把将他的手腕叼实，右手玄铁尺骤起骤落，兜头盖脸地向其顶门砸去。

颅遭重击，脑浆迸溅，拿刀僧身子一软，瘫地而亡。仅两三个照面，二僧便一死一残，其余诡僧或惊或怒，皆挥动着兵刃蠢蠢欲上。

徐有勉抬起一脚，将那持杖僧踢至红珠僧身前："想来送死，老夫奉陪！"

持杖僧剧痛钻心，在地上不住地翻滚凄号。红珠僧似动了真怒，抬起脚来，狠狠踏在持杖僧的颈间。

被这一踏，持杖僧立马不能出声。红珠僧再将足底一顿，持杖僧便颈骨寸断，一命呜呼。

见红珠僧如此狠辣，别说陈、王二人，就连徐有勉也倒吸了一口凉气。瞧其余诡僧的架势，似乎是想群起齐攻，徐有勉从怀中摸出酒囊，将所剩烈酒一饮而尽："佛爷，动上手后，我怕顾你们不上，地上这把刀，且拿去防身！"

说完，徐有勉把酒囊一抛，足尖转挑，将死僧所遗的戒刀踢向陈佛爷。

陈佛爷接牢戒刀，把王恭妃护在身边："豫庵兄只管放开手脚，我拼了这条命，也不会让娘娘有闪失！"

"好！那咱们并肩御敌！"

说话间，众诡僧已然杀至。徐有勉忙使出浑身解数，迎头截击。只见他步法变幻，将玄铁尺舞得上下翻飞，时而当判官笔打穴，时而作单节鞭抡击，似一道凌厉的奔雷，在敌阵中东突西撞、左冲右驰。

然而众诡僧也非易与之辈，一待徐有勉招数使老，便会将长杖短刀齐番砸斩，分袭他周身遍处要害。一波未停，一波又至，刀杖交加，疾如狂风骤雨。

徐有勉一面严守门户，一面寻罅回击，于尖林刺网中闪挡纵避，稍有个不慎，就会乱刃加身，真真险到了极处。

众诡僧这套围击的阵法，讲究个攻守有序，先以锡杖猛砸，再上戒刀横斩，最后杖尾齐抬，将底部尖刃当作长枪扎点直戳。

岂料久攻不下，一僧气躁心焦，未等同伙挥杖，便冒失地先砍一刀。其他持杖僧投鼠忌器，下手难免迟了半拍，如此一来，攻势顿滞，给鏖战中的徐有勉换来了喘息之机。

机会稍纵即逝，徐有勉哪肯放过？他疾步绕到那僧身侧，巧施个绵劲，顺势将其掼向了那些棘张的杖刃刀头。事生陡然，余僧还没来得及撤回兵刃，那僧已怪叫着扑来，只听一声惨叫、数声嗤响，该僧的胸前背后，便多了几个对穿的血窟窿。

尸身沉重，即刻压得数杆兵器难以抬举。徐有勉瞧出破绽，赶紧扑上前手起尺落，又接连毙了三僧。

徐有勉以一敌众，却未显败迹，令那红珠僧勃然大怒。他纵声高喝，朝众诡僧“叽里咕噜”疾喊了几声。

众诡僧闻言，不再恋战，齐齐向后跃出数丈，皆将手掌伸入罩笠中，不知在鼓弄些什么。

没等徐有勉喝问，红珠僧便将所携的怪箫吹响。幽乐呜呜，如泣如诉，似乎带着一股魔力，直让人无比压抑。

初闻此音，徐有勉已觉不适，又听一阵，脑中晕眩，脚步也变得踉跄。那边陈、王二人，同样是站立不稳，身子晃颤，摇摇欲倒。

瞧诡僧安然无事，徐有勉顿悟其中关窍，赶紧从衣角上撕了条布缕，回头提醒道：“这箫声能慑魄乱神，快将耳朵堵上！”

陈佛爷和王恭妃明白过来，忙学着徐有勉的样子撕布塞耳。不料双耳虽堵，那声音仍然能透过布隙钻进来。

见箫声奏效，众诡僧再度杀回，徐有勉强打精神，挥尺奋力周旋。受这一扰，战况复又胶着。此消彼长，众诡僧士气大增，一个个挥刀抡杖，咄咄相逼。徐有勉疲于招架，渐渐落了下风。

徐有勉且战且退，心焦如焚，又险险躲开几招后，忽瞥见脚下散着一堆碎石。他暗道声“万幸”，急忙旋腿挥扫，再趁着沙尘骤扬，双足接连挑动，将几块石砾直直踢向了阵外的红珠僧。

见飞石“嗖嗖”打来，红珠僧顾不上吹奏怪箫，急忙伏身躲避。

魔音一断，徐有勉的神志豁然清朗，他又踢出数块石子后，猛然跃出阵外，如苍鹰搏兔一般，朝那红珠僧扑冲而去。

红珠僧方闪开来石，玄铁尺就呼啸而至，他大惊之下，赶紧擎箫去挡。那箫为竹管所制，与玄铁尺相格，无异是以卵击石。只听“咔嚓”一声，怪箫当场折裂，断成了数节。

击碎了怪箫，徐有勉再无顾忌，他知道那红珠僧的功力不在己下，一时半刻难决高低，遂不去缠斗，只是虚晃两招，转攻其余诡僧。

没了魔音乱耳，徐有勉便若虎兕出柙，排山倒海般长驱横扫，直杀得众诡僧鬼哭狼嚎、血肉纷飞。

徐有勉越战越勇，前襟早被敌血染红，身旁诡僧敌他不过，一个接一个地栽倒。转眼光景，只剩下一僧尚存。

见徐有勉步步逼来，那诡僧肝胆欲裂，怔了几怔，竟掉头朝王恭妃杀去，想要拼个鱼死网破。

徐有勉方要去追，斜刺里又袭来一股劲风，眼角一掠，见是红珠僧偷袭。徐有勉将身一侧，连忙挺尺回击。岂料红珠僧突然变招，化拳为爪，转来夺拿玄铁尺。

徐有勉一个抖腕，玄铁尺急交左手，右掌则灌起真力，直击红珠僧罩门。

红珠僧见避不开，索性以攻代防，也催起劲掌相抵。

“砰”的一声，二人各退了数步。

徐有勉只觉得掌心一疼，似被锐物所扎。但他挂念王恭妃的安危，也无暇多想，急急朝旁边打量。

陈佛爷此时已被那诡僧压制，虽殊死相抗，仍无济于事。那诡僧再使一招，逼退陈佛爷后，竟将戒刀反挥，照着王恭妃斩下。

一发千钧，刻不容缓，徐有勉大吼一声，将玄铁尺猛地掷出。那诡僧猝不及防，登时被击中后脑，晃了几晃，扑地而亡。

徐有勉刚松一口气，便觉右手似被烈火炙烤，低头一瞧，发现整只手掌已乌紫如漆！

红珠僧没急着再动手：“这毒无解，你马上就会死，剩下那一男一女，同样是活不成！”

徐有勉恨道：“你这厮如此下作，当真卑鄙！”

红珠僧桀桀怪笑：“卑鄙又怎样？反正赢的人是我！”

“只要老夫有一口气在，就不会让你这厮得逞！”徐有勉说完，左指在右腕上疾点数下。待血脉封住后，又拾起柄戒刀，一咬钢牙，斩断了自己的右手。

见他自断手腕，红珠僧不由得一怔。陈佛爷与王恭妃回过神来，一个大叫“豫庵”、一个口呼“恩公”，跌跌撞撞地向徐有勉奔来。

徐有勉面色惨白，朝着红珠僧横眉冷对：“来吧恶贼，咱们至死方休！”

“好，那就成全你！”红珠僧重脚一顿，抄起一柄锡杖冲上，再度与徐有勉杀作一团。

徐有勉身负重伤，又是左手使刀，没出几合，便被红珠僧一杖击中了胸口。方喷出两口鲜血，红珠僧锡杖骤转，杖尾的尖刃变为长刀，竟将徐有勉的整条左臂齐肩卸掉！

左臂一失，血流如注，徐有勉嘴角抽搐了几下，终于仰天跌倒。

“恩公！”王恭妃哭叫着扑来，从身上撕下条衣缕，手忙脚乱地替徐有勉包扎止血。

“我跟你这狗贼拼了！”陈佛爷悲愤填膺，挥着戒刀冲上前去。可他与红珠僧实力悬殊，连攻了数次，都被红珠僧轻松避开。

徐有勉见状，艰难地说道：“娘娘……佛爷不是他的对手……你快取我兵刃来……”

王恭妃肝肠寸断：“恩公……你双手已失……”

徐有勉拼力坐起：“只管取来……将它绑在我这条右臂上！”

待玄铁尺绑好，陈佛爷已成强弩之末。那红珠僧瞧出便宜，就要痛下杀手，他一个进身，扼住了陈佛爷的脖子，正想发力拧断，徐有勉却虎啸一声，从他背后扑杀而来。

红珠僧顾不上多想，急忙松开陈佛爷，转身挺杖，迎上了徐有勉这舍命一搏。

杀气纵横，直激得二人衣衫鼓荡。待这招过后，陈佛爷与王恭妃皆是面若死灰。原来那杖长尺短，杖尖已刺入徐有勉体内，尺头却只碰到红珠僧胸前。

红珠僧狂笑道：“想不到你还没死心，绑上这钝器又能怎样，伤得了我吗？”

“谁说伤你不得？”徐有勉的嘴角淌下一道血水，面上却露出笑意。

“什么？！”

红珠僧脸色刚变，徐有勉已把残臂疾抖，玄铁尺的尺头“唰”地弹出一截长尖，将那红珠僧当胸扎透！

等那红珠僧尸身倒地，徐有勉也是油尽灯枯。陈佛爷和王恭妃一面大泣，一面急摇：

“恩公你醒醒啊！”

“豫庵！你要撑住！”

徐有勉微微抬了抬眼皮：“我不成了……别管我，你们带着画卷快走……只怕还有追兵……”

“不！”王恭妃发疯似的摇头，“恩公，我绝不会丢下你！”

“大业为重……”徐有勉急喘一阵，“佛爷，还愣着做什么？孰轻孰重，你也掂量不清吗？”

“我懂了！”陈佛爷一抹脸，将王恭妃点倒扛在了肩上，“豫庵兄，你还有何心愿未了？”

徐有勉缓缓闭上二目：“我观仲子弘祖，眉宇间暗含烟霞之气，或可继我衣钵……”

第二章 诡郎中

时光荏苒，一晃三年。

春波乍暖，烟水初销，熏风习习而至，翠芽已绿湖山，廊前群芳吐蕊，檐下新燕呢喃，这副欣荣景象，给南旸岐村的徐家老宅，更添了几分喜气。

徐氏乃江阴大户，世代耕读传家，因其疏财好义，在乡里坊间素有善名。传到这代，共有男丁三人。长子弘祚，次子弘祖，季子弘禔。而今，弘祚、弘禔俱已分家另立门户，唯有二公子弘祖仍留居老宅，侍奉母亲王孺人。

这徐弘祖的台甫唤作振之，今日便是他娶亲的大好日子。为操办这场喜事，徐宅早已布置一新，窗户上贴满了大红喜字，柱楣间也遍挂彩绸花灯。巳时还未到，宾朋四邻便沓来踵至，可谓是馈礼满院、贺声盈门。

此刻，徐家主母王孺人笑吟吟地站在大门口，将那络绎不绝的宾客迎进宅去。人一多，宅院内愈发热闹。厅上童仆绕席张罗，厨下庖丁守灶烹煎，皆忙活得热火朝天。

见宾客都到得差不多了，王孺人便欲回厅上作陪，正要转身，又瞥见院外不远处，走来一个风尘仆仆的外乡人。

那外乡人手里拿着虎撑，肩上背着药匣，一副游方郎中的打扮。王孺人见他年纪不大，便热情地招呼道：“那位小先生，你且留步。寒舍中设下了喜宴，一块来喝杯喜酒吧。”

那年轻郎中有些犹豫：“我与贵府中人素昧平生，怎好无端叨扰？”

王孺人笑道：“相逢便是缘分，小先生不必客气，只管入厅落座吧。”

“多谢夫人，那我就恭敬不如从命了。”年轻郎中拱拱手，随王孺人来到厅上，见角落里有个空位，便径自走去坐了。

又过了一会儿，酒菜陆续上来，宾客们各斟一杯美酒，向着王孺人纷纷道贺。王孺人也举起酒盅，频频朝四下回敬。互道了几番客套，众人推杯换盏、放箸吃喝。

年轻郎中却不曾动筷，朝周围打量几眼，又向左侧的一名秀才打听道：“徐家这张灯结彩的，不知是何人娶亲？”

“徐振之徐二公子啊。”那秀才抿了一口酒，“咦，这位仁兄瞧着可有些面生。”

年轻郎中忙道：“我原是过路的游医，应那老夫人之邀，进来讨杯喜酒喝。”

“我说呢。”那秀才恍然道，“咱们的徐二公子大名鼎鼎，本地人就没有不知道的。”

年轻郎中“哦”了一声：“看来这徐二公子很了不起。”

“那是！”右侧的老者本在埋头吃菜，听到这里，也忍不住插话道，“你有所不知，那徐二公子，对我们有再造之恩。若不是他，这十里八村的乡亲们，怕是早都死绝了。”

听他这么说，年轻郎中不由得好奇：“究竟是怎么回事，老丈可否见告一二？”

“好，那我就给你说上一说。”老者抹了抹嘴，放下碗筷，“这是去年夏天的事了，那一日，徐二公子突然说大洪水马上要来，让我们赶紧收拾细软去山上避难。当时正逢大旱，数月没落过一滴雨，连河都干涸见底了，所以呢，大伙根本不信，谁也不去理他。徐二公子挨家挨户劝了半天，也无济于事。他实在没法了，又召集起一群后生，告诉他们，只要能把乡亲们拉上山，每人便发一百两的赏银。那些后生一听就红了眼，二话不说，直接拿绳子将全村人绑了，一个不落地送上山去……”

那秀才打断道：“徐二公子那招‘生拉硬拽’，确实救了大伙的性命，却使得不才我出了大丑。说来惭愧，那日我正在出恭，忽然闯来几名大汉，连裤子都没让提啊，就将我五花大绑，扛在肩上便走……当时我吓坏了，只觉着屁股凉飕飕的，直到了山上才明白过来……唉，那般不雅，真真是有碍观瞻。”

“那会儿大伙都蒙着，谁有闲心去瞧你那光屁股蛋？”老者白了秀才一眼，又道，“我们前脚刚上山，那大洪水后脚便到了。一眨眼的工夫，整个村子就成了汪洋。现在回想起来，我还是心惊肉跳，哪怕稍迟个半步，全村的男女老少，就会沉在水里喂了鱼鳖。小郎中，你倒说说看，徐二公子这手能掐会算、未卜先知的本事，是不是快赶上那三国的诸葛亮、本朝的刘伯温了？”

年轻郎中正要开口，那秀才又摇着折扇笑道：“赵阿叔，你是越讲越玄乎了，徐二公子之所以能预测到大洪水，那是因为他识得天时星象、懂得水文地理。”

“你这酸秀才别老打岔！”赵阿叔埋怨了一句，又向那年轻郎中道，“刚说到哪儿来着？哦，洪水。那洪水来得急，退得也快，乡亲们见没事了，便相互搀扶着回到了村子。才进村，就闻到一阵阵腐臭，原来是从上游冲下来不少人畜的尸首。可在那个时候，村里户户遭灾，自家的事还收拾不完，谁有空去埋那些死猪烂狗？结果这么一拖，尸毒居然演变成瘟疫，当天夜里，就有两个汉子染病死了。那瘟疫一传十、十传百，没出几天，村里人就倒下了大半，只得躺在自家床上等死。”

年轻郎中不解道：“为何不去请大夫？”

“怎么没请？”赵阿叔说得口干，抓过那秀才的酒杯一饮而尽，“可他们怕传染，死活都不肯来！小郎中，你也是当大夫的，听到这‘瘟疫’二字，敢拍着胸脯说不怕？敢吗？”

见他有几分醉意，年轻郎中便顺着他的话道：“我学艺不精，自然是怕的。”

“可徐二公子就不怕！他不但不怕，还采来‘仙芝’救……救了我们……”赵阿叔满脸通红，眼皮也越来越重，打了个长长的酒嗝，居然趴在桌上呼呼睡去。

年轻郎中一怔：“老丈他？”

“没事没事。”那秀才好气又好笑，“他就这样，沾酒就醉，睡一觉就好了。”

年轻郎中再问道：“方才我隐约听见什么‘仙芝’，莫非是老丈的醉话？”

“那倒不是。”秀才摆了摆手，“在村外的深山中，有一座‘神隐峰’，所谓的仙芝，便是那生在峰顶的千年灵芝。有道是灵芝千年则为仙草，用以入药，可解奇毒恶疫。恰好徐二公子存着几片，就拿出来熬成一锅汤药，分给几名遭瘟的人服下。那仙芝果有神效，才半天光景，那几人便能下地走路了。可在当时，徐二公子手上的仙芝仅那几片，染上瘟疫的却有百余人，哪里救得过来？”

年轻郎中脱口道：“那神隐峰顶肯定还有，上去采来就是了。”

“说得轻巧。”那秀才见桌上有盘油焖笋，便取了筷子，从中夹起一只，“那‘神隐峰’高耸入云，模样就跟这尖笋般直上直下，别说是人，连灵猴都爬不上去！”

年轻郎中皱眉道：“这倒是奇了，既然无人上去过，先前那几片仙芝，又是从何而来？”

“当然是被风刮下、受雨冲落的。”那秀才继续道，“正当大伙一筹莫展之际，徐二公子却消失了两天两夜。在第三天上午，徐二公子回来了，他满脸憔悴、遍体狼藉，身后却背着一大捆仙芝。原来他竟然舍生冒死，攀上了神隐险峰，若不是那捆千年灵芝摆在眼前，谁敢相信这居然是真的？”

年轻郎中稍加思索，又道：“我明白了，定是那徐二公子会武艺，身负绝世轻功。”

“错了。”那秀才摇头笑道，“徐二公子不会什么武功，那攀岩登高的本事，是打小练出来的。之前除了那神隐峰没上去过，附近其他的险山峻岭他早就爬遍了。”

年轻郎中道：“难道这徐二公子，是个登高采药的行家？”

“又错了！”那秀才也没卖关子，“其实他与不才一样，是个文绉绉的书生。”

秀才此话一出，桌上的人都憋不住了，纷纷笑骂道：“你这酸秀才何德何能，竟然跟徐二公子相提并论？”

“就是，人家徐二公子无意功名，否则早就连中三元了，他常说，大丈夫当朝碧海而暮苍梧，哪像你就会死读书？”

“诸位见教得极是。”那秀才不以为忤，依然笑道，“读万卷书，行万里路，徐二公子确实为吾辈之楷模。”

听他们你一言我一语地夸个没完，那年轻郎中渐觉不耐，忙岔开了话头：“徐二公子果真是人中龙凤，也不知谁家小姐有福，嫁了这样一位如意郎君？”

那秀才道：“新娘是许学夷许老夫子家的千金，她与徐二公子青梅竹马，算得上是门当户对、珠联璧合。”

年轻郎中道：“夫子家的千金？那必是一位知书达礼的大家闺秀了。”

那秀才笑得有些意味深长：“咱们这许大小姐知书是知书，可于礼数上么，呵呵，却是不大在意啊。这个我不好多说，兄台也别再打听了。”

正说着，外头响起了“噼里啪啦”的鞭炮声。众宾客知道是接亲的回来了，忙扔下筷子，齐齐奔出厅外看热闹。那年轻郎中有心去瞧徐二公子是怎生模样，也站起身来，混在人群中迎了出去。

众人刚到门口，就见新郎的骏马、新娘的花轿停在门前。那马上之人，自然是那徐二公子。看他星眸朗目、文质彬彬，那年轻郎中冷笑一声，心里暗道：“这徐振之除了生得俊些，瞧上去也无甚过人之处。是了，定是那乡野之人没见过世面，些许小事就添油加醋，将他传得神乎其神。”

徐振之正要下马，忽觉如芒在背，转头一瞧，便发现那年轻郎中正直勾勾盯着自己。见是个生脸，徐振之不禁多看了几眼，不料那年轻郎中竟将头一低，隐在人群中匆匆离去了。

正愣神时，花轿中探出一只纤纤玉腕，紧接着轿帘一掀，新娘径自跳了出来。

扶轿的喜娘怔了怔，急忙上前搀住："哎呀小姐，你怎么自己出来了？"

"在轿里闷了一路，都快憋死了！"那新娘说着，又想去扯那红盖头，"这劳什子戴着也不舒服！"

喜娘慌了神，赶紧拦着："别摘、千万别摘……"

众人见状，不禁大笑开怀。一个胖小子乐得直起哄，拍着巴掌叫道："大伙快看哪！新娘子等不及洞房啦！"

新娘侧着耳朵听了听，吓唬道："小豆子，当我听不出是你吗？小小年纪不学好，你给我等着，回头撕了你的嘴！"

"妈呀！"胖小子吐了吐舌头，直奔到新郎马前，奶声奶气道，"振之哥你也不管管？你媳妇儿要撕我的嘴呢……"

"要管也是先管你。"徐振之笑着跳下马来，一把捏住胖小子那红扑扑的小脸，轻轻扯开他的嘴，顺手塞进颗糖块。

那胖小子嘴巴咂吮了两下，也笑了："好甜啊。"

徐振之又从袖袋里摸出了剩下的糖块，悉数递向那胖小子："都给你了，赶紧躲远些吃去，被人抢走了我可不管。"

那胖小子瞧一眼新娘，不由自主地打了个哆嗦，捧起糖块便飞也似的跑了。徐振之微笑着摇了摇头，从傧相手中接过一条扎花的红绸巾，自己持了一端，将另一端让新娘握了。

这绸巾好比月老的红线，把新人牢牢地牵在一处。众宾客欢天喜地，簇拥着新郎新娘高喊道："吹鼓手都卖力些呀，新娘子要进家门啦！"

在欢快的唢呐声中，新人双双入院。因有喜娘从旁提醒，新娘子没再闹出什么笑话，随着傧相的指引，依次跨过朱鞍火盆，来到了喜厅之中。

婚庆赞礼，无外乎拜天地、跪高堂，同饮合卺酒，再坐五谷床。待这套繁缛的仪式下来，日头已然西偏，新娘独留在洞房内，徐振之则返回厅上，挨桌向宾朋敬酒答谢。

这通喜酒，直喝到月上中天才散。等贺客们陆续离开后，徐振之又将母亲服侍入寝，这才来到那花烛摇曳的洞房。

刚跨进房门，蒙着盖头的新娘子便听到了动静，慌忙坐正了身形，嘴里含糊不清道："咳……振之哥，你怎么也不敲门？吓我一跳……咳咳……"

听她咳嗽不止，徐振之关切道："你嗓子怎么了，不舒服吗？"

"没事、没事……"新娘子才摆了两下手，一块被咬过的点心，便从红盖头里掉了出来。

见她原来是呛着了，徐振之不禁莞尔，拿起桌上的点心碟，递在新娘面前："饿了就吃，不用遮遮掩掩。"

新娘子晃了晃脑袋，委屈道："可我还蒙着脸，没法大大方方地吃啊。那喜娘特地嘱咐过，说这红盖头定要你来亲手揭下，否则就不吉利了。"

徐振之笑道："难得难得，你小知了自幼便是个混不吝，想不到也有乖乖听劝的时候。"

"谁混不吝呀？"新娘子嗔道，"振之哥，咱俩这都成亲了，你怎么还小知了长、小知了短的？我没名字吗？"

徐振之负手踱了几步，揶揄道："许大小姐单名一个'蝉'字。蝉也，《尔雅》谓之蜩，今俗谓之'知了'。加上你又能说会道，不叫你小知了叫什么？”

“行行，你爱怎么叫便怎么叫吧。”许蝉不耐烦道，“这盖头闷了我一整天，你快些揭了它！”

“好！”

徐振之伸手一掀，将盖头取下。只见那许蝉薄施了一层粉黛，桃腮红润，杏眼含波，眉间三点朱砂花钿，宛若绽开的梅朵，尤为惹眼。

见徐振之怔怔地望着自己，许蝉反倒有些害羞了：“又不是头回见，别老盯着我……对了，上轿前，姐姐们帮我画了个‘寿阳妆’，还挺好看的吧？”

“那寿阳妆画得不错，只是你这嘴上……”徐振之说着，抬手在许蝉唇角一揩。

“哎呀！你干吗？”

“别动。”徐振之又揩了几下，将手掌亮在许蝉眼前，“瞧这一嘴的点心渣儿，羞也不羞？”

许蝉抹了抹嘴，大咧咧道：“咱俩谁跟谁？从小到大没少让你笑话，我早习惯了。你这一提，我肚子又叫了，那几碟点心呢？”

“在这儿。”徐振之又将碟子送了送，“你慢些吃，别再噎着了。”

许蝉顾不得答话，把袖口一撩，抓起点心一口一个。狼吞虎咽地吃了一气，许蝉又嫌点心不过瘾，缠着徐振之讨要酒菜。徐振之被她缠不过，只得跑去厨房，弄了只蒸全鸡回来。

那蒸全鸡是宴上剩下的，此时凉得有些发硬，许蝉撕了两下没撕开，埋怨道：“振之哥，你就不能切了再端来？”

“倒是疏忽了，稍等片刻，我给你拿菜刀去。”

“别麻烦了。”见徐振之转身要出门，许蝉赶忙叫住他，紧接着打开了自己的嫁妆箱，翻出一柄小剑，“我有这个。”

徐振之一怔：“你还带了剑？”

“是啊。”许蝉拔出小剑，露出鞘外的刃口精光四射，显然十分锋利，“这剑名为‘秋水’，是出阁前日，爹爹专门送我的陪嫁。振之哥，你凑近些，来瞧瞧这剑如何？”

“好剑好剑，不用瞧也知道定是把好剑。”见那剑尖递来，徐振之生怕许蝉手上没轻没重，误伤了自己，赶紧后退出几大步，“不过话说回来，岳丈也真是太宠着你了，一个姑娘家，哪有成天去舞刀弄剑的？”

“姑娘家怎么了？”许蝉不服气，“聂隐娘是男的吗？不照样驰骋江湖、快意恩仇？振之哥你要知道，我也是拜过师，正经学过功夫的，连小豆子他们见了我，都得恭恭敬敬地称我一声女侠呢！”

徐振之未假思索，张口便把实话道破：“还恭恭敬敬呢，人家小豆子当面是叫你女侠，背地里却称你为‘俏李逵’……”

“什么？”许蝉秀眉一蹙，“好个两面三刀的小豆子，改天我非找他算账不可！”

正说着，窗外传来几声轻响。二人转头一瞧，见那窗纸上隐隐映着个轮廓，分明是有人躲在外头。

二人先是一愣，继而互递个眼神，皆是会心一笑。原来，吴地有个风俗，新婚之夜，总会有些佻挞子弟悄悄潜到洞房外，以偷听新人的枕边私语为乐，谓之“听墙根”。

猜到外面是听墙根的，许蝉玩心上来，便打算去吓他一吓。徐振之一个没拦住，许蝉已提着小剑，蹑手蹑脚地来到窗边。

还没等许蝉推窗，一柄飞刀竟破窗而入，“唰”的一声从她耳边疾疾掠过，钉在了架子床的围板上。

“什么人？”许蝉惊出一身冷汗，当即踹开窗户。只见一个黑影“嗖”地跃向后花园，想要翻墙而出。

“竟敢在本姑娘面前放肆？兀那蟊贼，有种的别跑！”许蝉拔脚跳出窗外，大呼小叫着朝那黑影追去。

那黑影身法极快，几个起纵越过了墙头。许蝉穷追不舍，挥剑紧随其后。待徐振之从房内奔出时，二人的身影早就消失在了墙外。

徐府上下忙活了一天，此时皆已沉眠梦乡，闹出这番动静，却无一人醒觉。徐振之担心许蝉有失，奈何追她不上，又恐母亲有什么不测，便匆匆赶至王孺人的卧房。

见王孺人在榻上安然酣睡，徐振之放下心来，也没去惊动，悄悄退出房后，又到其他地方查看。

家仆都没事，财物也不曾丢失。等徐振之一圈转完，许蝉也提着秋水剑，气呼呼地折了回来：“真是可恶，被那贼小子逃掉了。”

徐振之松了口气，赶紧拉她回房：“逃就逃了，你平安就好。小知了，下次可不能如此鲁莽了。”

“振之哥你放心，没被我追上，算他走了大运！”许蝉拿出件物什重重拍在桌上，“若不是那蟊贼掷来这玩意儿，我早就逮住他了。对了，这究竟是个什么暗器？瞧着倒有些奇怪。”

那东西是熟铜所制，做成个圆饼形状。饼心中空，孔道有一指粗细；外环上凹进去一圈缝隙，里面嵌着几粒铜珠，轻轻一摇，便会叮当乱撞。

“这不是暗器，此物名为虎撑，又叫作药铃，是那种游医招揽生意的用具……”说到这里，徐振之脑中猛然浮现出白天那年轻郎中的模样，“难道是他？”

许蝉奇道：“怎么振之哥，你认得那蟊贼？”

徐振之皱眉道："今日接亲回来，大门口曾出现过一个陌生人。瞧他的打扮，正是个走方郎中。奇怪，他深夜潜入府中，是有何图谋呢？"

"图什么不知，反正没安好心！"许蝉说着，眼睛却瞥见了围板上的飞刀，"咦？那刀尖上还插着一张纸条。"

徐振之走上前取下，刚展开看了一眼，浑身上下，竟顿时颤抖起来。

那条上仅有两行小字——欲知乃父死因，即刻北上入京。然这十二个字，却好似十二把尖刀，一把接一把向徐振之插来，将他心底那无法愈合的伤痕，再次血淋淋地剖开。

三年前，父亲徐有勉离家未返，全家人急思苦盼了数日，不想却等来一具冰冷的残尸。父子之情，骨肉弥深，见尸身缺手断臂、惨不忍睹，徐振之更是哀痛欲绝。痛定之后，徐振之又觉此事十分蹊跷，屡番苦查父亲死因，无奈寻不到半丝线索，只好先行殡葬，让亡父入土为安。

这三年来，父亲之死总是郁结于心，如今又见这字条，徐振之焉能不恸？不由得悲悼交加，目中含泪，一双拳头也攥得咯咯作响。

许徐两家是世交，对于徐家的事，许蝉自然也了解，她怕徐振之伤痛过度，便轻声宽慰道："这两行字没头没脑的，也许是有人恶作剧。振之哥，我知道徐伯伯的死一直是你的心病，可毕竟都过去三年了，还是放下吧。"

徐振之红着眼眶："我爹死得不明不白，你让我如何放下？既然送来字条，定是知晓内情的。好，那我便如他所愿，明早就前往京城一探！"

许蝉愣道："你明天就要走？"

望着她身上的大红嫁衣，徐振之方从悲愤中回过神来，心下有些歉然：“小知了，咱们刚成亲，此举确是对你不住。可我现在，哪还有心思顾念什么新婚燕尔？不瞒你说，我恨不得今夜便动身北上，或许早一刻出发，就能早一些查出害死我爹的凶手。”

许蝉沉吟了片刻，又道：“振之哥你不必多说了，我能体谅你的心情。可京城离着那么远，字条上又没个线索，你怎么查啊？”

“顾不得了，走一步看一步吧。”徐振之去意已决，当即换下吉服，着手准备起包裹行囊，打算天亮便去禀明母亲，然后远赴京城。

许蝉清楚徐振之的脾气，便不再多言，也从自己的嫁妆中取了细软衣物，想要一并打入包袱中。

许蝉此行此举，分明是想同去。可徐振之转念一想，许蝉自幼养尊处优，颇受岳丈宠溺，别说是远道风尘，就连州府都没去过几次。况且赴京寻访，前路凶吉难测，让她留在家中，总好过跟着自己徒受风霜。

想到这儿，徐振之轻叹道：“小知了，这次我打算一个人去。”

许蝉一怔：“你不带我？”

徐振之点点头：“在外不比在家，难免风餐露宿，饱受奔波之苦。并且此去千里迢迢，沿途万一碰上那剪径的强人……”

“所以我更要跟去保护你呀！”许蝉亮了亮小剑，“仗着这把秋水，什么歹人强盗摆不平？”

徐振之又道：“人外有人，天外有天。江湖上不乏那成名的悍匪巨寇，他们连官兵都不放在眼里，更何况你这种涉世未深的小丫头？”

“少瞧不起人！你能去得，为何我去不得？振之哥，你就带上我吧！”

然徐振之打定了主意，无论许蝉如何软磨硬泡，始终就是不允。见他死活不肯答应，许蝉气得眼中噙泪，最后把小剑往地上一扔，趴在床上赌气。

徐振之也不去理她，继续埋头收拾。待一应之物装入包袱后，许蝉仍旧不声不响，徐振之蹑手蹑脚地走到床边一瞧，发觉她已伏在枕边睡着了。

望着许蝉腮间的泪痕，徐振之叹了口气，拖过被子替她盖好，又来到桌前静坐。

千头万绪，搅得徐振之心里成了一团乱麻。又过了一阵，倦意频频袭来，徐振之不禁打了个呵欠，伏在桌上渐渐睡着。

长夜尽，烛泪干，一声拂晓的鸡啼，惊醒了伏桌而眠的徐振之。他刚一起身，背后便有一物滑落在地，低头一看，见是许蝉的嫁衣。

徐振之心中一暖，忙朝床上望去，发觉被子已叠得整整齐齐，许蝉却不知哪里去了。

恐许蝉再缠着同去，徐振之将心一横，索性也不寻她，拎起包袱就去找母亲辞别。

来到前厅，王孺人已在厅上端坐。徐振之问了安，又把昨晚飞刀留字之事道出。

王孺人听罢，沉吟了半晌："振之，你一定要去吗？"

"是！"徐振之的声音不大，但说出的每一个字都无比决然，"杀父之仇若不能报，孩儿便无颜立于这天地之间。不管怎么样，我都要查出害死我爹的凶手。"

王孺人又道："然而官府早已结案，说你爹是遇盗身亡，那些杀人越货的强盗，也都逃得无影无踪了。"

“我不信那番鬼话！爹爹枉死在外，尸身也残缺不全，整桩事疑点重重，绝非歹人劫财那么简单。”徐振之说完，又抬起头来，直直地望着王孺人的眼睛道，“娘，你是不是知道些什么？怎么每次我问起此事，你都一副讳莫如深的样子？”

王孺人叹道：“你不必疑东疑西，你爹生前的所作所为，他从来不说，我也从不过问。振之，你执意要去京城，娘不会拦着你，只希望你万事小心。”

“振之谨记。娘多保重，孩儿这便走了。”

“去吧……”

徐振之拜了几拜，转身出了厅去。

眼见徐振之的身影消失在门外，屏风后面，却跳出了火急火燎的许蝉：“娘，你就这样放他走了？”

王孺人微微一哂：“儿大不由娘，他非要去，我可管不住他。”

许蝉急道：“那……那我怎么办？”

“傻丫头。”王孺人笑道，“腿生在你自己身上，不会去追吗？”

“对呀！那我收拾一下就追他去！”许蝉茅塞顿开，慌不迭地朝自己房中跑去。

一回到房里，许蝉就开始翻箱倒柜，从嫁妆中找了件束袖劲装换了，又踩下脚上绣鞋，蹬上一双轻便小靴。打扮停当后，她胡乱裹了几身换洗衣裳，把秋水剑往腰间一插，再度折回厅上。

见了王孺人，许蝉美滋滋地转了几圈，问道：“娘，我这身打扮怎么样？”

“果真是英姿飒爽。”王孺人笑着，将备好的程仪递过，“路上花销大，多带些银两，别难为着自个儿。”

“嗯！”许蝉接来收好，“我跟振之哥不在家，娘你可要多注意身体。”

王孺人道：“放心吧，娘这身子骨还算硬朗。”

“那行……哎呀，振之哥都离开好一阵了，再不抓紧些，只怕是追他不上！娘，我走了！”话音方落，许蝉已一道烟跑个没影儿。

“这丫头，总这么风风火火。”王孺人笑嗔一句，又闭目合掌，向天虔诚地祈祷，“唉，树欲静而风不止，此行怕是前途未卜、福祸难料啊……有勉，在你生前，我从没求过你什么，如今你在天有灵，就请保佑这两个孩子，让他们平平安安地回到我身边吧。”

许蝉奔出村口时，道上已瞧不见徐振之的踪影了。好在通往镇上的大路只有一条，她也没怎么慌，紧了紧肩头包裹，展开轻身功夫朝前追去。

毕竟学过几年拳脚，许蝉奔跑起来，虽不能疾行如风，较寻常男子却快上不少。没出一顿饭的光景，便见前方一人青袍翩跹，正是那埋头赶路的徐振之。

“想丢下本姑娘？没门儿！”许蝉正打算叫住他，又转念一想：此处离家尚近，不如行远一些再现身。

想到这里，许蝉便不着急露面，顺手从道边扯了根狗尾巴草叼在嘴中，悠哉悠哉地跟在徐振之身后。

江南河川纵横、水道通衢，若出远门，多半要倚仗舟船。由江阴前去京师，往往要先到长江边乘船，而后或越江改走旱路，或逆流航至运河里，再继续北上。

无论是跨江还是转航，都要经由渡口，距此地最近的渡口，便是那四十里外的暨阳渡。

别看徐振之一介书生，可他打小便喜欢登山涉水，不到弱冠，足迹已遍布江淮附近的名山大川。徒步日久，徐振之练出了一副好脚力，这区区数十里路程，自然不在话下。

徐振之安步当车，又走出半个时辰，正想停下来歇息一会儿，却见前面不远处，行着一个熟悉的身影。

原来许蝉见时机差不多了，就寻了处岔道疾赶一通，反而绕到了徐振之前头。为了引起徐振之的注意，许蝉故意放慢脚步，一面哼着歌，一面大摇大摆。

“小知了？”徐振之回过神来，快赶几步追上，“你怎么会在这里？”

看着徐振之瞠目结舌的模样，许蝉暗自好笑，面上却装出一副冷冰冰的样子：“咦，这不是徐二公子吗？你无端端的，为何要拦住本姑娘的去路？”

徐振之见许蝉一身行装，不禁大皱眉头：“昨夜我已经讲明了利害，你怎么还要执意赴京？”

“谁说我要去京城了？我只是在家待着无趣，出来随便逛逛。好了徐二公子，道路这么宽，咱们各走一边，有缘再会呀！”许蝉说完，便装模作样，抬脚欲走。

徐振之一把拉住许蝉的手：“别胡闹，你快回家去！”

许蝉几下挣开：“你再敢毛手毛脚，本姑娘可要喊人了！”

见她这副煞有介事的神情，徐振之有些哭笑不得：“喊来别人又能如何？你是我明媒正娶的夫人，又不是拐骗来的……”

“亏你还知道我是你娘子！”许蝉埋怨一声，满腹的委屈立马溢于言表，“有你这样当相公的吗？结婚头一天，就要撇下我跑了。振之哥，徐伯伯是我公爹，关于他的事，我这做儿媳的也该尽上一份心。哎呀，你就带上我吧，连娘都答应了，你瞧，她还为我准备了盘缠呢！”

说着，许蝉便从包袱里取出那笔程仪。见那包上的绣样确是出自母亲之手，徐振之长叹道：“此去不是游山玩水，前路可能会无比艰辛，小知了，你真的决定了？”

“当然！”许蝉张口便道，“本姑娘言出必行，不达目的绝不罢休。实话说了吧，我其实早就跟在后面了，这七拐八绕了半天，回家的路也不大认识了。你硬要撵我，就不怕我走丢了？你想想看，我这么好的媳妇万一走丢了，娘得多伤心啊？不光娘伤心，我爹爹也不会轻饶了你，他把我拉扯这么大容易吗？我可是他的掌上明珠呢……”

听她叽叽咯咯说个没完，徐振之只觉一个头变成了两个大，赶紧摆着手道：“好好，不要说了，我带上你就是！唉，你那‘小知了’的绰号，可真没白叫。”

许蝉秀眉一蹙：“你嘀咕什么？”

“没什么。”徐振之急忙岔开话头，“包袱拿来，我替你背着。”

见徐振之总算应了，许蝉乐得眉开眼笑，她也不客气，解下包袱就往徐振之脖子上一套：“振之哥，让你见识下我的轻功！”

说完，许蝉“噔噔”几个纵步，跃出去老远。徐振之苦笑着拍了拍前额，随即跟上。

乍离家门，许蝉瞧着什么都觉新鲜，待她显摆完功夫，又在道旁采草摘花、扑蜂追蝶，东一头西一头地乱跑，倒像是踏青游玩。

途经一个镇甸时，不少农户家中都养着猫犬。见那些小猫稚犬憨态可掬，许蝉忍不住伸手去逗，这只摸摸头、那只挠挠肚，没多大会儿工夫，身边便围来一大帮猫狗撒欢。她玩得高兴，徐振之却暗暗叫苦，口干舌燥地劝了好半天，这才拉着依依难舍的许蝉离开。

怕许蝉再在路上耽搁，徐振之有意避开大道，专寻小径前行。小路上行人不多，可瞧的热闹也少，如此一来，倒也奏效，等新鲜劲渐渐过了，许蝉便不怎么逗留，行程自然快了许多。

又走出四五里地，许蝉连呼肚饿，她从昨晚到现在只吃了几块点心，早就饥肠辘辘。然而两人出来得匆忙，都没备着干粮，眼下前不巴村后不着店，也难买到什么吃食。

正一筹莫展时，许蝉的鼻翼忽然一动，再使劲嗅了两下，不由得喜出望外："好香啊，是煮肉的味道，前面肯定有好吃的！"

还没等徐振之开口，急不可耐的许蝉便拖起他朝前飞奔。

果不其然。二人没跑出多远，前方便出现了一座茅草小屋，屋外酒旗招展，摆着几张桌子，看来是个供行旅歇脚打尖的小店。

店外架着一口热气腾腾的大铁锅，锅中翻滚着烂熟的牛肉。闻着那浓郁的肉香，许蝉不禁垂涎三尺，绕着那锅台连转了几圈。

徐振之找了副干净座头，将包袱置于桌上，见许蝉还傻立在锅边，赶紧把她拉到身旁坐好。

见有客到，那店家从屋里迎将出来，殷勤地在桌面上擦了两下："二位客官要用些什么？"

"先上壶酒，"许蝉说着，又一指那大锅，"再拣肥嫩牛肉切两斤来！"

店家作难道："哎哟，酒水好说，只是那锅牛肉……"

"怎么，怕本姑娘吃不起？"许蝉提过包袱，朝店家用力摇晃几下，"放心吧，银子短不了你的。"

光听那"哗哗"的动静，便知银钱肯定不少。那店家赔笑道："姑娘哪里话？不是我不肯卖，实因这锅熟牛肉，已被那边的两位大爷包圆了。"

“哦？”

许蝉之前只顾盯着那牛肉锅，此时转头一瞧，这才发现隔桌不远，确实还坐着两个人。那两人一个生着酒糟鼻，一个长着老鼠斑，座位底下皆竖着兵器，四只眼珠贼溜溜地乱瞟，不像是什么善类。

许蝉还想再说，徐振之却摆手制止道：“既然如此，咱们也不必强求。这样吧店家，酒不要了，你去弄些别的熟食包来，我们带在路上吃。”

“好嘞！二位稍等，马上就成。”

店家手脚麻利，没一会儿就拎着个荷叶包折回：“这里头裹了些卤蛋、豆干，都是早上现做的。”

许蝉闻言，愈发地大失所望：“没有熟牛肉了吗？哪怕凉的也成啊。”

店家不好意思地笑笑：“姑娘见谅，我们小本买卖，平常也不敢多备荤腥，今天统共就割了三五斤牛肉，都在那锅里头煮着。”

“不碍。”徐振之利索地取钱结账，“走吧，小知了。”

许蝉噘着嘴站起来，望了望牛肉锅，满眼都是恋恋不舍。

二人刚走出几步，徐振之忽觉背上一紧，回头一看，见那“酒糟鼻”站在身后，伸着只毛茸茸的大手，抓住了自己的包袱。

许蝉登时恼了，“呛啷”拔出小剑：“你想干吗？”

酒糟鼻嘿嘿一笑，将手松开：“小丫头脾气倒大，别误会，我叫住他，是有话要说。”

徐振之将许蝉拉回身边，冷冷问道：“兄台有何赐教？”

旁边的老鼠斑接口道：“你那妹子不是想吃牛肉吗？咱哥俩刚商议了一下，打算匀些给你们。”

许蝉大喜，归剑入鞘：“你俩瞧着挺凶，心眼倒是不坏。振之哥，那咱们……”

“不必了。”徐振之一口回绝，“君子不掠人之美，那些牛肉，二位就留着自己享用吧。”

“真不要？”酒糟鼻走到锅边，用筷子叉起块肥大的，“啧啧啧，这牛肉可是炖足了火候，美味得很哪。”

听他语带戏谑，许蝉顿生厌烦：“谁稀罕？撑死你们！振之哥，咱们走！”

直到走出很远，徐振之仍是疾赶不停。许蝉跟着他行出一阵，只觉又累又饿，撇着嘴停下了脚步：“我走不动了。振之哥，你着什么急呢？好歹先给我片豆干垫垫肚子呀。”

“豆干不妨晚些再吃。”徐振之不由分说，拽起许蝉继续前行，“我着急赶路，是怕身后有尾巴。”

“尾巴？”

“对。”徐振之拍了拍肩上的包袱，“出门在外，忌讳颇多，切记财不露白、货不言珍。之前你朝店家夸口，还故意摇得银两乱响，恐怕已让旁边那两人起了歹念。你当他们真想分牛肉给你吗？那一抓不是为了叫住咱们，而是想摸清这包袱里到底装了多少盘缠。”

许蝉“扑哧”笑了：“真瞧不出，你还是个老江湖。没事，反正有本姑娘在，他们就算真生了歹心，那也掀不起什么风浪。”

突然之间，附近响起了几声狂笑：“小丫头好大口气！也不怕闪了舌头？”

笑声方停，树后便跳出两个人来，正是那酒糟鼻和老鼠斑。酒糟鼻拿把单刀，老鼠斑持对双钩，两人四眼，皮笑肉不笑地望着徐振之和许蝉。

酒糟鼻扬了扬单刀："臭小子猜得不错，老子就是盯上你们的盘缠了，识相的便乖乖交出来！"

"没错！"老鼠斑也将双钩互击，发出"铮铮"的声响，"银子留下，放你们走，否则的话，休怪咱哥俩心狠手辣！"

徐振之原以为已将二人远远甩掉，不想他们竟阴魂不散、如影随形。此地林密人稀，他观二匪言行，显然是打家劫舍的惯犯，不由得眉头紧蹙、暗暗叫苦。

许蝉却如新生牛犊，丝毫不惧虎狼。只见她不慌不忙，抽出秋水剑在手："本姑娘初出江湖，正好拿这俩丑八怪试剑。振之哥你退远些，瞧我怎么收拾他们！"

酒糟鼻眼中凶光一现："不知天高地厚，找死就成全你们！反正老子背着好些人命，再多两条也无妨！"

"大哥此言差矣。"老鼠斑邪笑道，"男的宰就宰了，女的得留下。这小丫头生得水灵，卖到窑子里，还能赚上一笔呢。"

"你找死！"听他口出不逊，许蝉又羞又怒，当下娇喝一声，冲着老鼠斑连刺三剑。

这老鼠斑貌不惊人，身法倒异常敏捷，朝后轻轻一跃，便令许蝉那三剑全然落空。酒糟鼻瞧出便宜，也挥起单刀砍来，许蝉足尖一点，身子急急滑出数丈。

酒糟鼻哼了一声："还算有两下子。老二，动真格的！"

"好！"老鼠斑双钩一摆，交错着攻向许蝉。

单刀势大力沉，双钩灵活诡变，刀刃钩尖始终贴着许蝉身侧划来切去，端的是险象环生。

见许蝉左支右绌，徐振之着实捏了一把冷汗，然他急而未乱，一面眼观三人相斗，一面苦思制敌之策。

正当这时，酒糟鼻再挥一刀，那明晃晃的单刀虽没砍中许蝉，却令阵外的徐振之颇觉耀眼。可经这一照，徐振之脑中也跟着灵光一现，他记得许蝉行李中有把小铜镜，便赶紧取下包袱翻找出来。

徐振之捧镜在手，绕着疾斗的三人转了几圈，对准了位置，将那铜镜豁然亮出。镜面经日光反照，蓦地射出一道刺目的银光。银光再度晃闪，二匪的眼睛顿时难睁。

许蝉仅是一怔，便明白了徐振之用意，忙趁二匪不能视物，一剑逼开老鼠斑，又反手一剑，削在了酒糟鼻的大腿上。

一道血花，一声惨叫，酒糟鼻"扑通"跌倒在地，抱着伤腿便破口大骂："可疼死老子啦！那小子要阴招，先宰了他！"

老鼠斑二话不说，立即以兵器半遮着眼，一边左闪右跃，一边直冲徐振之杀来。许蝉大惊，忙赶去救护，飞奔挺剑，照着老鼠斑的后心便刺。

如此一来，正中老鼠斑下怀。还没等她剑尖戳到，老鼠斑就地一滚，手中的双钩疾分，一钩护住胸前要害，另一钩却猛然朝着许蝉的脚踝横割。

许蝉身子一拔，躲开了脚下单钩。不料老鼠斑登时变招，把双钩倏地一合，翻转起钩刃，从下至上掠向许蝉。

脚底腾空，难以闪避。情急之下，许蝉力灌剑身，秋水剑冲下骤然划个半弧，正迎上削来的双钩。

钩剑相交，却无金铮激鸣。老鼠斑只觉手头一轻，发现掌中的双钩，只剩下两截短短的护手。

老鼠斑傻了眼。这对双钩，可是他引以为傲的兵器，连砍铁都不会卷刃，却让许蝉一把小剑轻松削断。

直至此刻，许蝉方知这柄陪嫁的秋水，竟是把削铁如泥的宝剑：

“哈，这剑原来这么厉害，恶贼你受死吧！”

老鼠斑握着两截护手，无异于赤手空拳，勉强挡了几剑后，护手也已分崩离析。许蝉仗着神兵，愈发有恃无恐，操着秋水剑狂挥急斩，直追得老鼠斑抱头乱窜。

见许蝉占了上风，徐振之总算大松口气。酒糟鼻想爬起来助阵，无奈挣扎几下，却三番两次地跌倒，只能瞪着眼干着急。

再避过几剑，老鼠斑绕到了酒糟鼻跟前：“刀！”

酒糟鼻回过神来，赶紧将单刀抛过。

抄刀在手，老鼠斑多少有了些底气，然而他才挡了两下，那刀刃又崩了口，遂不敢硬格，只好避开宝剑锋芒，用那宽厚的刀背去拍那剑身。

受刀背一撞，许蝉只觉剑上导来一股大力，手腕也被震得隐隐作痛。二人互有忌惮，虚虚实实地对了几招，没能分出上下。

借着秋水之利，许蝉暂时不会落败，可那老鼠斑毕竟老辣，功夫也高她许多，耗时一久，胜负殊难逆料。

果不其然。二人飞来跃去地再斗一阵，老鼠斑突然使个“粘字诀”，将单刀一托一甩，顺势荡开了秋水剑。许蝉收招不及，被带得打个趔趄。老鼠斑趁机飞起一脚，正中许蝉手腕，把秋水剑生生踢飞。

乍失秋水剑，许蝉方寸大乱，倒退几步，居然摔在地上。

老鼠斑憋了一肚子闷火，早没了怜香惜玉的念头，当即高举单刀，就要痛下杀手。

生死攸关，徐振之急忙从地上抄起块石子，手臂一甩，向那老鼠斑狠狠掷出。

“啪”的一声，那石子正中老鼠斑胁下。老鼠斑身子突然一颤，两条膀子竟像僵住似的，再也动不了半分。

徐振之正要投石再打，却见老鼠斑已然定住，他顾不上好奇，急奔上前将许蝉扶起：“没伤着吧？”

许蝉惊魂未定，嘴上却要逞强：“没事，就他这几下子，还奈何不了我。”

老鼠斑大叫道：“臭小子，有胆就解开老子的穴道，暗箭伤人算什么好汉？”

听得此言，徐振之这才明白，原来自己竟误打误撞，封住了老鼠斑的穴位。他暗道声“侥幸”，装出副高深莫测的样子，负手踱至老鼠斑面前：“凭你也敢称什么好汉？本少侠慈悲为怀，没对你施以重手，否则刚才那一石，早打得你脑浆迸裂！”

不光是二匪，就连许蝉都是一怔：“振之哥你什么时候……”

“小知了！”徐振之赶紧咳嗽一声，冲许蝉使个眼色，“这二人作恶多端，我思来想去，还是杀了算了，省得再去祸害旁人！”

“好！”许蝉会意，便拾回秋水剑，冲着二匪“唰唰”挽了几个剑花。

老鼠斑与酒糟鼻顿时慌了，搬出了八十的老娘、八岁的孩子，朝着许蝉和徐振之摇尾乞怜。

徐振之那般说，无非是吓唬他们，见二匪皆骇得面如土色，就让许蝉毁去那把单刀。

许蝉扬起秋水剑，三下五除二，将单刀轻松砍成数截。

徐振之手指地上断刃，又向二匪厉喝道：“这次且饶你们一回，若敢再犯，有如此刀！”

“不敢了、不敢了。”老鼠斑梗着脖子喊道，“那个小……小少侠，你打也打了，骂也骂了，就请高抬贵手，解开我的穴道吧，这又酸又麻的，着实难受啊。”

“不吃些苦头，你如何肯改？老实待着吧。三个时辰后，穴道自然会解。”

徐振之神气活现地扔下了这句话，便拉着一头雾水的许蝉翩然离去。

直到离开很远，许蝉仍觉有些恍惚，难道自己这青梅竹马的夫君，竟是位深藏不露的浊世佳公子？

徐振之朝身侧瞥了几眼，猜出了许蝉的心思：“怎么，被我刚才那手‘飞石打穴’的绝技惊到了？”

许蝉挠了挠头道：“飞石打穴可是极高深的功夫，你分明不会武功，为什么使得出来？”

徐振之故作神秘：“想知道原因吗？”

“嗯！”许蝉赶紧使劲点了点头。

徐振之微微一笑：“其实没什么大不了的，无非是我瞎猫碰上了死耗子。”

那边厢，许蝉已经恍然大悟，可留在林中的二匪，却依然被唬得够呛。酒糟鼻费了半天劲，这才支起身子，一蹦一跳地来到老鼠斑身旁：“老二，还是动不了？”

“动不了。”老鼠斑叹口气，“真他娘的活见鬼。那死小子不像个练家子，怎么还会飞石打穴？”

“是邪门，老子连点穴都不会呢。”酒糟鼻绕着老鼠斑走了几步，突然奇道，“咦，你脖子上怎么还插着银针？”

“什么银针？”老鼠斑奇道，“什么时候插上去的？”

“我哪知道？”酒糟鼻抬手取下，“先帮你拔下来再说。”

那银针刚一拔出，老鼠斑身上骤觉一轻，手脚也立马能动了："嗬？没事了！那针呢？快让我瞧瞧。"

酒糟鼻正要递过那针，眼前突然一花，再定睛看时，面前竟不知何时多了一人。

这人身穿黑衣，脸上蒙着个判官面具。那面具龇牙咧嘴、遍染朱红，再加上他鬼魅一般的出现，使得二匪惊出一身冷汗。

酒糟鼻打个哆嗦："你……你是什么人？"

那面具人不答，从怀中摸出了一把银针。

见那些银针与之前那支样式相同，老鼠斑气不打一处来，想也没想，便脱口骂道："好啊，原来是你这王八蛋暗算老子！"

"满嘴喷粪！"面具人叱呵一声，也不知从哪儿摸出张膏药，"啪"地塞入老鼠斑嘴中，紧接着一脚飞起，将他踹开数丈。

这一踢之力显然极重，老鼠斑喷出几口血，又挣扎两下，仰在地上不知死活。

看到这等变故，酒糟鼻吓得抖若筛糠："这无冤无仇的，大侠何苦对我兄弟下此重手？"

面具人将银针随意一抛，冷冷道："这世上本就是弱肉强食，你们功夫不济，又能怪得了谁？"

见他流露出杀意，酒糟鼻顾不上腿痛钻心，赶紧从怀中摸出一张请柬："且慢！我们的功夫虽不如大侠，可也是眠月山庄要请的贵客！"

"眠月山庄？"面具人接过请柬，扫了一眼，"哼，倒是大好名头。"

听他口风一松，酒糟鼻趁机道："是啊，近来江湖上盛传'宁遇恶鬼阎王，莫惹眠月山庄'。就算大侠武艺再高，嘿嘿，恐怕也得给眠月山庄几分情面吧？”

谁知面具人就像没听见，随手几下，便将请柬扯得粉碎。

望着那四散飘零的碎片，酒糟鼻大惊失色，还没来得及开口，脖子上忽觉一凉，喉管已被割开。

面具人刚避开那喷涌的鲜血，酒糟鼻便瘫在地上，二目虽睁，人却死透。

见那老鼠斑的胸口尚在微微起伏，面具人袖口又一扬，疾射出一道银光。

“噗”的一声，老鼠斑喉间多了一柄飞刀，腿脚胡乱蹬了几下，慢慢变得僵直。

野径上人迹难寻，千里之外的京师，却是熙熙攘攘、车水马龙。

八街九陌间，各色店铺林立，行人川流不息。一乘挂帷小轿，正在几人的护卫下，于闹市中缓缓穿行。

刚经过市心，前方突然爆出一阵惊呼，紧接着人仰摊翻、哭叫连连。

见有异样，小轿急忙停住。轿帘掀开了一条小缝，传出个淡淡的声音：“王安，前面出了什么事？”

那王安踮起脚来望了望，脸上顿时变色：“不好，像是有人纵马！”

话才说完，那些骑马人已由远及近。打头的是个华衣少年，脸上还带着几分稚气，眼神中却满是霸道。他骑着匹红鬃烈马，一面扬鞭急策，一面放声大笑，在人群中肆意地横冲直撞。

怕被飞马撞伤，人们纷纷避让。慌乱之中，一名女童被人潮挤倒，跌坐在街心，吓得哇哇直哭。

不出片刻，那华衣少年便驰到了切近，岂料他压根就没有停马的意思，反将鞭子狠命一抽，竟想催马从那女童身上踏过。

若被这烈马的铁蹄踏中，那女童焉能再活？正当这危急时刻，轿中人疾声低喝：“郭鲸、薛鳄，速去救人！”

“是！”

轿旁两条大汉飞快地跃出，皆挥臂举掌，向那烈马狠狠推去。受这四掌巨力，那烈马的四蹄登时离地，连同鞍上的华衣少年，一并飞了出去。

与此同时，那两名大汉再度出手。一人弯腰揽起女童，将其送往街边；另一人疾步冲到落马处，趁那华衣少年尚未落地，一把提住了他的后心，再把他平平稳稳地放回地面。

那华衣少年吃这一惊，早已吓得面无人色，只觉两腿发软，有些站立不住。后面几名随从赶上来，慌忙勒马跳下，三步并作两步地奔到近前，扶着那华衣少年嘘长问短。

这些人面净无须，说话都尖声尖气，分明是些便衣打扮的宦官。见华衣少年不曾受伤，这伙宦官长舒口气，又纷纷围住那两名大汉，跳着脚地叫骂：

“你们长了几个脑袋？竟敢挡我们小主子的驾！”

“混账东西，快去磕头赔罪！”

又喘了几口粗气，那华衣少年总算缓过劲来。别看他年纪不大，脾气倒是不小，见自己的坐骑仍倒在地上悲鸣，不由得火冒三丈，抓起了马鞭，就要冲那两名大汉抽去。

“且慢动手！”那王安高喊一声，急急奔上前去。

那华衣少年一怔：“王安？”

王安恭敬地作个长揖：“手下人莽撞，还请福王爷千万恕罪。”

此言一出，周围一片哗然。原来这耀武扬威的华衣少年，竟是那小福王朱常洵。恐动静闹得太大，那些宦官连骂带喝，将围观的百姓尽数驱开。

趁这工夫，两名大汉也抽身出来，闷声不响地退回轿边，继续留神护卫。

朱常洵朝那小轿瞥了一眼，恨得牙根痒痒：“难怪那两个狗奴才如此猖狂，原来背后有人撑腰。若本王没猜错，那轿里的是太子吧？”

王安点了点头：“正是太子殿下。”

朱常洵没好气道：“他躲在里头做什么？你叫他出来！”

王安摆了摆手：“这里鱼龙混杂，太子是千金之躯，岂可于此处露面？福王爷有什么吩咐尽管开口，小人自会向太子转达。”

“你一个小小的东宫伴读，也配在本王面前托大？滚开！”朱常洵大为光火，一把推开王安，气冲冲地奔向小轿。

见他奔来，那两名大汉伸手便拦：“请小王爷止步！”

“狗东西，嫌命长吗？”朱常洵怒不可遏，扬起鞭来便朝二人脸上狠抽。

只听“啪啪”两声，二人腮间各多了一道血痕。但他们连眼睛都没眨，仍把朱常洵挡了个严严实实：“请小王爷止步！”

朱常洵正欲再打，轿中的太子突然急咳了几声：“好了，你们且退下。”

“是！”

两名大汉这才放下手臂，齐齐向两侧一闪。

听太子声音有些嘶哑，朱常洵皱眉道：“你嗓子怎么了？”

轿中太子又咳了两下，有气无力道：“不劳三弟挂怀，我前几日偶染风寒，现已无甚大碍。只是尚未痊愈，仍禁不得风，就不出轿与三弟会面了。”

朱常洵暗骂了声“病秧子”，朝轿中大声质问：“养病就老实待着养病，别仗着自己当了太子，就跑出来折腾别人！说，你叫人伤我坐骑，究竟是什么居心？”

轿中太子道：“三弟此言差矣，我命人拦住奔马，实乃无奈之举。那马若是不伤，伤的便是那女童性命，人命关天，岂能不救？哦，我那里也养着几匹好马，稍后让王安送去，就当给三弟赔礼了。”

“赔？你拿什么赔？”朱常洵不依不饶，“那是鞑靼人献给父皇的御马，就算翻遍全京城，也找不出第二匹！”

轿中太子冷笑：“既然是献给父皇的，三弟为何说是自己的坐骑？莫非在三弟眼中，你已经与父皇平起平坐了？”

朱常洵自知失言，嘴上却不肯服软：“我几时那样说过，你休要胡言乱语。朱常洛，你是太子不假，可我这王爷也不是白当的。今天若没个交代，本王跟你没完！”

“本王？”太子哼了一声，“三弟岁数不大，架子倒是不小。若我没记错的话，福王爷的封地，应是在洛阳吧？”

“那又怎样？”

“可这里是京师，不是你福王爷的封地。你迟迟不去就藩，早惹得群臣非议，而今又在众目睽睽下，于闹市间纵马狂驰。要是没我拦着，那女童必会死于马下！你若用父皇的御马，踏死了无辜百姓，就不怕激起民愤吗？咱们当皇子的，一举一动都关系着皇家的颜面，劝三弟还是收敛些，别令父皇跟着你蒙羞！”

说完这些，太子便吩咐起轿，王安等人赶紧开道，护送着轿子渐行渐远。

朱常洵在原地立了半晌，这才从牙缝中挤出几个字来：“朱常洛你别得意太早，总有一天，我会把你踩在脚底下！”

边上的宦官纷纷劝道：“小主子，这大庭广众的，有些话不宜声张啊……”

朱常洵正愁找不到撒气的地方，当即将一众官宦骂了个狗血喷头：“本王想怎么说便怎么说，用得着你们这些废物来指手画脚？滚去牵匹马来，本王要回宫！”

众宦官大气也不敢出，急忙拉来一匹马给朱常洵骑了。朱常洵猛甩一鞭，那马便扬起蹄来，朝紫禁城的方向奔去。

朱常洵一路狂奔，直驰到宫门外，这才蹁身下马。见他阴沉着脸，守门侍卫生怕触了这位小王爷的霉头，赶紧接过缰绳马鞭，毕恭毕敬地放了行。

沿着红墙宫道，朱常洵又是一通疾走，绕过重重正殿，来到了内院翊坤宫。这翊坤宫，乃其生母郑贵妃所居，檐拱饰着金漆，梁枋绘以彩画，门雕松鹤延年，窗镂五蝠捧寿，那富丽堂皇的样子，比那皇后的坤宁宫还要气派上几分。

因郑贵妃位尊，供翊坤宫使唤的下人也多，宫娥彩女们进进出出，将那时令的鲜果、精巧的点心，流水般地端来撤下。

朱常洵刚要跨入殿门，恰逢两名宫女走出。见是小王爷驾临，那两名宫女慌忙跪倒请安。

可她俩只顾着叩迎，不想却把门口给堵住了。这朱常洵仗着母势，打小便作威作福，闲来无事时，常以打骂宫人为乐。如今他正憋着火，更是一点就着，当即抬脚来，向那两名宫女狠狠踹去：“没长眼吗？让你们挡路，我让你们挡路！”

两名宫女被踹得身子歪斜，手里瓷盘一个没捧住，“啪啦”掉在地上，双双摔个粉碎。殿内的郑贵妃听到异响，不免好奇，忙叫上了贴身太监崔文升，一并赶来查看。

这郑贵妃驻颜有术，明明年逾三旬，瞧着却是个二八少女的模样。只见她螓首云鬓、皓齿灵眸，身上披着绮罗、足下踏着珠履，发间颈腕饰满了金簪玉镯，动辙环佩叮当。

到近前稍加打量，郑贵妃心下便已了然，又将朱唇轻启，吐出漱玉之音："行了洵儿，你快离那堆碎瓷茬儿远些，小心弄伤了脚。"

"我没事！"朱常洵又朝宫女身上踢了几脚，气呼呼道，"好狗不挡道，这次不吃些苦头，下次她们还是不长记性！"

"哪还有什么下次？"郑贵妃转过头，向那瑟瑟发抖的宫女瞥了一眼，"像这种粗手笨脚的东西，就不配留在我的翊坤宫里，崔文升！"

崔文升上前："娘娘请吩咐。"

"将这两名贱婢送到浣衣局，让那伙监工好生'关照'一下。"

"奴才明白。"

崔文升说完，扯起两名宫女的头发便往外拖。

提起这浣衣局，宫人无不色变。那里不但有做不完的苦活重役，而且有虎狼一般的恶宦当监工。稍有个不慎，那些监工就会变着法儿地折磨，寻常宫人进去，不死都得掉层皮，更何况还有郑贵妃的特意嘱咐？两名宫女吓得魂飞魄散，顾不上头发被扯得生疼，趴在地上放声大哭："娘娘开恩啊，我们再也不敢了……"

听她们哭闹的动静太大，郑贵妃赶紧朝殿内望了一眼，似乎怕惊动了什么人。见无甚异样，她又回过头来，朝宫女淡淡地说道："不怕现在就被活活笞死，你们只管大声些哭。"

这句话轻描淡写，却使得两宫女齐打个寒战。她们急忙捂住了嘴巴，只任那止不住的泪珠，“滴嗒滴嗒”不断流下。

郑贵妃面无表情地挥挥手：“还不快些拉走？”

“是！”崔文升一手扯起一个，将那两名失魂落魄的宫女拖下了丹墀。

待三人离开后，郑贵妃脸上总算有了一丝笑意：“洵儿，你不是骑马玩去了吗，为何这么快就回来了？”

朱常洵哼道：“还骑什么？马都被朱常洛派人打死了！”

郑贵妃微微一怔：“你遇见他了？到底是怎么一回事？”

毕竟是少年心性，被母亲这一问，朱常洵顿时满腹委屈，他哭丧着脸，将街上所发生的事说了一番。

郑贵妃默不作声地听完，眉头已然紧蹙：“一个低贱的女童，死便死了，大不了赔些银子就是。哼，我看他是冲你来的，这次敢打马，下次就敢打人了。”

“就是！”朱常洵恨道，“那朱常洛太嚣张了。娘，这口窝囊气我咽不下，你得给我做主！”

“放心，娘哪舍得让你吃亏？”郑贵妃嘴角泛起一抹冷笑，伸手抓住朱常洵的衣领，用力地一撕。

“刺啦”一声，那华美的衣衫上顿时多了条口子。朱常洵有些莫名其妙，不解道：“这是干什么？”

郑贵妃再撕下几条布缕，又将朱常洵头顶的发髻扯乱：“娘待会儿教你几句话，你可要好生学着，等到了净阁后，就去说给你父皇听。”

郑贵妃口中的净阁，就在这翊坤宫的后殿，那里面设着玄坛法座、供着香案经堂。只因当今的万历皇帝痴迷修道，故而郑贵妃便投其所好，在自己的寝宫之中，布置出了这样一处道场。

自打这净阁建好后，万历帝龙心大悦，隔三岔五就要临幸这翊坤宫，一是为练道修玄，二是方便与郑贵妃缱绻。

今日此时，净阁内清烟缭绕，当中的法坛上置着一只蒲团，年近半百的万历帝，正盘坐其上闭目养神。万历散发赤足，披着件宽大的道袍，臂弯中一柄麈尾拂尘随意搭着，颇有几分仙风道骨。

二人来到净阁外，郑贵妃忽然朝朱常洵的胳膊上拧了一把。虽然没用什么力气，可细皮嫩肉的朱常洵，仍旧疼得“哎哟”一声。

听到动静，万历缓缓睁开眼：“外面是洵儿吗？”

见郑贵妃频使眼色，朱常洵赶紧揉着胳膊回道：“父皇，是孩儿。”

万历又道：“因何呻吟？”

郑贵妃抢先道：“皇上，洵儿受了些伤，许是没忍住，这才叫出声来。”

“伤？”万历帝一怔，从蒲团上站起，“快进来让朕瞧瞧。”

“是。”二人撩开了金丝绣帘，双双踏进阁中。

朱常洵虽衣冠不整，步伐却迈得稳健。万历一瞧，便知他无甚大碍，遂宽下心来：“怎么这般狼狈？”

那装凄扮惨的本事，郑贵妃信手就能拈来。只见她眉头颦蹙几下，一双妙目中，便饱噙泪花：“皇上有所不知，洵儿被人从马上打了下来，没摔个头破血流，已然是万幸了。”

万历又是一怔：“何人如此大胆？”

“这……妾身有些不敢说……”

“但讲无妨！”

“皇上英明圣聪，想必早就猜到了，除了东宫的太子爷，谁还敢那么做？”郑贵妃假意抽泣一声，“洵儿你别怕，把事情一五一十地说出来，你父皇最疼你，定会帮你讨回公道。”

朱常洵点点头，开始诉苦："父皇，孩儿今天骑马走在街上，迎面遇上了一顶小轿。当时孩儿不知轿里坐着皇兄，所以就没在意。可皇兄误会了，以为孩儿故意不理他，就派出两个凶神恶煞的手下，将孩儿连人带马一并打翻了……"

这通避重就轻的说辞，自然是由郑贵妃提前"润色"过，极言太子如何猖獗跋扈，朱常洵闹市纵马、险伤人命的事，却只字不提。

万历虽然怠政，但绝非糊涂之人，听了这番添油加醋的话，不免皱起眉头："太子向来本分，怎会没来由地与你为难？"

"皇上，人心隔肚皮啊，有些人面上瞧着老实，可保不齐心里是怎么盘算的。"郑贵妃轻咬了几下嘴唇，又朝朱常洵道，"对了洵儿，太子好像还说了些什么吧？"

"对。"朱常洵赶紧道，"皇兄还说，孩儿的封地在洛阳，不该老在京城待着。听他话里的意思，是要赶孩儿走。"

"这话倒好笑了，这京师又不是太子一个人的，他还没坐上龙椅呢，就急着替皇上发号旨意了？"郑贵妃说到这里，特意停顿了一下，偷眼打量起万历的神情。见万历面无波澜，又将话锋一转："再者说，洵儿这孩子打小便孝顺，他暂不就藩，还不是因为舍不得皇上，想留在皇上身边，多尽些孝道吗？"

正说着，净阁外走来一名宫女："启奏万岁爷和娘娘，慈庆宫的王安公公求见。"

郑贵妃心里一紧，顿觉不妙："万岁爷正在清修，哪有空理会闲人？去打发他走吧！"

那宫女答应一声，刚想转身，却被万历叫住。

"这个叫王安的，好像是东宫伴读吧？他来有什么事？"

宫女忙道："王公公牵来两匹骏马，还带了一封太子爷的亲笔信，说要送呈皇贵妃娘娘过目。”

万历又道：“信留下，人就不必见了。”

“是。”

不多时，那宫女取来信笺呈上，又知趣地施礼退下。

万历展信阅罢，心下了然。太子这信中用词谦恭，事无巨细，将闹市上所发生的一切都悉数写明。还言因救人之故，这才使朱常洵受惊，特意送来良驹两匹，恳请郑贵妃与福王恕罪云云。

郑贵妃与朱常洵互视了一眼，心里有些忐忑：“皇上，信上怎么说？”

万历将书信转过来，脸色也渐渐黯了下去：“这信上所言，可与你们的话大相径庭。太子说，他派人截下洵儿的坐骑，不是无缘无故，而是事出有因。洵儿！你是不是偷骑了朕的御马，还险些误伤了人命？”

朱常洵支吾了几声，惧不能言。

万历的脾性，郑贵妃早就摸得烂透，一见瞒不过，急忙拉着朱常洵匍匐在地，装得像小女子般楚楚可怜：“洵儿年小不懂事，皇上要怪，就怪妾身吧。都是妾身不好，一心只顾着侍奉皇上，却疏忽了对洵儿的管教……”

说到动情处，郑贵妃竟“呜呜”哭了起来，那梨花带雨的娇弱模样，真是人见犹怜。

万历登时心软，赶紧将她搀起：“爱妃快平身，朕疼你都来不及，又岂会怪你？不过这次，洵儿也太过顽皮了，倘若真将那女童撞死，事情就不好收场了。”

郑贵妃也不避讳朱常洵在场，索性扑入万历怀中撒娇：“不管怎么说，洵儿总是皇上的至亲骨肉。那女童的性命要紧，难道洵儿的性命就不要紧吗？洵儿可是被他们从飞马上打下来的，一旦有个闪失，后果哪堪设想？不瞒皇上说，妾身一想就后怕，手都吓得直抖呢。”

万历握住郑贵妃的手，宽慰道：“别慌了，好在有惊无险。”

郑贵妃欲言又止：“有句话，妾身不知当不当讲？”

万历向她指尖打量一眼，随即移开了视线：“爱妃不必顾虑，有话只管说来。”

郑贵妃拭了拭眼角，将头靠在了万历肩上：“在妾身眼中，皇上不光是九五之尊，更是妾身所仰仗的夫君。在夫君面前，妾身就斗胆说几句心里话吧。皇上对我们母子，素来疼爱有加，宫里其他人难免会心生嫉恨，定要变着法儿地使出冷枪暗箭，令我们母子俩防不胜防……”

万历轻拍着郑贵妃的后背：“放心吧，有朕在，谁敢拿你们怎么样？”

郑贵妃抬起脸，眼泪汪汪地说道：“可皇上日理万机，总不能时刻都陪在身边保护我们吧？这次的事，妾身就怕太子救人是假，借故加害洵儿才是真。皇上，妾身以为，不管太子出于什么目的，都应该施以惩戒，如若不然，怕是会变本加厉的。妾身只剩洵儿一个孩子了，他要是有个三长两短，我这当娘的，可真就活不成了！”

“唉……”万历叹了一声，轻轻推开郑贵妃，来到香炉旁，将太子的书信投其中焚毁，“练得身形似鹤形，千株松下两函经。我来问道无余说，云在青天水在瓶。各安本位，方能两下圆满，依朕看，这件事就到此为止吧。”

郑贵妃仍不死心：“还请皇上三思呀！太子他……”

“爱妃！”万历抬高了声音，“朕方才发现，你的指甲上，好像挂着几缕锦线。”

郑贵妃何等精明，当即听出了万历的弦外之音。然而郑贵妃却明白，万历虽起了疑心，但也不会来深究，之所以点出而不点破，无非是想息事宁人。

想到这里，郑贵妃便给自己找了个台阶：“方才在殿外，妾身见洵儿衣衫凌乱，就替他整理了一番，许是那时候不小心，将几缕锦线挂了上去……哦，皇上听我们说了这么多，想必有些劳神了吧？”

万历果然顺水推船，声音也变得懒洋洋的：“嗯，爱妃说得不错，朕是有些乏了。”

“既然如此，就请皇上安歇，妾身和洵儿先行告退了。”

万历满意地点点头：“去吧。”

郑贵妃与朱常洵齐施一礼，悻悻然退出了净阁。

直到走出很远，朱常洵这才敢低声埋怨：“娘，你说父皇是怎么想的？还‘各安本位’呢，我可不甘心只当个藩王！”

此时的郑贵妃，跟在净阁时判若两人，她俏脸紧绷，目光中闪现出一丝寒芒：“就算你甘心，娘也绝不答应。还好我提前安排了计策，洵儿你只管等着瞧，看他朱常洛还能逍遥到几时！”

第三章 虎狼巢

自打在暨阳渡雇了条小船，徐振之夫妇便循着长江，转道运河北上。一路上顺风顺水，倒没再出什么差池。

这几日来，二人吃住都在船上，只有趁船家采办柴米时，才会偶尔登岸。

来到岸上，许蝉不免要拖着徐振之朝热闹处钻，将当地的特色小吃尝遍后，再拎些蜜饯果子返回。许蝉满载而归，徐振之往往也不空手，有时购来木板铁钉，有时买些皮绳铜片，还有一回遇上个卖秤的匠作，竟一连要了好几条，拆下秤砣、钩子带走，把几根光秃秃的秤杆留给了人家。

等船行后，徐振之便将这些零七碎八的东西运进舱中，开始“叮叮咣咣”地鼓捣起来。许蝉见状，十分好奇，跟在旁边一个劲地追问。

然而越问，徐振之便越要卖关子，后来许蝉也懒得浪费口舌，索性出了船舱，坐在船头看风景。身旁无人打扰，徐振之更是心无旁骛，埋头伏案，将桌上的材料拼拼凑凑。

不知不觉，几个时辰过去。

到了掌灯时分，许蝉又回到了舱里："振之哥，这都一个下午了，你怎么还窝在里头？船家煮了几条大鱼，咱们快去吃吧。"

"先不忙。"徐振之抖了抖衣衫上的木屑，朝桌上一指，"刚好大功告成，你来瞧瞧吧。"

先前的那些材料，已然被制成个甲片模样。那甲片的表面，平嵌着几排小铁钉，边缘处则钻了几个小孔，穿着数根绳带。

许蝉拎起来左看右瞧，挠着头问道："你做了个什么？怎么瞧着跟肚兜儿似的？"

"别瞎说。"徐振之赶紧夺回来，"这是个护具，我还给它取了名字，叫作'隐猬甲'。"

许蝉不解道："什么甲？"

"隐猬甲。"徐振之说着，将那甲上的机钮一旋，只听"啪嗒"一声轻响，上面的几排小铁钉，居然齐刷刷竖了起来。

望着那些倒竖的钉尖，许蝉笑道："好玩好玩，一下子变成个扎手的小刺猬了。"

徐振之心下也有些得意，又把机钮一拧，将几排铁钉重新缩回了木甲中："这甲上的尖钉可隐可现，故而我才叫它隐猬甲。好了，以后你就贴身穿着吧。"

一听这话，许蝉的笑容登时僵在脸上："这……是给我的？"

"是啊。"徐振之点头道，"那次野外遇盗，至今都让我心有余悸。所以我亡羊补牢，做了这既能防身，又可伤敌的隐猬甲，若再与歹人动起手来，你也好多上几分胜算。"

"我可不要！"许蝉将头摇成了拨浪鼓，"打发坏人，一把秋水剑足够了。这木甲太丑，穿在身上像什么样子？被人瞧见，肯定会笑掉大牙的！”

徐振之皱皱眉头，还是把木甲往前递了递：“它小巧轻便，罩在外衣下面谁能看得着？”

许蝉接也不接，反而向后退了好几步：“要不你留着穿吧，我反正是不要！那啥，我吃鱼去了，振之哥你也快点儿来，晚了可就没啦！”

说完，许蝉飞也似的跑出船舱。徐振之怔了半晌，这才叹了口气，对着隐猬甲喃喃自语：“这不挺好看的，何陋之有？”

许蝉的不屑一顾，并未让徐振之气馁。一连几天，他都继续削木制器，还对船上的一张渔网大感兴趣，出钱买下后，便拖进舱中琢磨起来。

再行一日，船已驶入北直隶地界。眼看着京师在望，徐振之和许蝉不禁兴奋，直催着船家快行，好早些抵京。

可没等航出多远，便见前面不少船只纷纷调头。一问之下，才知官府为护运漕粮，派人把水道封了，一应民船渔舟，俱不得通过。

徐振之听说后，赶紧出舱远眺，果见前方的河面上，一字横排着几条小艇。艇上皆站着兵丁，手持长枪，吆五喝六，驱赶着过往舟船。

水道不通，二人也无可奈何，只好结清船资，弃舟登岸。

此处较为偏僻，沿岸也瞧不见什么村庄，仅有些窝棚茅屋，零星散落在河畔的浅滩上。那些棚屋外头，晒着钩网、捞篓等物，里面所住的，八成是附近的渔户。

又经过一个窝棚时，许蝉突然侧起了耳朵：“咦？那棚子里还挺热闹。”

徐振之尚未接口，棚中的动静便越来越大。紧接着男人吼、女子哭，丁零咣啷，稀里哗啦，简直是愈演愈烈、如火如荼。

二人正在奇怪，那窝棚的门板子“砰”的一声被撞开，滚出个胡子花白的老头来。

那老头衣冠不整，手里却牢牢攥着把乌骨大扇：“乖乖不得了！要出人命啦！”

话音还未落，一名汉子又跳将出来。那汉子手提一柄鱼叉，瞪着通红的二目，对那老头穷追不舍：“哪里跑？你给我站住！”

那老头“啊呀”一声，急急从地上爬起：“莫要动手！有话好说！”

“说你姥姥！看叉！”那汉子怒气冲冲，只是挥舞着鱼叉，东一下、西一下地乱戳乱刺。

老头大惊失色，连忙拙手笨脚地躲闪，活似个胡飞乱窜的没头苍蝇。也合着该他倒霉，那老头只顾着慌逃，不想却撞倒了棚外晒网的竹架，几张渔网罩落下来，登时将他缠成了大粽子。

那汉子奔上前来，也没说二话，扬起鱼叉就想下狠手。

就在这时，棚里冲出个妇人，一面哭叫着，一面将汉子拦下：“当家的，真不是你想的那样……可不能杀人啊！”

那汉子正在火头上，压根就听不进劝：“我先戳死那老不羞，回头再收拾你这臭婆娘！滚开！”

妇人哪敢松手？只是死死地抱住他的大腿。那老头“骨碌碌”滚了几下，连渔网都没来得及挣脱，蠕虫般费力地爬将起来。可他手脚皆被缠住，根本就无法迈步，只得连蹦带跳，累得气喘吁吁。

“还说没有奸情？你分明就是护他逃走！”那汉子怒不可遏，一脚踹开妇人，再度提叉去追。

见他们闹得过火，徐振之和许蝉自然不能无动于衷，对视一眼，齐齐奔出，打算先将那汉子劝下。

发觉有人赶来，那老头似遇到了救星，看徐振之一副书生模样，忙扯着嗓子大声叫道：“小兄弟，老夫也是圣贤门下啊，念在都属斯文一脉，快来救我一救！”

“先生别慌！”徐振之跑到跟前，将那老头扶住，“待我先劝劝那位大哥！”

说话间，那汉子也奔至切近，指着徐振之便喝道：“小子，你少管闲事！再不让开，连你一并打杀！”

“还反了你了！”许蝉一个闪身，挡在徐振之身前，“你打个试试看？”

“试试就试试！”汉子犯了浑，抡起鱼叉就要砸下。

鱼叉才举过头顶，许蝉的秋水剑已然出鞘。一道银光闪过，汉子只觉手头一轻，鱼叉便被砍作两截。

那汉子尚在发怔，许蝉又使个巧劲，抬脚在他腿下一勾，左掌再轻轻一推。被这一勾一推，汉子脚底拌蒜，踉踉跄跄倒退几步，跌了个四仰八叉。

那老头一瞧，嘴里便跟连珠炮似的，开始大放谀辞：“哎呀呀！想不到你一个娇滴滴的小姑娘，竟有如此厉害的身手。嗯，仔细一瞧，不光是功夫高强，模样亦是俊俏得紧，真可谓沉鱼落雁鸟惊喧、羞花闭月花愁颤……啧啧，在传闻之中，总说世上有那种英姿飒爽的女侠客，老夫只当是书里头瞎编的，直到今日得遇姑娘，才知是诚不我欺！”

这通马屁拍下来，任谁听了都极为受用。许蝉心里乐开了花，面上却装得十分矜持：“好说好说，你倒是挺有见地。”

“那是、那是。”老头趁热打铁，赶紧笨拙地向许蝉蹦了几蹦，

“姑娘，救人救到底，老夫还困在这渔网中，你能不能帮忙解开啊？”

“这有何难？你站好别动！”许蝉手腕翻转，秋水剑便开始“唰唰”飞舞。

剑锋所至，线网尽断，然而许蝉下手没个轻重，有好几剑险些划到那老头。老头提心吊胆，不停地左扭右扭，老脸吓得煞白：“老夫不着急，姑娘不妨慢些、不妨慢些……”

许蝉正挥得兴起，哪管他害不害怕？只是不停手地运剑，频频削割。好不容易等到渔网全然脱落，那老头已是冷汗遍体，身上虽没伤没创，衣间却多了不少小口子。

趁这空当，那汉子缓过劲来，揉着屁股想要爬起。徐振之赶忙走上前，打算伸手去搀。

“不用你来假惺惺！”那汉子余怒未消，一把拨开了徐振之的胳膊。

许蝉顿时不悦：“你这人怎么不识好歹？我振之哥好心扶你，你反要推他。”

“你们若有好心，还能护着那老不羞？”那汉子气呼呼道，“你这野丫头哪来的？少仗着拳脚四处撒泼！”

许蝉怒道：“你再骂一句试试？”

“好了。”徐振之劝住许蝉，又向那汉子一揖，“要打要杀，总得有个缘由。那位老先生谈吐有致，应是个知书达礼之人，大哥因何要跟他过不去？”

汉子指着那老头啐道：“这老不羞就是个假道学、真禽兽！他要知书达礼，还能勾引我浑家？”

此言一出，徐振之与许蝉全愣了：“什么？”

“不信是吧？我亲眼瞧见的！”那汉子恨道，“今日我打鱼回来，便听到家里有生人的动静。还没等推门，屋里头又在说什么‘一往情深’‘寻死觅活’！哼，我是没念过什么书，可也能听得出，那都是些不正经的酸话！”

“错啦错啦！”老头摆手道，“没有什么寻死觅活，那句话原本是‘情不知所起，一往而深，生者可以死，死可以生，生而不可与死，死而不可复生者，皆非情之至也’……”

“别啰哩吧嗦，你敢承认就行！”汉子将拳头捏得咯咯作响，“当时我都快气炸了，便踹门冲了进去。他姥姥的，果然撞个正着！那老不羞跟我浑家拉拉扯扯，早已抱作了一团！”

“竟有这事？”许蝉满心鄙夷，朝老头望了一眼，“那他可真是不要脸！”

“误会，这是个误会！”那老头连连跺脚，抻着脖子向不远处的妇人高喊道，“大娘子！你快过来把事说清楚，好还老夫清白啊！”

那汉子咬着牙道：“也好，我倒要听听，你们还能编出什么花样！臭婆娘，你给我滚过来！”

那妇人吓得打个哆嗦，缩手缩脚地走上前来。

“哑巴了？”那汉子一瞪眼，“你跟他做过什么丑事？赶紧自己招了！”

那妇人没见过世面，当着这么多人，她本就害怕，又吃这一吼，更是羞惧交加，哪还说得出一句利索话？只是捂着脸呜呜地哭。

老头急得直搓手：“你别老是哭，再哭下去，可真就说不清了。”

汉子一把攥起了老头的衣领：“她不敢开口，那就是认了！老不羞，你现在还有何话说？”

“冤杀人也、冤杀人也！”老头一面挣扎，一面大叫道，“慢说老夫年纪一把，就算再年轻个几十岁，也不敢对尊夫人动那歪心思啊！像她那模样的，也就你会拿着当宝。”

“嗬！”汉子听出弦外之音，立马恼了，“好你个老不羞！我还没跟你算账呢，你反倒来嫌我浑家丑？”

“她的确不怎么俊。”老头苦着脸道，“姑娘、小兄弟，你们快帮老夫评评这理儿。”

方才离得远，二人没太留意那妇人的相貌。此时再一细瞧，便见她面黑口阔、眉浓鼻塌，手脚的关节也十分粗大，较那汉子都不遑多让。

许蝉没敢吭声，只是紧抿着嘴唇，强忍住笑。

徐振之也憋了半天，这才轻咳几下，化解尴尬：“这个么……依在下看来，此事或有隐情。既然大嫂不愿明言，不如就让老先生自己来说吧。”

那汉子皱眉道：“老不羞能说会道，他要是满嘴跑舌头，我怎知是真是假？”

“放心，我们会替你分辨。”许蝉说完，又转向老头，“你把这事从头至尾地说个明白！”

“好好。”老头拭着满头大汗，“是这样，老夫原籍江西，听说京城码头大，就想去找家书场茶社，谋个能挣钱的营生……”

“等等，”许蝉眼睛一亮，“听这意思，你还会说书？”

“不光能说，还能唱上几嗓子呢！”一见许蝉饶有兴致，老头登时来了精神，“啪”的一声展开乌骨扇，尖着声音道，“姑娘如若不信，便朝某这扇面观上一观。”

许蝉依言瞧去，照着扇面上所写的四字念道：“知天晓地？”

“啊吔！”老头一怔，忙将扇子转了个面，露出“谈古唱今”四字，“方才错了，此一面才是、此一面才是也……”

听他说话怪腔怪调，那汉子眉头紧拧：“你们听听，这老不羞阴阳怪气的，哪像什么正经人？”

老头反唇讥道：“你这糙汉懂得什么？方才那几句，可都是字正腔圆的昆曲念白！”

汉子怒道：“你说谁是糙汉？”

“行了！”许蝉止住汉子，又朝老头道，“你也别咿咿呀呀的，好好说话！”

“唉，知音难觅啊……罢罢罢！”老头叹口气，接着道，“老夫这趟出来，盘缠和干粮带得不多，行至此处刚好用尽。正当饥渴难耐时，突然闻到一阵香味，再嗅着香味一找，便寻到了这位大娘子身边。”

许蝉咂了咂嘴：“她是在做好吃的吧？”

“姑娘真是冰雪聪明。”那老头大拇指一竖，又半眯起眼，似在回味，“当时，这大娘子正在灶旁煎着几尾鲜鱼。老夫一瞧，哈喇子都止不住了，费了好一番唇舌，这才讨得一尾来吃。你们有所不知，这大娘子的手艺当真了得，把那鱼煎得是外酥里嫩，咬上一口，啧啧，满嘴留香！”

许蝉不禁咽了咽口水：“谁问你煎鱼的滋味了？后来发生了什么事？”

老头面露愧色：“那些煎鱼实在太诱人，根本就收不住嘴，后来趁那大娘子汲水刷锅，老夫便把剩下的一并偷吃了……”

“那是该打！”许蝉将心比心，便要替渔户打抱不平，“那么香的鱼，你好歹给人家留点儿呀，怪不得他们生气，若换作是我，揍一顿都算轻的！”

那汉子哼了一声：“只为几条煎鱼，我还犯不上喊打喊杀。”

老头接口道：“你不在乎，可尊夫人却舍不得。她回来后，发现鱼被吃光，非得让老夫赔钱。可老夫浑身上下，摸不出一枚铜板，哪有银钱赔她？实在没法儿了，老夫就跟她商量，给她讲一段才子佳人的故事，权当抵了那顿饭资。”

听到这里，徐振之恍然大悟：“在下明白了，那些所谓的情话，应该都是故事里的吧？”

“着啊！”老头一拍巴掌，“小兄弟一点就透，正如你说的那样！”

那汉子犹不肯信：“讲故事就讲故事，为什么要与我浑家拉扯不清？”

“快别提了！”老头满脸幽怨，“一听那故事，尊夫人就像着了迷。老夫足足讲了一个时辰，嗓子眼都冒了烟，她还是不依不饶，非逼着老夫讲完。”

许蝉插言道：“那你给她讲完不就得了？”

“说得轻巧！”老头叹道，“那故事长得很，一天一宿也未必能讲完。后来老夫见天色不早，怕耽误了行程，就想趁她不备溜之大吉，岂料这大娘子手脚利落，一把便将老夫牢牢攥住。老夫拼命想挣脱，奈何她力气太大，就在这纠缠不清时，她丈夫恰好推门进来……”

那汉子火气消了一半，但仍是半信半疑：“能有这么巧的事？”

“还真就这么巧！”老头指着妇人道，“老夫所言皆是实情，不信你自己问啊！”

那妇人使劲地点点头：“当家的，真的是这样。”

汉子眉头一皱：“那你之前为啥不说清楚？”

妇人瓮声瓮气道：“你一进门便掀桌打人……我心里头害怕，

就不知该怎么说……”

事情水落石出，徐振之便想打圆场，他摸出一小块碎银，递在那汉子手中：“既然澄清了误会，就该尽释前嫌。这里有几钱银子，一为赔那打坏的鱼叉，二为抵那老先生的饭资。”

汉子掂了掂碎银，很是满意：“行，瞧在你面上，这事就算两清了！”

许蝉又指着妇人，朝那汉子道：“你不许再骂她打她，否则的话，本姑娘跟你不客气！”

“哈哈，只要她没做丑事，我疼她都来不及，还打骂什么？”汉子说完，冲浑家道，“婆娘，方才是我不好，给你赔不是啦！走吧，我正好又打了些鱼来，咱们回家煎了吃！”

待渔户离开后，老头心里尚有余悸，一边扇起扇子，一边擦着额头冷汗：“总算是消停了，两世为人哪……”

许蝉瞧了瞧他，突然狡黠一笑：“先别急着感慨呀，你和他们的事已了，那跟我们的事，是不是也该说道说道了？”

“跟你们的事？”老头怔了怔，立马明白过来，“是了是了，若非二位仗义帮忙，老夫险些晚节不保。姑娘、小兄弟，这厢有礼、老夫这厢有礼了！”

老头说完，装模作样地要作揖。

许蝉抬手一托，笑道：“少耍花枪！方才我们不光为你解了围，还替你出了饭钱呢。说吧，那钱你打算怎么还？”

“啊？”老头一听，两眼瞪得溜圆，“那钱还得还？”

“真是笑话。”许蝉抱起了胳膊，“欠债还钱，天经地义。你不还也成，让本姑娘打一顿就算两清。”

老头吓坏了："使不得、万万使不得。我这老胳膊老腿的，可禁不起女侠一顿拳脚！"

见老头哆哆嗦嗦的当了真，徐振之心下暗笑，赶紧拉了拉许蝉的衣角："小知了，别再开玩笑了，这位老先生年事已高，禁不住你这般吓唬。"

许蝉眨了眨眼："我又不是非得让他还钱，拿几段故事来抵，也是可以的。"

老头愣了："用故事抵？"

"是呀，"许蝉笑道，"你不是会说故事么，那就讲来听听，要真讲得好，非但不用你还钱，本姑娘还会另赏你。"

"嗐！"老头如释重负，"你想听故事就直说，何苦绕这通大圈儿？只是老夫要去京城，不能耽搁得太久。"

许蝉道："咱们正好顺路，那故事你可以边走边讲。振之哥，你说呢？"

"也好。"徐振之点点头，"不知老先生是否方便？"

"方便方便。"老头满口答应，"独自赶路实在无趣，跟二位在一起，嘿嘿，说不定还能赚些口水钱。哦对了，那'振之'二字，可是小兄弟大名？"

"不敢，"徐振之拱手道，"振之是我的表字，晚生姓徐，双名弘祖。老先生如何称呼？"

老头眼珠子转了转："老夫叫庄糊涂。"

"什么……糊涂？"

"庄糊涂。"老头煞有介事地说道，"庄稼地的庄，糊涂蛋的糊涂。"

"哈！"许蝉乐道，"我长这么大，还头回听说有人叫'糊涂'，你爹娘到底怎么想的？为何要给你取这种名呀？”

老头把手一摊：“为何叫糊涂？老夫也一直糊涂着呢，或许他们稀里糊涂地取了这名，接着便稀里糊涂地叫开了吧。”

许蝉蹙眉道：“哎呀，这绕来绕去的，可真是一塌糊涂，快别说了，再说下去，连我都要跟着糊涂了！”

老头的这番说辞，能瞒过许蝉，却瞒不过徐振之。徐振之暗忖：许是他方才太过狼狈，顾及着脸面，这才不肯以真名示人。遂笑了笑，也不去道破。

因提前打探过，庄糊涂识得途径，主动当起向导引路。别看他年纪不小，腿脚倒挺利索，一口气走出了二里多地，非但面不红、气不喘，居然还有闲暇轻摇折扇，哼起了小曲儿。

见他没事人一样，许蝉再也忍不住，突然快赶几步，上前拦道：“老糊涂，你这又哼又唱的，还挺逍遥么。”

庄糊涂未假思索，张口便道：“那是，能与二位仙眷结伴同行，自然会心旷神怡。”

“少拍马屁！”许蝉嗔道，“你是不是忘了什么？我那故事呢？”

庄糊涂怔了怔，继而笑道：“没忘没忘，且容老夫酝酿酝酿。”

许蝉哼道：“再酝酿下去，天都要黑了，我可把丑话说在前面，若说不出好故事，本姑娘让你就地还钱！”

“放心，老夫说的，保管比那唱的还好听！”庄糊涂打完包票，赶紧搜肠刮肚想了一番，“这样吧，老夫正杜撰着一出压箱底儿的杂剧，只因尚未成稿，轻易不拿出来说，今日与二位算是有缘，索性讲来，让你们先过过耳瘾！”

听他要拿出压箱的故事，许蝉不禁喜出望外：“好啊，快讲快讲！”

“就来！”庄糊涂清了清嗓子，神情也正经了几分，“老夫这桩故事，且叫它《还魂记》吧。在那南宋年间，南安有名姓杜的太守，膝下一女，唤作丽娘。这丽娘年方二八，出落得花容月貌，被爹娘视为掌上明珠……”

见庄糊涂开讲，许蝉不再作声，徐振之闲来无事，也在一旁侧耳倾听。

不得不服，这庄糊涂当真有副好口才，娓娓几句话，便能引人入胜。说到趣事时，庄糊涂口吐莲花、妙语迭出；再至紧张处，他又抑扬顿挫、字字铿锵，足令闻者动魄惊心。

起初，徐振之以为他所讲的，无非是些花前月下、你侬我侬的风流韵事，听到此时，不由得对那庄糊涂刮目相看。

这出《还魂记》的确是非同寻常，不但文采斐然，字里行间也尽是真情切意，千回百转，无不扣人心弦。许蝉早听得入迷，沉醉在其中，欲罢不能。

庄糊涂见状，愈发的口若悬河。许蝉如痴如醉，也跟着“神游”起来，直为故事中人牵肠挂肚。听那杜丽娘游园访春后，于梦中邂逅了一名手持柳条的倜傥书生，许蝉着实替她欢喜。

可没等高兴太久，庄糊涂又说杜丽娘因这场春梦，相思成疾，最终香消玉殒，化作了牡丹亭下一缕芳魂。说完，庄糊涂再以折扇掩面，悲婉地唱道：“这正所谓，则为你如花美眷，似水流年。是答儿闲寻遍，在幽闺自怜……”

许蝉动了情，竟哭得双眼通红：“那杜家小姐真是可怜……老糊涂，你太坏了！干吗要棒打鸳鸯，将他们写得这般凄惨？”

庄糊涂摇头晃脑道：“不经生死，怎知情深？丽娘与那书生缘分未尽，即使阴阳两隔，亦能再见重逢！”

许蝉将泪水一擦，奇道：“可杜小姐不是死了吗，怎么与书生相见呀？”

庄糊涂得意洋洋：“死了怕什么，让她活过来不就成了？别忘了，这故事可叫作《还魂记》！”

“太好了！”许蝉破涕为笑，“老糊涂，那之后怎样？你快些讲！”

“这个先不忙。”庄糊涂见时候差不多了，觍起老脸冲许蝉笑道，“姑娘可是有言在先，若老夫讲得好，嘿嘿，是能拿到些赏钱的。”

“老财迷，你早晚掉进钱眼儿里！”许蝉啐了一口，向徐振之招手道，“振之哥，给钱给钱！”

徐振之笑了笑，取出一些银两：“听了这半天好故事，是该给些茶钱，让庄先生润口了。”

庄糊涂喜滋滋地接来：“却之不恭，嘿嘿，却之不恭啊。”

许蝉连连催促：“赏钱也领了，你倒是接着讲呀！”

“好嘞！”庄糊涂把银子纳入怀中，又继续道，“话说那持柳书生，倒也确有其人。他原是岭南秀才，同样在梦中得遇了梅下娇娥，这才易名为柳梦梅……”

自打得了赏钱，庄糊涂越发卖力，口中滔滔不绝，直说得唾沫星子飞溅。先讲那柳梦梅在赴考路上，拾到了丽娘生前画像；又道丽娘的魂魄未泯，从阴间转来与柳梦梅再续前缘；最后说到为使爱侣重生，柳梦梅不惜冒天下之大不韪，掘开了杜丽娘的坟墓。

曲折种种，磨难重重，二人这至死不渝的情意，又把许蝉感动得热泪盈眶：“唉，他俩可真是不容易。”

“是啊，”徐振之也喟叹道，“正应了庄先生开头那句——但是相思莫相负，牡丹亭上三生路。”

许蝉拭了拭眼角，又问道："老糊涂，既然丽娘还了魂，就能如愿以偿，跟柳生结成夫妇了吧？"

"哪有那么容易？"庄糊涂摆了摆手，"他二人要想修成正果，还须经历一劫！"

"还要一劫？"许蝉登时不悦，"你怎这样狠心？还嫌折腾得他们不够是吧？"

徐振之忙道："小知了，听个故事而已，不必太过当真。"

许蝉回过神来，又瞪了庄糊涂一眼："故事是他写的，我听不惯他铁石心肠。"

庄糊涂苦笑一声，急忙引开了矛头："铁石心肠的并非老夫，而是那丽娘之父杜太守。得知女儿的坟墓被掘，杜太守大发雷霆，也不分青红皂白，便将那柳梦梅问成盗墓贼，囚禁了起来。"

许蝉恨道："这杜太守好生可恶！老糊涂，后来呢？后来怎么样了？"

庄糊涂拖起了长腔："后来如何，老夫也不知啊。"

许蝉白了他一眼，哼道："瞧你这副财迷的样子，就知道你又想讨赏。振之哥，拿银子！"

徐振之含笑不语，从包袱中取出了钱袋。

岂料庄糊涂一反常态，竟对那钱袋视而不见："这不是银子的事。后面的故事不讲，是因老夫尚未想好怎么去写。"

"还没写？哎呀，你这不是吊我胃口吗？"许蝉急了，径自从钱袋中抓出一把银子，"给你钱，赶紧编！现在就编！"

庄糊涂仍然不为所动："不成！其他事能凑合，写书编文老夫可绝不含糊。好故事要字斟句酌、耗费心血，岂能信口开河、胡编乱造？哼，还现在就编，你这小丫头真是站着说话不腰疼，当那故事说来就来吗？”

许蝉正听到兴头上，哪里肯依？缠着庄糊涂威逼利诱、软硬兼施。不想庄糊涂油盐不进，任凭许蝉磨破了嘴皮子，还是一副死猪不怕开水烫的模样。

怕二人再闹将起来，徐振之忙岔开话头：“天色已然不早，咱们的当务之急，是要找个地方落脚。”

许蝉仰头一瞧，果见晚霞残照、日薄西山：“这就要天黑了？我竟然半点儿也没有察觉。咦，为何走了这么久，还没瞧见人烟？定是这老糊涂引错了路！”

见她借题发挥，庄糊涂哭笑不得：“在来之前，老夫早打听过了，从这儿去京城的道路仅此一条，又怎会引错？”

许蝉四下望望，埋怨道：“若你没引错，那咱们怎么会走到荒郊野地里？这黑灯瞎火的，别说是落脚，就连吃的也弄不到啊。哼，你晌午塞了一肚子煎鱼，我和振之哥却还空着肚子呢！”

庄糊涂摇头叹道：“你这馋丫头三句话离不开个‘吃’字，倒是真不辱没你那芳名啊。”

许蝉嗔道：“本姑娘那芳名是‘鸣蝉’的‘蝉’，又不是‘馋嘴’的‘馋’！”

“蝉丫头、馋丫头，嘿嘿，听上去也差不多。”

“懒得跟你抠字眼。反正本姑娘饿了，你说怎么办吧？”

“别急别急，待老夫算上一算。”庄糊涂说着，掐着手指头开卜，嘴里也喃喃有声，“有了，前方不远，定有一户大宅院，咱们可到那里寻些吃食。”

许蝉将信将疑：“还大宅院？你不也头回进京吗，又是怎么知道的？”

庄糊涂捋着胡子道："实不相瞒，除去那说书人的身份，老夫还是个'半仙'，两只慧眼识阴阳，一张铁嘴断过往，知天文、晓地理，我是能掐会算、未卜先知。"

许蝉恍然道："难怪那扇子背面写着'知天晓地'，原来你还是个江湖骗子。你要真能算准，怎会不知要被那渔户追打？"

"多说无益，准与不准，咱们走着瞧。"庄糊涂说完，一手倒背，一手摇扇，哼起小曲儿迈步先行，"原来姹紫嫣红开遍，似这般都付与断井颓垣，良辰美景奈何天，赏心乐事谁家院，朝飞暮卷，云霞翠轩，雨丝风片，烟波画船，锦屏人忒看的这韶光贱……"

许蝉一跺脚："振之哥，你瞧他气不气人？"

徐振之未置可否，只是细品着那几句唱词："雨丝风片，烟波画船……寥寥数字，却道出意境万千，庄先生着实是才华横溢。这倒提醒了我，日后再游山访水，应将所见的美景记录下来，这样才不会走马观花，还能时常回味。"

也不知庄糊涂是真的神机妙算，还是瞎猫碰上了死耗子，又行出几里路后，前方果然出现了一所宅院。

这宅院极大，依山而筑，四面高墙逾丈，难知里面几进几重。院外周遭，栽满了古柏老槐，大门口高悬着两盏红灯笼，映亮了匾额上四个斗大金字——眠月山庄。

此处很是偏僻，附近亦无人烟，这山庄孤零零坐落于此，不晓得是何人所建。

许蝉怔了怔："行啊老糊涂，竟被你蒙着了。"

庄糊涂洋洋自得："哪里是蒙？都说了老夫是铁口神算。"

"我才不信！"许蝉不再理他，"振之哥你瞧，这山庄建得好气派。”

徐振之点点头：“确实气派，像是那富贵人家的别院。”

庄糊涂又道：“咱们别光愣着，上去叫门啊！”

“好！”

徐振之走上前去，拉着门环轻叩了几下。

“你这般敲法，里面的人哪会听到？我来！”许蝉等得不耐烦，袖口一撸、粉拳一扬，便要朝那大门上使劲砸去。

不料与此同时，那大门竟突然一分，许蝉收拳不迭，险些挥到那探出的脑袋上。

许蝉有些尴尬，徐振之脑中却闪过一丝疑虑。诚如许蝉所言，这庄院未设门房，仅那几声轻叩，深宅之人压根就听不见。可这人出现得太过及时，好似提前在门后等着一般。但见那人望向自己，徐振之也顾不上多想，连忙揖道：“尊驾怎生称呼？”

那人四十上下，眉梢倒吊，目光阴鸷，又将徐振之与许蝉打量一阵，这才回道：“小可李进忠，是此间管家。二位有何事？”

徐振之道：“我等初至此地，寻不到人家落脚，便想在贵庄借宿一晚，还望李管家行个方便。自然，不敢白白叨扰，宿金也会如数奉上。”

李进忠两目一眯：“宿金倒是不必，出门在外谁都不易，敝庄也不缺空房，你俩进来吧。”

徐振之连声称谢后，便与许蝉跨过了门槛。

谁知二人刚入院，身后就响起了李进忠的喝问：“你又是何人？”

二人回头一瞧，却见庄糊涂被拦在了门外。原来打李进忠现身后，庄糊涂就猫腰躲在二人背后，此时没了遮挡，自然被逮了个正着。

徐振之赶紧解释：“忘记给李管家引荐了，那位庄老先生，是与我们结伴赶路的。”

李进忠仍阻在庄糊涂面前：“既然是一伴，为何方才鬼鬼祟祟不肯露面？”

“老夫怕生成不成？”庄糊涂皱眉道，“你这管家好不晓事，他俩你问也不问便放了进去，到老夫这里，却偏要刁难！”

李进忠冷笑道：“那二位一看便是良善之辈，你瞧着却不像什么好人。”

“好人还到这儿来？”庄糊涂意味深长地看着李进忠，压低了声音道，“行了行了，别装模作样，快让老夫进去。”

李进忠不为所动：“我听不懂你在说什么。”

“真是麻烦！”庄糊涂摇摇头，从怀中摸出张纸柬，“话你听不懂，这个总能看明白吧？”

李进忠见那柬上写着个“福”字，登时换上了笑脸：“原来是贵客到了，请！”

在庄糊涂被盘查时，徐振之便有心出来解围。许蝉一心想看庄糊涂的笑话，拉住了徐振之，在旁边幸灾乐祸：“这老糊涂吊我胃口，先让他出出丑再说。”

岂料话音刚落，庄糊涂却大摇大摆地走了进来。许蝉瞪大了眼睛，满脸都是不可思议：“呀，这就进来了，方才那管家不是拼命拦你吗？”

庄糊涂打个哈哈，故弄玄虚：“天机不可泄露也。”

徐振之没作声，暗中留了心眼。刚刚庄糊涂出示了一物，那李进忠便神色顿恭、判若两人。虽未能看清那是什么，但足以说明，这庄糊涂并不简单。

疑惑一生，徐振之愈发留意起周围的一切，见那李进忠关门后，不但连上了三道门闩，还用一条粗大的铁链，在门后缠锁了数圈。他越想越觉得不对劲，便向那李进忠问道："李管家，贵庄墙高门厚，为何还要将这大门锁得如此严实？"

那李进忠尚未接口，庄糊涂已然抢先道："把大门堵严，不是想瓮中捉鳖，便是要关门打狗。"

李进忠干笑两下，神情有些不太自然："这是哪里话来？小可严守门户，自然是为几位的安全着想，此处毗邻荒山，夜间常有野兽出没，不把大门锁紧，恐有不测。"

许蝉朝庄糊涂瞪了一眼："你可真是老糊涂，什么鳖呀狗的？你要当那些自己当去，别扯上我和振之哥。"

"啊呀，"庄糊涂一拍脑袋，"竟绕着弯子将自个儿骂了！糊涂糊涂，老夫当真是糊涂啦！"

在李进忠的带领下，三人绕过影壁，沿着回廊走向了庭院深处。

到了院内，方知这山庄别有洞天。除去亭台水榭、假山叠石外，还辟着几处演武场，箭垛刀靶、石锁枪架一应俱全。

又走出一段，许蝉与庄糊涂忽然停下脚步，齐齐提起鼻子一嗅，异口同声道："好香！"

李进忠笑道："除了三位，鄙庄还有其他贵客，前面的花厅上已设下酒宴，特为远来之人接风洗尘。"

"还有酒宴？"庄糊涂大喜，盘算着要打顿秋风，"我们也是风尘仆仆、远道而来。嘿嘿，馋丫头，咱们要不要赴宴去？"

许蝉张口便道："这还用问？走着！"

二人一拍即合，还没等徐振之劝阻，早已朝花厅的方向奔去。徐振之没奈何，只得快步随上。

再转了几道弯，那花厅已在眼前。厅上灯火通明，正中一把宽背交椅，下首两旁，并列着一排长案。交椅虚设，案边却坐满了人。

那些人或怀揣兵器，或脸带伤疤，一个个面露凶相，显然都是些好勇斗狠之徒。案上摆满了酒肉佳肴，而那些人却不曾动箸，见有人入厅，皆转头斜眼，齐刷刷地望向徐振之等人。

庄糊涂环顾一周："哟，这里的贵客可真是不少。"

"是啊，我还当进了客栈呢。"许蝉嘴里说着，眼睛直勾勾地望向满桌美味。

见那些人面色不善，徐振之担心惹上不必要的麻烦，便向李进忠道："我等与贵庄客人素昧平生，不敢扰了大伙的酒兴，还请李管家先带我们去客房吧。"

李进忠摆了摆手："这厅上的豪杰皆来自五湖四海，彼此亦不相识，公子不必客气了，只管入席宽坐。"

徐振之还欲再辞，许蝉和庄糊涂早已寻了处空座坐下，各自拖过面前的佳肴，胡吃海喝起来。

许蝉吃相尚佳，庄糊涂却十分不雅，他也不顾旁人，一手端着菜肴，一手抓着酒壶，叭唧大嚼两下，再对着壶嘴"滋滋"嘬上一口。

见桌上有盆切好的烤羊腿，许蝉便夹起一片，投入嘴里嚼了几下："嗯，这肉香嫩可口，烤得委实不错。"

"是吗？"庄糊涂也伸手抓了几片，咂巴着嘴一尝，摇了摇头，"火候尚可，味道寡淡了些，还是差着点儿意思。馋丫头你且停嘴，待老夫为你稍加炮制。"

说完，庄糊涂在怀里掏了掏，摸出一个小布包。等那布包打开，露出了一堆朱红色的粉末，许蝉捏起一撮嗅了嗅，只觉一股辛辣呛鼻："这是什么？"

“这可是难得的好佐料，它叫作‘番椒粉’，老夫亲手磨的！”庄糊涂得意道，“这玩意儿原非中土所产，拿来撒在肉上，去腥除腻、开胃健脾，等闲人别说是尝，就连见都没见过。”

庄糊涂这话，倒没有夸大其词。这番椒确实产自异域番邦，直到前些年，才由西洋传教士从海路引入大明。然明人食辣，惯用花椒、茱萸、姜芥等物调合，对这番椒之味一时难以接纳。庄糊涂则不然，他一尝之后，便对这番椒情有独钟，不光在家里种植培育，还将其晒干研粉，出门也随身携带，以解路上的口腹之欲。

见许蝉还在犹豫，庄糊涂索性取了片羊肉，往番椒粉里一蘸：“来来来，老夫也不多说，馋丫头你一尝便知！”

许蝉将信将疑地接来，试探着投入口中。初品时，她只觉那肉辛辣无比，可须臾之后，舌尖的味蕾便似全然绽开，遍体上下都涌出一股畅快之感。

番椒的香辣，掩住了羊肉的腥膻，越嚼越对味，许蝉吃得兴起，又手不停歇地夹肉蘸料，一个劲地往嘴巴里塞，嘴唇辣得红肿也毫不在意。

庄糊涂见状，也赶紧挥着油手去抢：“哎，馋丫头，你倒是给老夫留点儿肉啊……”

徐振之冷眼旁观，早见群豪纷纷怒视，他恐生差池，悄声提醒二人：“小知了、庄先生，咱们作客他乡，还是收敛些为妙。”

庄糊涂大喇喇摆手道：“那李管家不是说了么，让咱们无需拘礼。振之小友，你也别愣着了，敞开肚子吃喝啊。”

一人闻言，终于按捺不住，当场拍案而起：“兀那老儿，你把这里当什么地方了？”

庄糊涂瞥了他一眼，拖着长腔道：“小猢狲不识字吗？没瞧见大门的匾额上写着‘眠月山庄’？”

那人强压着火气：“既知是眠月山庄，为何还敢放肆？”

“吃肉喝酒也叫放肆？”庄糊涂不耐烦道，“瞧着眼馋，自己下嘴就是，谁拦着你了？”

“就是！”许蝉也冲着那人喝道，“又没吃你家酒肉，你在那儿瞎嚷嚷什么？坐下，别大呼小叫地惹人烦！”

那人怒极，抄起兵器就想发作：“好狂的黄毛丫头！来来来，咱们拿家伙说话！”

“慢着！”没等许蝉开口，李进忠已冲着那人冷笑道，“这位壮士，你方才还说在鄙庄不可放肆，怎么一转眼工夫，自己又要撒野？”

那人显然怕得罪李进忠，只得道声“不敢”，灰溜溜地回到了座位上。

李进忠清了清嗓子：“诸位都不必拘礼，请先自用些酒菜吧。”

话音才落，又有一人抱拳道：“李管家，咱们从各地赶来，可不是为了吃酒，现今人已到齐，庄主为何迟迟不肯露面？”

此语一出，余人也纷纷叫道：“是啊李管家，你快些请庄主出来，也好让咱们一睹他老人家的虎威！”

李进忠尚未答话，厅门外便传来一阵清脆的笑声，众人只觉眼前一亮，就见一名妖娆的美妇，笑吟吟地走上厅来。

这美妇面含春色，媚眼如丝，一头乌瀑绾成个高高的美人髻，露出了半裸的香肩。她身上只罩了件薄纱，那玲珑的身段若隐若现，两条雪白的粉臂垂在外面，十只纤指上皆涂抹着朱红色的蔻丹。每走出一步，那纤细的腰肢便要扭上几扭，轻盈婀娜、风姿撩人，浑身上下都散发着一股说不出的魅力。

一时间，厅上鸦雀无声。那美妇俏目流眄，径直走到徐振之面前，将那白玉般的柔荑朝他肩头搭去。

徐振之一怔，赶紧撤身：“姑娘做什么？”

“不做什么。”那美妇似笑非笑，又贴了上来，“见你仪表堂堂，就想问问这是谁家的俊公子呀？”

“我家的！”许蝉身形一闪，已横在二人之间，“你靠这么近干吗？离远一些！”

“嘻嘻。”那美妇掩着嘴后退两步，打量了许蝉几眼，“哟，好标致的小丫头。”

许蝉皱眉道：“你是谁？”

“我叫客印月。”那美妇又踮起脚跟，冲着徐振之问道，“还未请教公子的尊姓大名？”

“干吗要告诉你？走开走开！”许蝉说着，就要挥手去赶。

那客印月“咯咯”笑着闪开，纤腰一扭，顺势转了几圈。她莲步飘逸，纱衣翩翩，体态曼妙，柔若无骨。

见她举止轻佻，众豪客以为这客印月是过来陪酒的舞伎，其间不乏那好色的登徒子，皆被迷得心神荡漾，开始七嘴八舌地起哄：

“啧啧，这小妞儿可真是个尤物啊！”

“李管家，你们想得着实周道，只是一个太少，多叫几个才好！”

“那小娘子！别光与俏公子亲近，也到这边来坐坐，陪大爷喝上一杯酒……”

不等他们说完，李进忠已是厉声喝道：“敢在庄主面前口出不逊，你们是活腻歪了吗？”

“什么？”群豪齐齐打个激灵，“她……她……她是庄主？”

客印月抿着嘴唇，嫣然笑道：“怎么？我不像吗？”

她说这话，分明是自认身份。群豪显然没想到眠月山庄的主人竟是个女子，一个个都目瞪口呆。尤其那几个出言无状的，早已吓得离案跪倒，两股战战、汗如雨下：“不知是庄主驾到……求庄主千万开恩，饶恕我们死罪……”

徐振之暗暗惊讶，心道这眠月山庄究竟什么来头，居然令这干江湖草莽如此忌惮。他递个眼色，急忙拉着许蝉回角落里坐定，打算静观其变。

客印月似笑非笑，望着脚下跪着的几名大汉道：“这短短几年来，眠月山庄能在江湖上闯出这偌大名头，在座的诸位，也是功不可没呀。”

伏地几人连连叩头：“那都是庄主号令有方，我们哪敢称功？”

客印月冷笑一声：“但凡不尊山庄号令的，不是被血洗，便是被灭门，你们当然是不敢了。”

这句话细语轻声，却让群豪听得心惊胆战，他们脸色惨白，大气也不敢喘。

客印月继续道：“你们一接到‘赐福帖’，便能马不停蹄地赶来，足见忠心。放心吧，只要是乖乖听话的，眠月山庄就绝不会亏待。”

群豪齐道：“能为山庄效命，我等赴汤蹈火，在所不辞！”

“很好！”客印月走到当中的交椅前坐下，又露出些笑意，向跪着的几人道，“你们也起来吧，若能帮山庄把大事办妥，我陪你们喝上几杯，也是无妨。”

那几人如逢大赦，慌忙从地上爬起：“不敢不敢，庄主有事，只管差遣。”

客印月跷着脚，身子懒洋洋地靠在椅背上：“那件事可不易办呀。”

群豪皆拍着胸脯道：“管它好办难办，庄主吩咐就是！”

“痛快！”客印月顿了顿，目光变得冰凉，“我要你们去杀一个人！”

“杀……一个人？”

群豪你瞧我、我瞧你，怔了半晌，突然纵声大笑。

“杀人算什么难事？庄主不是在说笑吧？”

“是啊庄主，咱们当刺客的，想杀人还不简单？明着不好下手，那就上些暗杀的手段！”

听到这儿，徐振之方才明白，原来这满厅的群豪，居然都是些刺客杀手。

客印月又道：“别急着夸下海口，我要杀的人，可是非同一般。”

“是什么人？”

客印月一字一顿：“当朝太子，朱常洛！”

此话一出，不光徐振之心下大骇，就连那干刺客也是震惊不已。

“要杀的人……是太子？”

客印月轻蔑地笑道：“怎么，刚才还在信誓旦旦，这就要打起退堂鼓了？”

刺客们面面相觑，直过了良久，才有一人开口道：“庄主，不是我等胆小怕事，只是这刺杀太子的干系实在太大，万一事后官府追查，别说是我等，就连山庄恐怕……恐怕也会受到牵连啊。”

“官府算得了什么？”客印月笑道，“给你们透个底儿吧，咱们眠月山庄的上头，可是通着天呢！大伙不妨想想看，为何山庄传唤的帖子上，都会标记着一个‘福’字？”

见刺客们抓耳挠腮，李进忠也提醒道：“诸位好好想想，除了当今圣上，还有什么人能与太子比肩？”

一人恍然道：“莫非……莫非是福王？”

“算你聪明，”客印月道，“当着明人，我也不说暗话。眠月山庄从始至终，便是为福王爷卖命的！”

刺客们怔了一会儿，开始交头接耳：

“难怪庄主不把官府放在眼中，原来背后有福王爷做靠山！”

“庄主真是手眼通天啊！”

客印月抬手一止，缓缓道：“福王在宫中的地位，想必大伙已有耳闻。只要太子一死，日后那皇位，必然由福王爷去坐。待福王君临天下，你们皆是有功之臣。到时候想做官的就封以高官厚禄，想享乐的便赐予金银美女，不需再做那些刀头舐血的营生了。”

李进忠也在边上道：“怎么样，诸位？自古富贵险中求，这可是桩一劳永逸的美差。”

这二人一唱一和，直叫那些刺客蠢蠢欲动。

“不错，此事虽说棘手，可当真是桩美事，只要太子一除，咱们便能平步青云了！”

“对！太子又怎样？福王爷可是日后的皇上！他娘的，为了荣华富贵，老子也豁出去了！”

见他们纷纷响应，客印月满意地点了点头：“这才像些样子。既然众位都打定了主意，那咱们便开始下一步，务必要商议出一个万全之策，替福王拔去朱常洛那颗眼中钉！”

对于刺客来讲，暗杀是看家本事，他们你一言、我一语，商讨起了行刺事宜。

这些人有恃无恐地议论，徐振之却如坐针毡。这行刺太子罪同谋逆，连许蝉都觉出了处境之危，倒是那庄糊涂依旧淡然，仿佛什么也没听见，照样抓着菜肴大塞特塞，吃得满嘴流油。

误入了龙潭虎穴，进退皆是两难。徐振之一面强使自己镇定，一面急急思索，盘算着该如何逃出这魔窟。

见庄糊涂还在吃个不停，许蝉赶紧扯了扯他，悄声道：“老糊涂，你可真是没心没肺，没听到他们在商量着要杀太子吗？”

“他们商量他们的，咱们吃咱们的，两不耽误。”庄糊涂打个饱嗝，竟摸着滚圆的肚子站了起来，“啊呀，好撑、好撑！”

他冷不丁站起，不光是徐振之和许蝉愣了，就连那些刺客也皆为一怔。

客印月秀眉一蹙：“你做什么？”

“是问老夫吗？”庄糊涂挠了挠头，“你们庄上酒香菜美，老夫贪嘴吃撑了，想出去走走，顺便消消食儿。”

“消食儿？”客印月冷笑道，“我瞧你是想消遣本庄！大伙皆在商议要事，岂容你说走就走？”

“老夫留在这儿，也帮不上你们的忙啊。”庄糊涂苦着脸道，“老夫这把不中用的老骨头，别说去杀人，没让人家宰了就不错。”

客印月奇道：“你不会武功？”

庄糊涂摇头叹道：“会倒好了，老夫也想跟着这些好汉为福王效力，弄些银子来花花。”

客印月瞪一眼李进忠：“管家，这人怎么回事？”

“庄主明鉴！”李进忠慌忙道，“属下见他手持‘赐福帖’，这才放他入庄。”

“赐福帖？”庄糊涂摸出怀里那张皱巴巴的请柬，“是指这个吧？其实这东西原非老夫所有，而是一名大汉赠予老夫的。老夫在路途之中，得遇一名大汉，他见老夫饥肠辘辘，便拿出这张请柬相送，还说只要找到一个叫‘眠月山庄’的地方，就保管有酒席吃，之前老夫还不信呢，此时方知他所言不虚。”

“他倒好心！”客印月哼道，“那大汉怎生模样？”

庄糊涂上下嘴唇一碰，瞎话张口便来：“说了你们或许不信，那大汉生得豹头环眼、燕颔虎须，十根手指头像棒槌，两只耳朵似簸箕，往那儿一站，杵天杵地，身长三丈有余。”

一名刺客喝道：“贼老儿胡说八道，什么人能长成三丈高？”

庄糊涂脸不红、心不跳：“就说你们不信，那老夫立个毒誓总成了吧？听好了啊，若老夫撒谎，就让你天打五雷轰！”

那刺客怒道：“你他娘的找死！”

“狗嘴里吐不出象牙！”庄糊涂呸了一声，转向徐振之道，“振之小友，你别光看热闹，也帮老夫回骂这糙汉几句。”

客印月望向徐振之和许蝉：“看来这二位，也是与你一路了？”

“那是自然！”庄糊涂摇头晃脑，“他二位一身正气，决计不能与你们同流合污！”

客印月眼睛半眯，目透杀气：“你们有心也好，无意也罢，既然闯进了眠月山庄，就别想轻易出去！”

庄糊涂见苗头不对，急忙躲到了许蝉身后：“做什么？你们别乱来啊！这位姑娘可是当世剑侠，有她在，你们谁也讨不了便宜去！”

“那小丫头还是剑侠？哈哈哈哈……”

刺客们哄堂大笑，客印月也乐得花枝乱颤，待到笑罢，她又左右一顾：“哪个敢上前，让那娇滴滴的‘剑侠’指点两招？”

“我会会她！”一名刺客想出风头，当即跳了出来。

客印月又道：“这三人或许是潜进来的奸细，要留着活口，以待拷问。”

“好！”那刺客解下兵刃往案上一拍，“那我便用这双肉掌，来领教那小丫头的高招。”

此人双掌之上，皆是厚厚的硬茧，造诣显然不低。其余刺客也是按剑抓刀，虎视眈眈地望着徐振之三人，虽未动上手，已然杀气腾腾。

“真被你害惨了！”许蝉踢了庄糊涂一脚，悄声道，“振之哥，我来抵挡一阵，你带着老糊涂快走！”

徐振之还没说话，庄糊涂却被感动得眼泪汪汪：“馋丫头，想不到危难关头，你居然还惦记着老夫。老夫不走，老夫要替你掠阵助威！”

许蝉气道：“你不惹事我就心满意足了，快走，别碍手碍脚……”

“嘀咕什么？看掌！”那刺客大喝一声，挥掌欺近。

见他来得迅猛，许蝉未及拔剑，急急把徐振之和庄糊涂推开，伸脚勾起一张凳子，朝那刺客用力踢去。

那刺客也不闪避，瞧那凳子飞来，迎面拍出一掌。只听“哗啦”一声，那凳子便四分五裂。

客印月看得饶有兴致，直拍着手称赞道：“好掌法！”

“谢庄主夸奖！”

那刺客心中得意，一掌快似一掌，竟逼得许蝉无法拔剑。

发觉许蝉的功夫远不如己，那刺客更是肆无忌惮，掌风凌厉，手影翻飞，招招狠辣，式式紧逼。

许蝉不敢跟他硬对，只得游走闪避，又勉强躲开两掌，不想踏中了地上的碎凳。她只觉脚底一滑，登时站立不稳。那刺客瞧出便宜，当即运掌直击。

若被这掌印实，许蝉必受重伤。正当这时，一个人影疾疾冲到二人之间，挺起胸膛，生生接下了那刺客的重掌。

那刺客一掌拍出，倏然急退。

许蝉看清挡掌之人后，不由得惊呼："振之哥，你不要紧吧？"

徐振之胸前一片血迹，连咳数声："我没事……放心！"

许蝉急道："怎会没事？你都流血了！"

徐振之喘匀了气息，冲许蝉狡黠一笑："那血是他的，我里面穿着隐猬甲。"

"隐猬甲？"许蝉朝那刺客望去，果然见他掌上鲜血淋漓。

原来徐振之飞身去挡前，已将甲上的铁钉拨得根根直立。那刺客刚在他胸口拍实，便觉察掌下有异，赶紧撤招收掌。饶是如此，手掌仍被那些尖锐的铁钉扎穿。

那刺客捂着掌心，恨得牙根痒痒："臭小子，竟敢暗箭伤人！"

许蝉借机拔出秋水剑："什么暗箭伤人？这叫以牙还牙、以血还血！"

"好，那就兵刃上见高低！"刺客怒极，从案上抓起一把雁翎刀，怪叫着扑了过来。

"比兵刃你差得更远！"许蝉挥剑一斩，顿时将那雁翎刀削为两段。

"啊？"

那刺客急忙跃至案边。长案上摆满了其他人的兵器，他情急之下，也不问是谁的，顺手抓起来便使。

在秋水剑面前，寻常兵器有如枯枝朽木。"咣当"两声，地上又多了两截断刃。

那刺客涨红了脸，又接连抓起数把兵刃去挡，但随着秋水剑频频挥斩，那些兵刃无一例外都成了破剑残刀。

见自己兵刃被毁，那些刺客不免心疼，数声暴喝，人影闪动，又有几人跃至案前。

“臭丫头宝剑厉害，咱们并肩齐上，先拿下了再说！”

庄糊涂原本躲在厅柱之后，一听这话，忙从柱后探出脑袋：“仗着人多就想欺负人家小丫头，不要脸！臭不要脸！”

“少他娘废话！这又不是打擂台……”

那人话没说完，脸上便结结实实地挨了一下，他眼冒金星、鼻血长流，晕头转向地辨认了半天，才看清砸中自己的，竟是一只黑乎乎的小秤砣。

其余人眼尖，纷纷指着一旁的徐振之骂道：“臭小子又偷着下黑手，先宰了他！”

见刺客们朝这边围来，庄糊涂也慌了神，他原想绕过柱子藏到桌底，却不知被什么绊了，脚下一滞，身子一僵，整个人便张牙舞爪地朝地上趴去。他这一摔，袖间的番椒粉包，也正好甩向了众刺客头顶。刺客们只觉一团红雾扑面而来，当即被扬了个满头满脸。

如此一来，众刺客全遭了殃，那番椒粉辛辣无比，入眼后简直是火烧火燎。他们越是揉搓，目中便越是刺痛，不由得眼泪鼻涕齐下，喷嚏不断、惨叫不绝。

这机会如同天赐，徐振之岂能错过？他左臂一扬，袖口中射出一条绳索。

那绳索不长，两端却系着重物，“唰唰”疾旋几圈后，将一名刺客的脚腕牢牢缠住。

那人双足被缚，登时摔了个嘴啃泥。跌倒前他双手乱抓，将身边的几名刺客扯得东倒西歪。

徐振之右臂连甩，将暗藏在袖间的小秤砣尽数打出。秤砣虽小，分量十足，那些刺客纵是皮糙肉厚，也被砸得龇牙咧嘴。

趁他们大乱，许蝉乘虚而入，振腕挺剑，轻而易举地刺伤了数人。

客印月嘴角泛起一抹媚笑：“倒是越来越有意思了。”

这些刺客在江湖中也是排名挂号，哪承想今日会遭遇如此羞辱？一个个恼羞成怒，出招也顾不得章法，胡乱在脸上猛擦几下，便拼命睁着红肿的双目，争先恐后地攻向二人。

徐振之解下包裹，冲许蝉使个眼色。许蝉会意，且战且退，将剩下的刺客，慢慢引向了厅中的空地。

待那些刺客一聚，徐振之便取出一只木匣抛出。许蝉早有防备，虚挥一剑，身子却急急后纵。

许蝉刚闪开，小木匣里陡然喷出一张大网。那些刺客还没反应过来，便被一股脑地罩在网下。

这网经徐振之改过，越是挣扎，便越是缩紧。并且网眼上挂满了小鱼钩，一旦缠于其中，衣服、头发顿时被钩牢，再想乱动，也是徒增痛楚。

庄糊涂见状，从桌底爬了出来，拊掌大笑道：“一网打尽，哈哈，一网打尽哪！”

许蝉拭着细汗，朝地上的“人团”踢了一脚：“振之哥，想不到你捣鼓的这堆‘法宝’，还真派上用场了。”

徐振之才要开口，眼角却瞥见不远处有异样。原来先前那名被绊住的刺客，已挣脱了腿上的绳索，一从地上爬起，便朝许蝉身后偷袭。

“小心！”

经徐振之提醒，许蝉这才发觉有人来袭，匆匆提起秋水剑，与那刺客相斗。

“不妙不妙，竟然有漏网之鱼！”庄糊涂脸色一变，赶紧抱头跑开。

许蝉宝剑虽利，奈何让那刺客占了先机，勉强对了几招，却处处受其牵制。徐振之身上“法宝”用光，也无从相助，只能候在一旁，瞪着眼干着急。

那刺客又避开一剑，绕至许蝉身侧，反肘猛击。没等许蝉回剑来挡，那刺客骤然变招，迅速抬起掌缘，砍在了她的手腕上。

许蝉腕上吃痛，五指不由自主地分开。那刺客等的就是这刻，当即挥手疾抄，一把夺过了秋水剑。

那刺客满腔怒气，早将客印月的话抛至脑后，顾不上留活口，只想杀之而后快。

秋水剑划过一道寒光，那锋利的剑刃便向许蝉削下。眼瞅许蝉就要血溅当场，徐振之一个飞扑，以自己的身躯护住了许蝉。

那刺客知道秋水之利，掌中劲力急加，欲将这二人一并斩杀。

岂料剑刃才落到徐振之头顶，斜刺里却伸来一把乌骨大扇，“铮”的一声，堪堪挡住了秋水剑。

这扇子的主人，自然是庄糊涂。

“是你？”那刺客瞠目结舌，整条胳膊也是酸麻无比。令他惊愕的，不单是庄糊涂突然出手，还有那削铁如泥的秋水剑，居然没能斩断一把扇子。别说是斩断，貌似连个缺口也未留下。

庄糊涂擎着乌骨扇，反复查看了一气，念叨着：“还好没坏，还好没坏……若是砍坏了老夫的扇子，你得赔钱！”

那刺客抬剑一指：“好啊，瞧不出你这贼老儿深藏不露。”

“贼老儿！贼老儿！”庄糊涂怒气冲冲，抬起乌骨扇便朝那刺客乱拍，“你偷了馋丫头的剑，咱俩谁是贼？老夫拼了这把老命，也得好好教训一下你这贼喊捉贼的糙汉！”

“你找死！”

那刺客刚想挥剑，庄糊涂却在电光石火间，以扇头点中他胸前。那刺客身子一僵，再也无法动弹。

庄糊涂又朝他头顶拍了一扇，那刺客就直挺挺地仰倒在地。弯腰捡起秋水剑后，庄糊涂便跑到许蝉面前邀功：“馋丫头，老夫帮你把剑拾回来啦！”

许蝉接过剑后，又惊又喜：“老糊涂，你还会点穴？”

庄糊涂将头摇成了拨浪鼓：“不会不会，老夫哪会什么点穴……”

“别装了！”许蝉一指地上刺客，“你若不会，他为何不能动了？”

庄糊涂回头一瞧，吓得脸色惨白：“是不动了……别是老夫失手打死了人吧？”

“你还装！”许蝉正要再说，却发觉那客印月和李进忠，蹑手蹑脚地想要溜走。

“哪里逃？”许蝉挺剑，直取二人。没出两招，便将那李进忠踹翻在地。

徐振之和庄糊涂扑上前，扯下李进忠的腰带，把他捆了个结实。待李进忠绑好，客印月也已被许蝉轻松制服。

许蝉将剑架在客印月颈间，奇道：“你这当庄主的，竟然不会武功？”

“女儿家家的，会武功干吗，有空多打扮下自己不好吗？”客印月笑笑，缓缓抬起手来，“你瞧，我这指甲美不美？”

庄糊涂大喊：“当心迷药！”

话音未落，客印月手指轻轻一弹。许蝉只觉一股浓厚的幽香扑鼻而入，登时头晕目眩、手脚瘫软。

“小知了！”徐振之接过秋水剑，一手抱稳了人事不省的许蝉，一手剑抵客印月胸前，“你把她怎么了？”

客印月媚眼一翻：“放心好了，她死不了。公子，你也不知道怜香惜玉，万一弄伤了人家怎么办呢？”

“别动！”徐振之将剑尖又是一探，“庄先生，劳你帮我搜一搜，看她身上有没有解药！”

庄糊涂连连摆手：“这怕是使不得，男女授受不亲啊。”

客印月笑眯眯地望着徐振之：“这老头不解风情，还是公子亲自来搜吧，我保证不会乱动。”

徐振之正在犯难，庄糊涂却突然趴在地上听了听：“不妙不妙！他们还邀了帮手！”

“帮手？”

徐振之还没回过神来，庄糊涂身子一拔，竟跃到了大梁之上。

“庄先生，你……”

“振之小友，你好自为之吧，三十六计走为上，老夫要溜之大吉啦！”庄糊涂说完，破瓦而出，眨眼便不见了踪影。

须臾光景，厅外传来了密集的脚步声。紧接着门窗齐破，十几名大汉跃了进来。

徐振之心中一紧，以为是护院的庄丁赶来救护，可再定睛一瞧，这才大松口气。这十几名大汉身穿飞鱼服、手握绣春刀，分明是锦衣卫打扮。

果不其然，待把厅上团团围定后，打头那人便亮出了锦衣卫腰牌：“奉东厂调令，特来擒拿反贼！”

地上的刺客闻言，纷纷挣扎：

“坏了！是东厂的番子！”

“奶奶的，谁走漏了风声？”

“别吵！”带头的锦衣卫厉喝一声，走到徐振之面前，“小兄弟，这些反贼在密谋什么，你应该都听到了吧？”

徐振之道：“不错，他们意图刺杀太子！”

“杀太子？哈哈哈……”那人大笑着，向身后打了个手势。

其他锦衣卫见状，一言不发，竟然手起刀落，向那网中狠命斩去。刺客们惨叫哀号、血肉横飞，转眼工夫，便被尽数杀绝。

厅上血流成河，那带头的锦衣卫眉毛都没皱一下，他抽出绣春刀，又向着李进忠走去。

徐振之急喝道：“住手！就算他们有罪，也应先加审查，岂可问都不问，随意格杀？”

带头的锦衣卫充耳不闻，只是将绣春刀挥下。

然而刀头没有斩断李进忠的脖子，却将捆在他身上的腰带削开。那锦衣卫扶起了李进忠后，又转过头，朝着徐振之冷笑。

徐振之大惊失色：“你……你们……”

趁他不备，客印月慢慢从地上爬起，手指一弹，把迷药撒向徐振之面门。“咣当”一声，秋水剑坠地。徐振之只觉天旋地转，视线也开始模糊。

客印月笑靥如花，脸上满是得意：“公子没想到吧？这些锦衣卫士，也是我们一伙的。”

在她肆意的笑声中，徐振之再也支撑不住，两眼一黑，倒地昏死。

第四章 噬骨刑

也不知过了多久，徐振之头昏脑涨地醒了过来。然而稍稍一动，便响起一阵“哗哗”的铁链声，他低头一瞧，才发觉身上只剩件中衣，手脚也都戴上了重重的镣铐。

待眼睛适应了这昏暗的光线，徐振之急忙向四下打量。地上铺着湿漉漉的茅草，周围阴冷潮湿，弥漫着刺鼻的怪味，三面是厚厚的砖墙，一面竖着冰凉的铁栅栏，分明是间牢房。

回想起前事，徐振之打个激灵。他猛然爬起身，用力挥着镣铐，朝铁栏拼命撞击：“客印月，你这恶妇快些出来！”

刚撞了几下，一名狱卒由远及近。那狱卒光着膀子，满身油汗，两臂、胸口皆生着浓密的黑毛，冲着徐振之恶狠狠地喝道：“吵什么吵？再吵老子把你脑袋拧下来！”

徐振之挂念着许蝉的安危，朝那狱卒急问道：“我娘子呢？你们把她怎么样了？”

那狱卒冷笑道：“你都自身难保，还惦记什么媳妇儿？少废话，老实待着！”

见问不出许蝉下落，徐振之又道：“那恶妇将我囚于此处，究竟是何居心？”

那狱卒牛眼一瞪：“恶妇？”

徐振之一怔：“这里不是眠月山庄？”

“什么狗屁山庄？”狱卒将头一仰，“把招子放亮些，这里是东厂大狱！”

“东厂……大狱？”徐振之心里“咯噔”一声，“我犯了何罪？你们凭什么捉我？”

那狱卒道：“你的罪名可大了去了，密谋行刺、蓄意造反！”

“荒唐！”徐振之怒道，“谋反的是眠月山庄，我一介书生，又不会武功，如何去行刺？”

“知道你不会承认，不过不要紧，进了东厂，还愁没有办法让你招供？小子，劝你还是省着些力气，留着慢慢熬刑吧！”那狱卒说完，大笑着离开。

身陷囹圄，许蝉又下落不明，一时间，徐振之脑中一片茫然，有些不知所措。没过多久，方才那狱卒又折了回来，他一面拿钥匙打开牢门，一面朝徐振之道：“小子，有人看你来了！”

徐振之抬头一瞧，见那狱卒后面果然跟着一人。那人宦官装束，手中提着一只食盒。

待那人进来，狱卒便把牢门锁好径自离去。那人将食盒放下，向徐振之拱了拱手：“这里有些简陋，徐公子住得可还习惯？”

听声音有些耳熟，徐振之不免留心。只见他头尖额窄、眉眼倒吊，不是那李进忠是谁？

见是李进忠，徐振之不由得蹙额，心下稍加盘算，含讥带讽道：

“想不到堂堂李管家，居然扮成了一条阉狗。”

李进忠脸色一变，继而恢复了常态：“徐公子见笑了，我本就是宦官之身。哦，我还带来些酒菜，特为徐公子压惊。”

说完，李进忠打开食盒，取出了酒壶菜肴。

徐振之暗忖，如今自己沦为阶下之囚，他们却要无故来献殷勤，定然是另有所图。可这一时片刻，徐振之也琢磨不透他们在打什么鬼主意，索性冷眼旁观：“别耍花招，你们将我娘子关在何处？”

李进忠笑道：“言重了，徐公子，尊夫人现在别处，已安排了专人好生伺候。嘿嘿，只要徐公子答应帮个小忙，我们立马会让你夫妇团聚。”

“帮忙？”

“正是。想让徐公子出面，帮我们去做个见证。”

徐振之冷笑道：“见证什么？见证你们如何替福王卖命，妄图刺杀当朝太子吗？”

“徐公子又说笑了，并非有人要对太子不利，而是太子暗中召集了死士，意图向福王下手。”李进忠说着，将那食盒的底格翻开，取出一叠厚厚的银票，“徐公子，只要答应了我们的条件，不但你与夫人安然无恙，这里的五千两银票，也会尽数奉上。”

“好阔的手笔，”对那叠银票，徐振之正眼也没瞧，“我若不答应呢？”

李进忠讪讪地收回手，面上多了几分阴沉：“徐公子若是不肯帮忙，只怕得受些委屈了。这东厂的手段，想必你也听说过，落到他们手里，哪怕是块生铁，都能榨出汁来。像什么箍脑、抽脊、剐骨、封舌……嘿嘿，总有一种法子，能让徐公子乖乖就范。”

“你先别忙着吓唬我。”徐振之皱了皱眉，“徐某只是个默默无闻的布衣，你们担心阴谋败露，大可将我一刀杀了，何必要大费周章，对我威逼利诱？”

“这个么……”李进忠稍顿，压低了声音，“实话说了吧，败露什么的，我们倒不担心。我们需要的，是一个由头！”

“由头？”

“对！暗杀也好，诬告也罢，我们最终目的只有一个，那就是扳倒太子。福王爷的势力你已见识了，无论是东厂还是锦衣卫，哪个敢不听他的号令？那太子不过担着个虚名，并无什么根基，只要徐公子肯出面指证东宫，后面的事，自有我们去摆平。”

见徐振之默然不语，李进忠又劝道：“如今太子失势、福王受宠，一个孤立无援，一个如日中天。识时务者为俊杰，这句老生常谈的话，徐公子应该比我更明白。”

徐振之叹了口气：“你容我想一想……”

李进忠见他口风松动，便知趣地闭上了嘴。

徐振之面上不动声色，脑中却开始急急思索：自打离家后，就好像有双无形的手，将自己生拉硬拽、步步牵引，最终莫名其妙的，被卷进福王与太子的夺嫡之争。不光是眠月山庄，就连那逃走的庄糊涂也是疑点重重。他明明身怀绝技，却偏要装疯卖傻。然而庄糊涂不像是福王党羽，否则也不会在许蝉陷入苦战时出手相救。

思来想去，徐振之心里仍是一团乱麻。再转念一想，对这些人的图谋，光猜也无用，为今之计，是要逃出这暗无天日的牢笼。这念头一生，徐振之又向周围偷眼观瞧。对于东厂大狱，世人谈之色变，相传那里守卫森严、遍处监仓，所羁押的囚犯数不胜数，可谓是人满为患。然此处冷冷清清，除了那狱卒和李进忠，再没见到旁人。

莫非这里不是东厂大狱，而是眠月山庄的私牢？

想到这儿，徐振之心念一动。若此处不是东厂监牢，那逃脱的机会便能多上几分。在眠月山庄，李进忠的地位仅在客印月之下，只要将他劫持，那狱卒必会投鼠忌器。

为印证自己的想法，徐振之决定冒险一搏。他不发一言，径自抓起面前菜肴，投入口中便吃。李进忠以为他想通了，赶紧端起酒壶，要替徐振之斟酒："徐公子怕是饿了吧？来来来，也喝上一杯……"

趁他放松警惕，徐振之两臂突然疾张，用铐链猛缠了几圈，死死勒住了李进忠的脖子。徐振之虽不会武艺，可他打小攀岩爬岭，双臂间练就的力道自然不可小觑。经他这一箍，李进忠顿觉呼吸不畅，手脚也跟着乱舞乱蹬："咳咳咳……你……你想干什么？"

徐振之臂力陡发，把李进忠整个人拉起："让狱卒把牢门打开！"

李进忠拼命扒拉着颈间铁链："你……你不要妄想，这里可是东厂大狱！就算开了牢门，你也逃不出去！"

"老实点儿，"徐振之将铐链一紧，"一会儿我倒要瞧瞧，这里究竟是东厂，还是眠月山庄！"

那狱卒听到动静，匆匆朝这边奔来，一见之下，不由得大骇："臭小子嫌命长吗？快放开李公公！"

徐振之喝道："不想让他死，你就快些开门！"

那狱卒犹豫不决："这……"

李进忠脸上憋得发紫，从嗓子眼里挤出几个字："且依他……且依了他……"

那狱卒再一愣神，李进忠已翻起了白眼，他无奈之下，只得掏出了钥匙。待牢门打开，徐振之又喝令狱卒在前先行，自己一面挟持着李进忠，一面小心提防，慢慢跟在后面。

狱道狭长昏暗，越往前行，徐振之便越觉压抑。这里看守虽少，但重重门户却多。在徐振之的逼迫下，那狱卒连开了六道铁门，前方总算有了些光亮照入。

那狱卒朝前看了一眼，冷笑道："自打这天字虎牢建好后，便没有犯人能活着离开。小子，就算你跨出这道门槛，也照样是插翅难逃。"

"少废话，让开！"徐振之把心一横，拉起李进忠踏步而出。

才放眼一望，徐振之的心便凉了半截。只见外头处处都设着带刺的木栅，四面八方皆是高墙壁垒，三步一哨，五步一岗，与那眠月山庄的布置大相径庭。

难道……这里真是东厂？

徐振之刚一愣神，附近便"呼啦"围上一群番役。他们身穿褐衫，腰悬小绦，二话不说，张弓搭箭，直直瞄准了徐振之。

徐振之手上一紧，将李进忠勒得抬起头来："你们就不在乎他的死活吗？"

话音方落，番役中走出个黄脸宦官。那宦官两手揣在袖中，朝李进忠服色上打量一气："哼，像他这种未入流的小宦，也值得拿来与我们讨价还价？左右听令，抛弓换杖，速速上前将人犯拿了！"

"是！"番役们把弓箭齐齐一扔，皆换上长棍向徐振之打来。

徐振之没办法，只得将李进忠一脚踹开，挥起铁链拼命抵挡。可他不通拳脚，又是镣铐加身，虽然奋力反抗，也难敌那些如狼似虎的番役。

再拼斗一番，徐振之终于苦撑不住，被乱棍击倒。番役们一拥而上，将他死死地按在地上。

透过薄薄的纱幔，是一张精美的架子床。床上铺着绣花锦被，被子里躺着的，正是熟睡中的许蝉。

房内无甚摆设，除去床铺之外，尚有一桌一凳。凳上坐着个驼背老妪，身子虽然伛偻，面目倒是慈祥。

又过了一会儿，许蝉眼皮抬动几下，一脚踢开了被子："哎呀，好热……"

听到动静，那老妪赶紧从桌上端起汤碗，颤巍巍地走到床边："姑娘醒了？"

许蝉揉了揉眼睛，半坐起来："你是谁，这是什么地方？"

那老妪道："这里是张府，老婆子我呀，是这府里的使唤嬷嬷。"

"张府？"许蝉用力地拍拍脑袋，"我振之哥呢？"

老妪道："姑娘是问徐公子吧？他见姑娘一直昏睡不醒，便出门去找大夫了……"

许蝉回想起前事，登时变了脸色："不对！我们在眠月山庄中了暗算，怎会在什么张府、李府？"

说完，许蝉将被子一掀，挣扎着就要下床。

那老妪急忙拦道："姑娘的身子还十分虚弱，千万别下地啊！"

"你让开！"许蝉扶着床，微微喘了几下，"我要去找振之哥！"

那老妪也急了："哎哟，姑娘怎么不信呢？徐公子真的是去请大夫了。"

许蝉皱眉道："这里真不是眠月山庄？"

老妪指天咒地道："什么眠月山庄？连听都没听过啊！"

"那我们为何会在这里？"

"是这样的，今日清早，我家主人一开门，发现你们倒在外头。那位徐公子好像没什么大碍，扶进来没多久便醒了。他醒来后，说你中了迷药，托老婆子守着姑娘，自己急急出去寻医问药了。你瞧，你们的东西还留在这儿呢！”

许蝉顺指望去，略感心宽。果如那老妪所言，自己的秋水剑和包裹，都好端端地放在枕边。

“我振之哥真的没事？”

“姑娘放心吧，徐公子没病没伤！”那老妪说完，将汤碗递上，“来，趁这鸡汤还热乎，赶紧喝了补补元气，徐公子回来后见姑娘大安了，保管心中欢喜。”

“好！”许蝉点点头，接过汤碗，连勺也没用，仰头便往嘴里倒。

“慢些、慢些……”

老妪话未说完，许蝉已将空碗递了过来。

许蝉打个饱嗝，忽觉一阵倦意：“婆婆，我又有些困了……”

“许是没歇过来，左右是个等，姑娘不如再眯一会儿吧。”老妪说着，扶许蝉重新躺好。

“嗯……”许蝉慢慢合上眼皮，脑袋刚沾到枕头上，便昏昏沉沉地睡了过去。

老妪退出房后，又将房门从外头锁上。经过院内的花园时，却见那树荫之下，端端站着一人。

那人背影挺拔、负手而立。老妪掩嘴一笑，原本弓着的腰也陡然直起，三步并作两步，直奔树下而去。

她脚步轻盈，丝毫没有龙钟老态，冲那人身后轻施个万福，嘴里发出了清脆的声音：“主子什么时候来的？”

那人头也未回：“她怎么样了？”

老妪伸手在面上抹了几下，满脸的皱纹顿时无踪，露出了客印月的模样：“喝了我专诚为她调制的‘汤水’，又在呼呼大睡了。”

“没起疑心吧？”

客印月笑道："那丫头好糊弄得很，不用三言两语，就将那汤喝得一滴不剩。"

正说着，李进忠疾步走了过来。一瞧见那人，李进忠便"扑通"跪倒，匍匐在他脚底下："奴才李进忠，见过主子……"

见李进忠灰头土脸，脖子上还多了道紫红的血痕，客印月不由得柳眉一蹙："怎么搞得这般狼狈？"

李进忠叹了口气，将东厂发生的事原本道出。

听完李进忠所述，那人冷笑一声："还算有些血性。让东厂再上些手段，我倒想看看，那徐振之究竟能硬到几时。"

"是，奴才这便去安排！"

"先不忙。"

李进忠复又跪倒："主子还有何吩咐？"

那人缓缓道："山庄之事虽生了些变故，但好在最后未脱掌控。不管怎样，你与印月都算出了力，说吧，想要些什么赏赐？"

李进忠大喜，正欲磕头谢赏，那客印月已抢先道："什么赏赐不赏赐的？只要主子日后成就了大事，别忘记人家的好就成。"

李进忠心思玲珑，听客印月如是说，便随声附和道："印月姑娘所言极是，能替主子办事，是奴才的荣幸，哪敢讨什么赏？"

那人略加思索："李进忠，你好像是肃宁人吧？"

李进忠一怔："是……"

"原本姓魏？"

李进忠打个哆嗦："主子，奴才……奴才不是有意隐瞒……"

那人抬手一止："不必慌张，你的底细我早已查清。这样吧，待那桩事情办好，我便允你复回本姓。"

李进忠伏地叩首："主子的大恩，容奴才先行拜谢！"

徐振之逃脱未果，又被投入了天字虎牢，浑浑噩噩地熬过几个时辰，牢壁上油灯燃尽，四下顿时变得漆黑。

过了一阵，那狱卒举着火把过来，见牢内黑乎乎的，便将灯盏撤下，换上了几根粗大的牛油蜡烛。

数支牛油蜡烛一点，照得牢里犹如白昼，在那晃眼的烛光中，那狱卒又从外头拖过一个人来。

说是个人，却全然没了人样。他遍体是血，身上皮翻肉绽，不少地方已溃烂生疮，两条腿也被打断，软塌塌地拖在地上。

那狱卒发一声狠，单手抓着那人头发提将起来，另一手在牢壁上摸了几下，扯过条铁铐套在那人腕上，将他悬空吊起。

那人的脸刚露出来，徐振之便觉后背上生出一股恶寒。只见他双眼被挖，嘴唇豁裂，满口的牙齿也统统被人敲去，顺着嘴角“嘀嘀嗒嗒”流下脓血。

吊好了那人，狱卒扬手朝他面上掴了一巴掌：“喂，没死吧？”

那人剧烈地咳了几声，吐出一口血沫：“能招的……我已全招了……其他事……真的不知道了……”

“奶奶的，吓老子一跳！”狱卒又扇了一耳光，“能喘气就成，其余废话少说！”

徐振之身遭桎梏，可眼里仍容不得沙子，不禁向那狱卒怒道：“你这厮好生可恶！那人已奄奄一息，你还折磨他做甚？”

“折磨？”那狱卒冷笑着，再朝那人腹上猛踹一脚，“嘿嘿，这叫什么折磨？小子，你太小瞧咱们东厂了！”

徐振之直气得浑身发颤：“我真想扒开你的心，瞧瞧它还是不是肉长的！”

“老子是铁石心肠，可你小子却不是铜皮铁骨。等着吧，一会儿有你受的！”扔下这话，那狱卒便走出牢房翘首以待，似乎是在等什么人。

徐振之扶着墙壁站起，有心过去查看，奈何脚镣已被锁在了铁栅栏上，只得向那人轻声低唤：“兄台，兄台！”

可任凭徐振之如何唤他，那人始终耷拉着脑袋，嘴里含糊不清道：“杀了我吧……我想死……让我死吧……”

约莫一盏茶的光景，狱道内靴声跫然，那凶神恶煞般的狱卒闻之，连忙换上一副笑脸，急张拘诸地跪地相迎。

随着一阵急促的咳嗽声，一名老太监缓步走来，身旁哈腰搀扶的，正是那李进忠。

那老太监身着黑袍，双鬓各垂下一缕银发，持一方白丝帕捂着口鼻，掩盖了大半个面容。

不等那老太监走到牢门前，李进忠便不知从哪儿搬出张椅子。老太监弯腰坐下，又开始连声咳嗽。

李进忠在老太监后背上轻捋两下，见那狱卒还傻愣着，便向他喝道：“没个眼力见儿，还不去沏杯茶来？”

“是、是……”狱卒赶紧张罗，转瞬间便呈来茶水。

待一杯热茶饮下，老太监多少有了些精神，他眯起眼睛，隔着铁栅栏向徐振之打量起来。

见他朝这边望来，徐振之也冷眼以对。然四下火烛刺目，那老太监又隐在暗处，根本就看不清他的模样。

李进忠清了清嗓子：“徐公子，你考虑得怎么样了？”

徐振之正色道：“死了那条心吧！徐某堂堂正正，绝不与鼠辈沆瀣一气。”

“劝徐公子还是识相些，”李进忠朝身旁一指，“你可知这位公公是何人？”

徐振之嗤之以鼻：“跟你一样，无非是条老阉狗罢了。”

“你放肆！”李进忠尖声厉喝，“这位可是司礼监掌印、堂堂东厂的督主！”

这督主又称厂公，辅帝监政、手握生杀，一道督令下去，别说寻常百姓，哪怕文武重臣，都可不经法司批报，随意拘审缉拿。况且此人还身兼司礼监的掌印太监，拥有代天子决策之权，就连内阁的议事票拟，也要送呈他手，经其批红签押后方能通过，端的是势焰熏天。

见这号人物都参与进来，徐振之心头一震，面色却强撑着未改：“原来是阉党的头子，哼，我瞧他一副病入膏肓的样子，该不是作恶太多、遭了报应吧？”

“大胆！”

李进忠还欲呵斥，那督主却摆了摆手，沙哑着嗓音问道：“徐公子，咳咳……你当真不肯为福王效力？”

徐振之不卑不亢道：“福王的手下，既有那武艺高强的死士，又有你们这些心肠狠毒的阉党，足以搅弄风云、只手遮天了。何必要煞费心思，拉拢徐某区区一介书生？”

那督主反问道：“念书人十年寒窗求功名，不就图个加官晋爵、封妻荫子吗？徐公子，你眼下就有一条捷径，只要效忠福王，即可飞黄腾达。”

“少自以为是，”徐振之不屑道，“在徐某眼中，那功名虚利有如粪土。我读书明理，一为天地立心、二为生民立命、三为往圣继绝学、四为万世开太平。”

“好一个为万世开太平！”那督主大笑几声，目光渐渐冷了下来，“在我执掌东厂的这些年里，也见过不少像徐公子这般嘴硬之人。他们刚进来时，各个都是义正词严，然而不需数日，就会变成那摇尾乞怜的软骨头了。”

徐振之正值血气方刚，受他这一激，当即愤然喝道：“大不了一死，何足惧哉？”

“死倒不足惧，怕只怕求生不得、求死也不能！”那督主说完，朝李进忠递个眼色。

李进忠会意，向那狱卒道：“拿出你的本事，让咱们的徐公子开开眼。”

“是，小的这便准备！”

那狱卒转去时，冲着徐振之神秘一笑，分明是不怀好意。可徐振之此刻，也无暇去揣测他们的用心，干脆一声不吭，静观其变。

没过多久，那狱卒就搬来张木案，安在了牢房之中。那木案有一人长短，瞧上去十分厚实，四角各装着铁环，不知是什么刑具。

李进忠见状，心下猜到了几分：“瞧这阵势，莫非是要‘梳洗’？”

“正是。”狱卒一指吊着那人，“这人犯腌臜，浑身上下一股子恶臭，替他‘梳洗’一番省得让臭气熏着督主。”

李进忠叫了声“好”，目中闪出一丝兴奋。徐振之虽猜不出“梳洗”是何意，但也知道，那定然是种酷刑。

狱卒又忙活一阵，拎来一桶沸水，桶把上扣着只大葫芦瓢，还挂着一把锈迹斑斑的铁刷。将一应之物放下后，那狱卒抻了抻膀子，来到了人犯面前。

那人犯似乎察觉出了危险，身子拼命扭动，挣得铁链乱响：“不……不要……”

狱卒骂了一声，扬起如钵大拳，照着人犯的胸口猛击下去。

受这一捶，那人犯登时气短，脖子梗了两下，慢慢垂下了头。

见他昏了，那狱卒便动手撕他衣裳。那血衣早已碎烂成缕，一扯一大片，没撕几下，就全被剥光。

对于这种勾当，那狱卒显然是轻车熟路。他将那赤条条的人犯从墙上放下，抓起手脚一抛，甩在了那张木案上。又一掀，人犯的脊背便朝了上。狱卒擦了擦额头油汗，将人犯的四肢手足穿入案角铁环中，再用几条坚韧的牛筋索，牢牢绑缚结实。

见狱卒准备停当，李进忠又向徐振之道："徐公子，接下来的场面等闲难见，你可得瞪大了眼睛，好生瞧着！"

徐振之一言不发，只是死死瞪着李进忠，将牙齿咬得咯咯作响。

一时间，牢中似弥漫起一股肃杀。李进忠被他瞧得有些不自在，赶紧冲狱卒挥了挥手："动手吧！"

那狱卒就等这句，二话不说，当即从木桶中舀起半瓢沸水，沿人犯的脊梁骨缓缓浇下。

被这滚烫的沸水一浇，那人犯陡然疼醒，他后背上的皮肉"嗤嗤"作响，顿时鼓起了一片血燎泡。

没等那腾腾的热气散去，那狱卒又操起铁刷，在他糜烂的背上使劲一刮。

那铁刷上皆是尖锐的细钉，稍稍一划，就能扯下一团焦皮烂肉。殷红的鲜血汩汩冒个不停，那人犯的哀号声，也是长呼不绝。

惨象触目惊心，徐振之只觉透体冰凉，如坠噩梦："畜生……你们真是些畜生！"

那狱卒理都未理，再刷了几下，见血流得太多，又舀起一瓢沸水，去冲洗那人犯的后背。

“啊！”

那人犯狂呼惨叫，只求早些解脱。想要咬舌头，口中却无牙齿，只得拼命地用脑袋去撞木案。然那案头上蒙着几层厚厚的牛皮，任他如何磕撞，也都无济于事。

“想自尽？哪有那么容易！”狱卒正要再刷，突然一股臊臭扑鼻，低头一瞧，才知那人犯已疼得失禁，屎尿俱出。

那狱卒连声咒骂，索性将瓢一扔，拎起那桶沸水，全然倒在人犯身上。趁沸水冲去了污秽，狱卒用两手握住铁刷，又开始狠命刮擦。铁刷过处，筋皮连黏，糊然一片。那狱卒眼中泛着邪光，口里发出“嗬嗬”的怪声，先从肩背，再至腰臀，最后到腿脚，直刷得浆血迸溅、碎肉纷飞。

起初，那人犯还能乱扭悲号，等那森森的白骨露出后，惨叫声便渐渐弱了下去。狱卒手不停歇，将铁刷在骨头上疾疾刷过，磨出一阵阵刺耳的动静。

待双腿被剐成两根细长的骨棒，那人犯抽搐了几下，随即气绝。短短一炷香工夫，一个大活人，就这样被刷成一副血肉模糊的骨架。

血腥冲脑、遍眼狼藉，徐振之胸中翻江倒海，几欲作呕。若非亲眼所见，他简直不敢相信，世间竟有这般惨绝人寰的暴行。

望着脸色惨白的徐振之，李进忠心下有几分得意：“怎么样徐公子，现在肯答应了吗？”

徐振之目光怔怔，脑中空白，嘴角颤了颤，挤出了一声“阉狗”。

李进忠转脸一瞧，见督主将头微微一点，便冲那狱卒道：“既然徐公子不吃敬酒，那就让他尝尝罚酒的滋味吧，上刑！”

“好嘞！”那狱卒答应着，拧住徐振之的胳膊，将他吊在了牢壁之上。

吊好了徐振之，那狱卒又抱来一堆刑具。那堆刑具五花八门，除了尖刀、皮鞭、烙铁外，其他的寻常人连名字都叫不出。

那狱卒指着木案上的骨架，向徐振之道：“小子，别以为这是杀鸡儆猴，他之前所受的几道大刑，也会让你从头至尾尝个遍！嘿嘿，念你初来乍到，就从最简单的开始吧！”

说完，那狱卒从刑具中翻了翻，拣出一根皮鞭，凌空甩了几下，发出“啪啪”的脆响。这鞭子里混编着细铁丝，又提前蘸过盐水，一鞭下去，哪怕是头大牯牛，也照样会皮开肉绽。

那督主咳嗽了数下：“徐公子，你现在后悔……咳咳……还来得及！”

酷刑当前，能有几人无惧？可徐振之心里清楚，这伙人卑鄙狠毒，就算自己真的答应去诬陷太子，事后也必会遭他们灭口。横竖是死，何苦要违背良心，玷污了一世清白？

徐振之自幼饱读诗书，一想到“清白”二字，脑海中便不由自主地浮现出两句诗——粉身碎骨浑不怕，要留清白在人间。此语出自英宗朝的于谦于忠肃之口，字里行间，满是忠烈节气，端的是大义凛然。

想到这儿，徐振之深吸了一口气，打算也编诗纂句，来效仿一下先贤。哪怕来不及编出那种流芳千古的佳句，好歹也凑得几声响亮的口号来壮壮胆。

狱卒哪里猜得到他的心思？见徐振之皱着眉头缄口不语，渐觉有些不耐烦：“督主，这小子挺倔，不吃些苦头，他定是不知咱们的厉害！”

督主又等了一会儿，摇头道：“徐公子非要执迷不悟，那就怪不得我心狠了……动手！”

“是！”那狱卒胳膊一扬，那长鞭便呼啸着朝徐振之抽去。

鞭头挟着劲风，离着尚远，就已刮得面皮生疼。再听“啪”的一声，徐振之胸前登时多了一道血痕。他先是感觉胸口一麻，紧接着剧痛钻心，有如烈火灼烤。那撕心裂肺的痛楚，瞬间传遍了周身，徐振之猛打几个哆嗦。若不是极力地咬住牙关，险些喊出声来。

“看来得再使些力气！”那狱卒将皮鞭连甩，照着徐振之劈头盖脸地猛抽，“小子，受不了你就喊！别硬撑着装好汉！”

每受一鞭，徐振之身子便剧烈一弓。豆大的冷汗，不停地从额头滴落，转眼就溻透了前襟。再几鞭下去，徐振之只觉脑袋都痛麻了，好不容易编出的几个词也都抛到了九霄云外，索性借了文天祥的名篇来壮声势：“人生……自古谁无死？留取丹心……照汗青！贼厮鸟！你没吃饭吗？哎呦……一点儿也不疼！”

见他还梗着脖子嘴硬，那狱卒大为光火，连吃奶的劲都用上了，抡圆了鞭子狠命招呼：“叫你照汗青！老子叫你照汗青！”

又抽了一阵，那狱卒也累得满头大汗，停下手来想歇口气，却发觉徐振之垂着脑袋，已然一动不动。

那狱卒上前一瞧，回头道：“督主，这小子忒不禁打，才这几下就晕了刑。”

督主皱了皱眉：“弄醒他！”

“好！”狱卒抹了把脸，又到外头去提凉水。

这一晚进进出出，那狱卒为图省事，也就没锁牢门。待凉水提来，便全然泼向了徐振之。

被凉水一激，徐振之陡然醒转。此时他身上鞭痕遍布，衣衫也被鲜血染红，稍稍一动，便痛彻骨髓。仅受这通鞭笞，就令自己死去活来，后面那些可怕的酷刑，徐振之简直不敢想象。倘使大刑轮番加身，哪怕再苦撑硬挨，也决计难熬过去，最终难免落个枉死狱中的凄惨下场。

见他依然不语，李进忠道：“看来徐公子还没服软，那就接着打！”

那狱卒正欲挥鞭，徐振之突然挣了两下，嘴唇也一张一翕。

“且慢！”督主止住狱卒，“他在说什么？”

狱卒贴耳过去听了听，咧嘴笑道：“回督主，这小子被打怕了，说他愿降。”

“哦？”督主从椅子上站起，与李进忠互视了一眼，神色中竟有一些惋惜，“他真这么说？”

“没错！”徐振之缓过劲来，大口喘息着，“我愿意效忠福王，别打了……别再打了……”

那督主轻叹一声：“唉，徐公子之前若不嘴犟，何需受这皮肉之苦……”

“这哪是皮肉之苦？分明是切肤之痛！”徐振之歇斯底里地叫道，“放我下来！我受不了了，我答应去指证太子！快些放我下来啊！”

见督主挥手示意，那狱卒便把镣铐松开，将徐振之从牢壁上放了下来。

徐振之两腿一软，顺着墙壁瘫在地上，蜷缩着身子，颤抖个不停。

李进忠冷哼道：“还以为你是条铁骨铮铮的好汉，原来也不过如此。”

“就是，”那狱卒也笑道，“我当起码得用到烙刑，不想几鞭下去，这小子便服了软。呸，还什么照汗青呢，先撒泡尿照照自己那副孬样吧！”

这二人冷嘲热讽，徐振之只当没听见。他偷偷活动了几下手脚，发觉虽痛如刀割，可万幸没伤着筋骨。

又缓了半晌，徐振之总算喘匀了气，趁那狱卒不备，竟忽然暴起，从刑具中抢过一把尖刀，箭步冲出了牢外。

待狱卒回过神来，徐振之已将牢门从外锁死。他急急向腰上一摸，却摸了个空，原来挂着的钥匙，也不知何时到了徐振之手上。

徐振之使劲一抛，那钥匙便落到了狱道深处。他向牢内的狱卒望了一眼，又提起尖刀，强忍剧痛，慢慢朝督主和李进忠走去。

李进忠大惊失色："你……你不想活了？"

"少废话！"徐振之喝道，"你们这大刑一道挨着一道，我还活得了吗？不过就算是死，我也要先杀了你们，省得你和这老阉狗继续祸害忠良。"

那督主不怒反笑："原来徐公子藏了后手，倒是我走了眼，哈哈哈……"

"别啰嗦，拿命来！"徐振之抬脚踹开李进忠，直扑那病怏怏的督主，想将他一刀捅毙。

岂料见尖刀戳来，那老迈的督主突然一点足尖，整个人竟"唰"地飞起，避到了一丈之外。

徐振之一怔："你居然会功夫？"

那督主点了点头："不过许久未动拳脚，有些生疏了……咳咳……"

徐振之抱了必死的决心，也不再多想，紧握着尖刀刺去，只求与那督主拼个鱼死网破。那督主也不回击，只是左闪右避，使得徐振之刀刀刺空。

趁这空当，李进忠悄悄拾回了钥匙，将狱卒从牢里放出。这二人各操了家伙，双双堵在了徐振之身后。

徐振之还在死拼，那督主却骤然欺近，闪电般挥出一掌，在他胸前拍落。

督主这一掌，并未使上真力，可仍将徐振之击飞出去。徐振之挣扎了半天，这才踉踉跄跄地爬起。

徐振之擦去嘴角血迹，暗忖道：这督主功夫很高，自己毫无胜算，若再被捉住，势必会酷刑加身、生不如死，倒不如自戕来得痛快。

牢内那副血骨架就在眼前，那惨厉的哀号也犹在耳边。见那督主渐渐逼来，徐振之再无他虑，将心一横，掉转刀尖刺向了自己心窝："只恨杀不得你这只老阉狗，我徐振之宁为玉碎，不为瓦全！"

不等那锋利的刀尖刺下，那督主疾疾出手，抬掌将那尖刀格开："好！确实是条硬汉子，我陈矩果然没有看错人！"

徐振之吃了一惊，怒视道："老阉狗！你又想耍什么花招？"

李进忠笑着走上前："徐公子不可无礼。之前的种种，都是督主对你的试练。"

"试……试练？"

"不错。"陈矩道，"徐公子有所不知，其实我们都是太子的人。"

"这倒好笑了。"徐振之指着李进忠道，"在那眠月山庄，太子的人马，居然还要去行刺自己的主子！"

"那眠月山庄……咳咳……咳咳咳……"说到这里，陈矩忽然咳个不停，好容易平复下来，那捂嘴的帕子上，却多了一摊鲜血。

"督主！"李进忠大惊，赶紧将陈矩扶回椅上，"您老人家不要紧吧？"

"不碍……许是方才动手，耗损了力气……歇会儿就行了。"陈矩有气无力道，"进忠，眠月山庄的事，就由你来说与徐公子听吧。"

“是。”李进忠使个眼色，那狱卒便知趣地退下。见徐振之还攥着尖刀，李进忠又道：“如今敌友已辨，徐公子何不将刀子放下？”

徐振之不敢掉以轻心：“事情尚未弄清，休言什么敌友！”

李进忠道：“徐公子请想一想，若我们真要下狠手，你还能在这儿站着？那是因为督主提前吩咐过狱卒，让他用刑时务必避开头脸要害，绝不能伤你筋骨。”

徐振之不为所动：“废话少说！那个眠月山庄究竟怎么回事？还有，客印月到底是何人？”

李进忠笑道：“印月姑娘与我，自然都是太子爷的属下，而那眠月山庄的人，却俱为福王暗中豢养的爪牙。”

徐振之愈发不解：“眠月山庄的庄主，不正是客印月吗？”

李进忠摆手道：“印月姑娘那‘庄主’，不过是冒名顶替罢了。前阵子，我们得到耳报，说福王一党要对太子不利。在督主的帮助下，我们截获了他们的一条暗线，再顺藤摸瓜，就查到了这个眠月山庄。”

见徐振之不接话，李进忠继续道：“这眠月山庄，行事极为谨慎，平素只在暗地里指挥，有事则以传帖下达，绝不与各处的杀手刺客碰面。待我们将眠月山庄清剿后，发觉那真正的庄主已把‘赐福帖’散下，于是督主便将计就计，命我和印月姑娘守株待兔，只等那些刺客自投罗网。”

徐振之道：“难怪锦衣卫方一现身，便立即将那些刺客格杀，原来你们早就计划好了。”

“不错。”李进忠笑道，“虽然我没什么本事，可印月姑娘却很厉害。她不但会易容乔声，而且擅使迷药。我们的原计划是要趁其不备，将那些刺客迷翻拿下，没想到被徐公子一行搅了局。嘿嘿，幸亏我们提前埋伏下锦衣卫，这才没在阴沟里翻了船啊。”

听至此处，徐振之仍是将信将疑，追问道：“我夫妇乃局外之人，你们设计擒拿刺客，为何还要将毫不知情的我们放进庄去？”

李进忠打个哈哈：“不放你们入庄，又怎能见识到贤伉俪智擒群雄的场面？徐公子，眠月山庄的事情都已讲明，你该答应加入太子麾下了吧？”

徐振之一口回绝：“恕难从命。”

李进忠一愣：“怎么，徐公子不肯答应，难道是我们对你拷打之故？”

陈矩也以为他心存芥蒂，赶忙道：“咳咳……之前的事，还望徐公子见谅，太子关乎社稷，在没摸清徐公子底细前，我们不得以才出此下策……”

“我受些苦楚倒没什么，”徐振之向牢中的残骸一指，“可你们为了演这出戏，竟将无辜之人活活折磨致死。如此的滥杀、如此的残暴，又与那阴毒的福王有何分别？”

陈矩长息一声：“徐公子误会了，那可不是什么无辜之人，他正是那眠月山庄的庄主！”

徐振之有些出乎意料：“他才是真正的庄主？”

“没错。”陈矩点头道，“此人是福王一党的心腹，这些年来操纵着眠月山庄，大肆杀伐异己，手上染着不知多少人的鲜血……以他犯下的滔天重罪，即便不受那梳洗之刑，也会被活剐凌迟，同样是不得好死。对付恶人就不能心怀仁慈，若对他们手软，势必会有更多的人遭殃。咳咳……徐公子，我这番话不算是强词夺理吧？”

徐振之望了望残骸，那血肉模糊的惨象，仍令他心有余悸：“如此说来，这人倒是恶有恶报了……然就算他死有余辜，徐某也不愿与你们为伍。徐某之所以远路来京，只为查明先父死因，不想拉帮结伙，更不想被牵着鼻子，无端卷入庙堂之争。二位，徐某一介布衣，对你们所谋的要事爱莫能助，若没其他事，就请放行吧！”

李进忠急道：“徐公子，你不能走啊！”

“不能走？”徐振之料到他们不会轻易放自己离开，索性绕过李进忠，直逼陈矩，据理力争，“请问陈公公，徐某可是有罪？”

陈矩摇了摇头：“无罪。”

徐振之又道：“既然无罪，为何还将徐某囚禁于此？难道在陈公公眼中，但凡不肯替你们效力的，便成了大奸大恶之徒？”

“言重了，”陈矩摆手道，“倘若徐公子执意不肯相助，我们也不会强人所难……”

“那好，”徐振之就等他这句，直接一拱手，“徐某这便告辞。”

“徐公子……”

李进忠再想去阻，却被徐振之奋力推开。

陈矩又咳嗽了几下，喟然长叹：“唉……可惜了。可惜了豫庵兄的一片苦心哪！”

听得“豫庵”二字，徐振之脑中似有道霹雳炸开，一双腿再也无法迈出半步。这“豫庵”乃父亲的别号，徐振之焉能不知？他怔了半晌，急急回过头来：“陈公公，你认得先父？”

陈矩道：“岂止是认得？我与令尊，可谓生死之交。”

徐振之将信将疑：“既然是生死之交，为何我从未听先父提起过你？”

陈矩怅然道：“令尊所谋事大，有些话隐而不说，自然是不想让家人牵扯进去。三年前，若不是他舍命相护，我陈矩早已横尸在南京郊外的乱葬岗了。”

“三年前？”徐振之心头一颤，“陈公公，莫非你知道先父死因？”

陈矩点头道：“当然，那晚我也在场。我起初也摸不透那些恶徒的来路，后来经过明察暗访，才查到害死豫庵兄的，是一伙虚无僧兵。”

“虚无僧兵？”

“对，虚无僧兵来自东瀛，名义上是僧侣，实则是些好勇斗狠的亡命徒。他们头戴天盖，擅吹尺八，打着行脚诸方的旗号，背地却受人雇佣，做些暗杀行刺的勾当。那夜虚无僧兵之所以会追杀我们，八成是受了福王一党的指派……”提及往事，陈矩不免唏嘘，长叹一声，缓缓道出了前尘。

听完陈矩所述，徐振之怔了半晌：“我爹居然身负绝世武功？我竟半点儿也不知晓……陈公公，之后又如何？”

“后来我与王恭妃逃到安全处，向地方官亮明身份，命他们派兵重回乱葬岗。令尊英雄一世，我岂能让他暴尸荒野？待令尊的尸首殓好，兵士们便把灵柩送归府上，怕你们追根问底会惹上麻烦，故而谎称他是遇盗身亡。”

直到这时，困惑徐振之数年的谜团方才解开：“难怪我们报官查凶时，官府总是百般推诿、闪烁其词。”

陈矩又道：“为了太子，令尊已搭上一条性命，我们原不想让徐家再蹚这浑水，可这三年来，那《鬼母揭钵图》的玄机没能参出，福王一党又变本加厉，若非我在暗中拼力地操持，太子恐怕已为奸人所害……咳咳……正所谓祸不单行，不久前我忽染恶疾，自觉时日无多，无奈之下，这才派人到江阴送去字条……咳咳咳……”

“原来引我入京的，也是你们的人。”

“是啊，我们拿下了眠月山庄，又在运河上安排了官兵封航，这才使得徐公子弃舟登岸、借宿山庄。我原打算把你与那些刺客一并迷翻，再通过威逼利诱，来试探下徐公子，没想到阴差阳错，成了现在这样。”

徐振之先前饱受鞭刑，不免有些恍惚。然他再从头至尾地琢磨一遍，顿觉出不对劲：“陈公公，徐某一无权势，二没武功，你们为何还要找我相助？”

“唉，之所以找上徐公子，是因令尊临终时，曾留下遗言，说你眉宇间带着烟霞之气，可以承他衣钵……”说到这里，陈矩又骤咳起来，胸口剧烈起伏了几下，竟吐出一口鲜血。

李进忠急急从怀里摸出一颗丸药，递与陈矩和水吞服。缓了半天，陈矩面上总算有了些血色。

见陈矩年迈病重，徐振之心生恻隐：“陈公公病得如此厉害，应好好静养，再访名医诊治才是。”

陈矩摆了摆手，苦笑道：“医不好了……咳咳……我要赶在死前，多帮扶太子一把，若被那福王得势，我大明的社稷危矣，咳咳咳……”

李进忠劝道：“督主，这狱中阴气太盛，再待下去，恐会加重您老的病情，况且徐公子也带着伤，咱们不如移步香山小筑吧？”

陈矩点了点头：“极是，外头备着马车，车中有上好的金疮药，徐公子，其他的话，咱们路上谈吧。”

徐振之忽然记起一事：“对了，我娘子她……”

“放心吧，徐公子，”李进忠笑道，“之前我是编了不少瞎话，可尊夫人的事却句句是真。眼下她正在香山小筑歇养，咱们到了地方，你就能见到她了。”

陈矩慢慢站起身来：“徐公子，请吧。”

“请！”

走出天字虎牢后，外头已是星斗满天。三人没惊动旁人，从角门悄悄离开了东厂。

待陈矩和徐振之进了车厢，李进忠也跳上车头，甩开马鞭，驾车向那香山小筑驶去。

马蹄嗒嗒，车声辘辘。徐振之抹好了金疮药，又接过陈矩递来的新衣换上。

望着一脸英气的徐振之，陈矩不禁道："从徐公子的眉眼中，依稀能见到令尊当年的样子……"

徐振之问道："陈公公，你与先父是如何相识的？"

陈矩轻叹一声，缓缓道："我跟令尊第一次碰面，已是二十多年前的事了……那是万历十一年，代藩的奉国将军朱廷堂因贪污致罪，我奉了圣旨，要将他押送到中都凤阳。没想到半路上，朱廷堂的党羽赶来劫囚车，幸而让随行的铁甲军杀散。朱廷堂虽未被劫走，可那些党羽却逃了不少，我怕他们阴魂不散，便命几名铁甲军继续缉拿，定要将他们一网打尽。然那几名铁甲军久查不获，怕我怪罪，竟动了邪心，从附近的村里抓来些乡民严刑拷打，逼他们招认是逃走的党羽……那一幕，正巧被游历到村中的令尊撞见。一问之下，令尊勃然大怒，当即将铁甲军尽数打倒，救出了无辜乡民。"

听到此处，徐振之不禁神驰："爹爹锄强扶弱，真乃丈夫行径！"

"是啊。"陈矩接着道，"可在当时，我还不知是手下人诬良为匪，接到铁甲军遇袭的消息，便带着护卫匆匆赶至。那会儿，我以为令尊是贼首，令尊以为我是恶宦，一言不合，就动起手来。令尊的武功出神入化，没出几招，便将我擒住喝问。待弄清了原委，我当着令尊的面，把那几个作奸犯科的铁甲军砍了。正所谓不打不相识，我陈矩生平最重英雄，拉着令尊就想结交，令尊见我还算直爽，便欣然应允。我二人一见如故，就在那小村中大醉了三天，推心置腹、针砭时弊，聊得好不投机。临别时，令尊向我表露身份，说他是‘地师’一脉，日后若有难事，尽可找他帮忙……”

徐振之奇道：“地师一脉？”

陈矩闻言一怔：“怎么，徐公子不知？”

徐振之摇了摇头，露出一丝困惑：“从未听先父提起过。陈公公，那地师究竟是什么？”

陈矩苦笑一声：“令尊未曾详说，我所知也甚少。他只说那‘地师’源自洪武朝，有太祖钦赐的神兵、衣冠，代代相传，暗卫我大明江山。”

徐振之长叹：“可惜先父已逝，‘地师’一事，只能慢慢探寻了。陈公公，你接着说吧。”

陈矩点点头，又道：“我将那朱廷堂押至凤阳后，歇息了几日便欲回京复旨。然就在启程的前夜，竟有几个五花大绑的汉子，被人丢在我下榻的院中。经过查问，那些汉子正是先前逃走的党羽。”

“难道是先父所为？”

“正是。我将那几人转交给凤阳府，就动身返京。回程路上，我牢记着令尊那些忧国忧民的话，因去时治下不严，累得乡民受苦，回时我更加小心翼翼，命队伍撤去仪仗，沿途不扰官不害民，只在驿站中歇脚止宿。这原是分内之事，可百姓们却感恩戴德，硬送了个‘佛爷’的称号给我。”

徐振之由衷赞道：“在下见识过不少权贵出行，要么是大张排场，要么是勒索地方，无一不是作威作福、鱼肉乡里。陈公公身居高位，却能廉洁爱民，那‘佛爷’二字，实在是当之无愧。”

陈矩难得地露出一丝笑意："我执掌东厂近十年，虽然极力约束厂卫，可难免因圣上的旨意，办过一些无可奈何的案子。唉，'佛爷'二字，我是愧不敢当，只求死后不堕地狱吧。"

李进忠一直在埋头赶车，听到这里，忍不住插话道："督主是菩萨心肠，若您老这样的都下了地狱，我们岂不是永世不得超生？我曾听人议论，也就是您老在的这几年，那东厂大狱才空出了不少，原来哪间牢房里不塞满了人？"

陈矩笑意一敛："不兴冤狱，乃为人臣者本分。纵观历朝历代，哪个祸乱朝纲的恶宦能得善终？圣人云，见贤则思齐，见不贤要自省。咱们做内侍的，更得遵祖宗法度、循圣贤道理，莫学那些大奸大恶，留下千古骂名。"

李进忠不以为然，随口应道："督主的教谕，进忠谨记在心了。"

陈矩点了点头："夜黑路远，留神驾车吧……"

"是！"李进忠一抖缰绳，"驾！"

车厢内沉静了一会儿，又响起了陈矩的咳嗽声。

徐振之在他背上轻拍了几下，问道："陈公公，眠月山庄的恶人已经伏法，福王谋逆的事也已板上钉钉，你们为何不直言上奏，去昭示福王的罪行？"

陈矩摇头叹道："没用的，有万岁爷护着，谁都奈何不了他。"

徐振之不解道："可他要杀的人是太子，太子不同样是皇上的骨肉吗？"

陈矩道："唉，同是骨肉不假，可在万岁爷的眼中，他们却有天壤之别。徐公子不在宫禁中，又岂知太子处境之难。"

徐振之皱了皱眉："愿闻其详。"

陈矩长息一声，道出了因果。

原来，太子的生母王恭妃出身低微，她本是太后慈宁宫中的一名婢女。万历年轻时，偶然去慈宁宫请安，一时兴起，私幸了王氏。王氏有了身孕，日渐显怀，自然被太后瞧出了端倪。太后问清缘由后，便唤来万历，欲立王氏为妃。岂料万历嫌王氏卑贱，竟对此事矢口否认。

然宫中规矩甚严，皇帝每次临幸，都会有太监记录在《内起居注》中。太后命人取来《内起居注》翻验，发现上面白纸黑字，都记录得清清楚楚。事实摆在面前，万历这才勉强承认，极不情愿地册封王氏为“恭妃”。

后来，王恭妃不负众望，产下了皇长子朱常洛。这本是桩大喜事，可万历却总瞧不起宫女出身的王恭妃，不但对王恭妃百般冷遇，还戏称朱常洛为“都人之子”。

恭妃母子不受待见，可宠妃郑氏却深得万历喜爱。没过多久，郑氏生下了二皇子朱常溆。岂料好景不长，二皇子未足月便得病夭折。郑氏怕被朱常洛抢了先，就向万历屡进谗言，说二皇子是受了王恭妃的诅咒，才会早殇。

这种捕风捉影的诬陷，当然无法坐实，可万历对恭妃母子的忌恨却是越来越大。再后来，郑氏诞下了三子朱常洵，万历龙颜大悦，当即进封郑氏为皇贵妃，并与她去大高玄殿祷神盟誓，相约要立朱常洵为太子。

二人约誓之后，万历又写下御笔绢书，封缄在一只玉匣内，交与郑贵妃保管。

消息传出，朝野震动。当年太祖朱元璋定下的规矩，是“有嫡立嫡，无嫡立长”。正宫皇后无所出，那身为长子的朱常洛，理所应当要被立为太子。然而万历为了自己的私心，以皇长子年幼为借口，迟迟不提册立皇储之事。

万历心里也明白，废长立幼有违祖宗法制，想硬扶三子上位，定会惹来群臣非议。他之所以一拖再拖，是盘算着皇后多病且无子嗣，若能熬得她身故，再趁机加封郑贵妃为后，那样一来，朱常洵就成了嫡出，便能顺理成章地当上太子。

谁知几年过去，皇后不但健在，并对朱常洛爱护有加。时日一久，万历与郑贵妃的心思昭然若揭，一些正直的大臣纷纷上书，奏请早日册立朱常洛为太子，万历自然不允，一面另觅借口，一面打压群臣，终于演变成长达十五年之久的“国本之争”。

说到此处，陈矩又叹了一声：“群臣的死谏、太后的施压，虽让万岁爷焦头烂额，但却于事无补，否则那立储之事，也不会拖了十几年。”

徐振之问道：“那是因为什么，才使得皇上最终做出了让步？”

陈矩一字一顿道：“能平息那场风波，多半仰仗了令尊！”

徐振之怔道：“我爹？”

“不错！”陈矩点头道，“太子能有今天，令尊功不可没。那时，我见国本之争迟迟不能收场，便致信令尊，想让他帮着拿个主意。令尊弄清来龙去脉后，就与我商议出一个计策来。”

徐振之追问道：“是何计策？”

陈矩反问道：“我刚才提过一只玉匣，徐公子还记得吧？”

“记得！”徐振之点头道，“陈公公说，皇上与郑贵妃私下盟誓，亲写了绢书封入玉匣，作为将来立朱常洵为太子的凭证。”

陈矩继续道：“我们的计策，就是要从那玉匣入手。我用计千方，查到那玉匣被郑氏藏于寝宫的高梁上。于是，令尊仗着高强的轻功，孤身潜入大内，找到了那只玉匣。那玉匣虽上了锁，但也难不倒令尊，他以细铁丝捅开锁眼后，便在绢书中的‘洵’字上，涂抹了蜜糖。”

“蜜糖？”

“对，蜜糖抹好后，令尊又把几只‘衣鱼虫’置于其中，重新锁上玉匣，放还于大梁之上。那衣鱼虫嗜甜，自然会将那抹过蜜糖的‘洵’字蛀光。再后来，万岁爷打开那玉匣时，发现其他字迹无损，可偏偏‘洵’字缺失，当场骇得面如土色。万岁爷最是笃仙信道，只当那是天意，遂不顾郑氏苦求，下诏册立了太子。唉，只可惜令尊那夜离宫时，不慎惊动了守卫，虽然最后脱身而退，但还是伤了一足，落下残疾。”

徐振之咋舌道：“原来爹爹那只跛足，竟是因此而伤。”

陈矩道：“是啊，得知此事，我好生歉疚，令尊却不以为意，反而寄来书信，让我不可放松戒备，留神宫中有变。果不其然，万岁爷下诏不久便开始后悔，然木已成舟，他不好自食其言，就把火气撒在了东宫头上，不但将恭妃打入冷宫，还严令太子不准与外臣接触。对那些曾支持过太子的官员，事后找个由头，流放的流放、罢免的罢免。郑氏与福王却趁机网罗党羽，千方百计地要废掉太子。对于他们的图谋，万岁爷不是不知道，可他偏袒郑氏和福王，也就睁一只眼、闭一只眼，默许他们为所欲为。唉，这些年来，太子如履薄冰，稍稍有个不慎，便会跌入那万劫不复的深渊。”

徐振之心生感慨，不禁叹道：“为争那皇位，便要手足反目、骨肉相残，高高在上的庙堂，倒不如寻常百姓家有人情味。”

陈矩苦笑几声，又道：“太子宅心仁厚，与那飞扬跋扈的福王截然不同。如今万岁久怠朝政，四方祸乱频发，亟须圣主，来保我大明基业不绝。徐公子，为了江山社稷，就请你答应辅佐太子吧！”

徐振之从不轻言许诺，他有心应下，又怕自己难负厚望，故而有些顾虑：“先父的遗志，做儿子的自当秉承。只是在下别无所长，对‘地师’之事，也不甚了了，恐担不起这份重任。”

陈矩摆了摆手：“徐公子过谦了，无论是在眠月山庄，还是在东厂虎牢，你虽身处不利，仍能寻到机会予以反击，足见有勇有谋。况且令尊临终时，专门提到徐公子，想来定有深意。”

徐振之沉吟良久：“好吧，既蒙陈公公信任，我便尽力而为。”

陈矩拱了拱手：“我替太子爷，先谢过徐公子了。”

徐振之赶紧回礼：“陈公公不必客气，先父既是被福王派出的僧兵所害，那福王也便是徐某的仇人，于情于理，都不能让他们继续逍遥！”

陈矩点点头，又问道：“对了，我听说在眠月山庄时，徐公子还有个姓庄的同伴？”

徐振之道：“陈公公是指庄老先生吧？那时，我们与他不过才认识了半日，‘庄糊涂’三字，只怕也是假名。”

陈矩皱眉道：“那人来历不明，又深藏不露……别是福王的探子吧？”

徐振之摇头道：“不像，庄先生虽极力地隐瞒身份，可从他的所作所为来看，应该不是福王的人。”

陈矩道：“但愿吧！若福王手下真有那样的异人，太子这边，就又多了个劲敌啊……”

马车渐行渐远，再过一个时辰，驶到了西郊的香山脚下。这香山绵延连亘，其上植满了杏树。此般时节，恰逢杏花吐绽，夜风轻拂，暗香浮动，在一轮清月的映耀下，万千枝头上，似落满了碎玉琼花。

三人下车后，李进忠搀起陈矩，引着徐振之拾阶而上。

这山路虽窄，可并不崎岖。约莫一炷香光景，三人便登至山腰的一处平坦之地。

绕过几株古树，一座宅院映入眼帘。粉壁环护，绿柳周垂，墙脊上牵藤引蔓，颇有几分雅致。不必说，这宅院便是那香山小筑。李进忠走到院门前，拉起两侧的衔环连叩了九下，里头传出一个声音："什么人？"

听出是东宫伴读王安，李进忠忙回道："王公公，督主带着徐公子到了。"

话音未落，王安已将院门打开，与陈矩互施一礼，又向徐振之肃道："徐公子快请，太子爷已在厅上相候。"

几人方入院，厅上便走出了三男一女。那女子正是客印月，只见她巧笑嫣然，向着徐振之便贴了上来："徐公子，咱们又见面了。"

一朝被蛇咬，十年怕井绳。徐振之着过客印月的道儿，忙下意识地将身子一侧："印月姑娘请自重，徐某可不想再被你迷晕。"

客印月咯咯笑道："徐公子放心，人家也舍不得再把你弄晕一次呢。"

陈矩轻咳一声，指着中间那名年轻男子道："徐公子，这位便是太子爷。"

徐振之打眼一瞧，见那太子目光和善，不由得生出几分亲近，遂举手长揖道："不才徐振之，见过太子殿下。"

朱常洛温文尔雅，丝毫没有架子，他赶紧拉起徐振之的手，歉然道："不必客气，因我之故，让你受委屈了，还望徐兄弟多多海涵。"

徐振之闻言，对朱常洛愈发起了好感："殿下言重了，前因后果，我已悉知。哦，那二位是？"

说完，徐振之又看向朱常洛身后的两名大汉。这二人皆生得魁伟异常，一个浓眉大眼，好似怒目金刚；另一个宽唇阔嘴，有如护法天王。经朱常洛引见，徐振之才知那嘴大的唤作郭鲸，眼大的名为薛鳄，都是效忠东宫的大内侍卫。

薛鳄性子急，两眼一瞪、两膀一甩，冲着徐振之便“砰”地一抱拳。那股劲头风风火火，知道的，明白他是在热情地打招呼；不知道的，还当他要抡胳膊打人。

那郭鲸倒是不紧不慢，面带微笑，大嘴疾翻，左一个“久仰”、右一个“幸会”，反弄得徐振之连连拱手，生怕缺了礼数。

正寒暄着，东厢房中突然传出几声异响，还没等众人反应过来，就听“咚”的一声，房门被从内踹开，跃出了睡眼惺忪的许蝉。

许蝉一露面，便迷迷糊糊地直抱怨：“干吗呀……怎么将我锁在了屋里？”

徐振之见许蝉果真无恙，悬着的心总算放下，情不自禁地冲她招手道：“小知了！”

“振之哥？哈，那婆婆果然没骗我，一觉醒来你真就回来了！”许蝉欣喜异常，也不顾院中还有旁人，蹦跳着朝徐振之扑去。

她这一抱，不免触及徐振之身上的鞭伤。徐振之只觉疼痛钻心，忍不住倒吸一口凉气。

“你身上怎么了？”许蝉察觉出不对，不由分说地扯开徐振之衣领。看到一条条暗红的鞭痕，许蝉心疼得险些掉泪：“啊？这是……这是怎么弄的呀？振之哥，谁把你打成这样？你说，你快说啊！”

李进忠赶忙道：“徐夫人莫急，徐公子他……”

话才说了一半，许蝉已认出了李进忠，她杏眼圆睁，一把攥住李进忠的领子：“你不是那个管家吗？”

客印月抿嘴一笑：“这丫头生龙活虎的，看来歇息得不错呀。”

许蝉一怔："你这坏女人也在？"

客印月粗起嗓子，扮起老妪的声音："方才还'婆婆''婆婆'叫得亲热，现在反说人家是坏女人。"

"那婆婆是你扮的？"许蝉顿时警觉，急急在人群里扫了一圈，"这些人都是你的帮手吗？"

徐振之急忙劝道："小知了，这其中有诸般误会，先把李公公松开。"

"公公？"许蝉看一眼李进忠，这才松了手，"难怪听他说话阴阳怪气的。"

朱常洛笑道："徐夫人这副直爽的性子，真是巾帼不让须眉啊。"

许蝉蹙眉道："你又是谁？"

徐振之赶紧介绍道："这位是太子殿下。"

"太子？"许蝉有些糊涂，指着客印月向朱常洛道，"她不是盘算着要杀你么，你们怎么还混在一块？"

朱常洛笑得更厉害了："多谢提醒，只是印月姑娘突然改了主意，又不想杀我了。"

听他这么一说，许蝉愈发迷糊，她看看这个，又瞧瞧那个，一个劲地拍打着脑袋："哎呀，我都被你们给绕晕了，到底怎么回事呀？"

见她这副憨态可掬的样子，不光是客印月扶腰笑出了眼泪，就连那不苟言笑的陈矩，也忍俊不禁，笑容中满是慈爱，如同在看自己的孩子。

徐振之在许蝉背后轻拍几下，悄声道："别心急，稍后我自会给你解释。"

王安见状，上前岔开话头："廊下风凉，大伙不如入厅说话吧。"

"极是。"朱常洛点点头，侧身肃客，"二位里面请！"

待众人进了厅上，各分宾主落了座。郭鲸、薛鳄一左一右，在太子座位两旁站定，李进忠跑前跑后，忙活着为其他人端茶送水。

几盏香茗饮毕，徐振之也将之前的事向许蝉说明。然许蝉虽知晓了原委，心里头还是老大不乐意。

客印月揶揄道："你们瞧，蝉妹妹那小嘴儿翘得老高，怕是还在心疼徐公子吧？"

"净说风凉话！"许蝉哼道，"敢情被打的不是你家相公！"

客印月继续打趣道："妹妹这话可错了，徐公子虽不是我家相公，可我也一样是心疼得很呀……"

许蝉嗔道："谁是你妹妹？你少来作怪！"

"好了。"徐振之怕她俩打起嘴架，赶紧一把按住许蝉，又向陈矩道，"陈公公，那卷《鬼母揭钵图》可在此处？徐某素好研读各类图籍，或许能解开其中奥义。"

陈矩点点头，朝朱常洛道："太子爷，既然徐公子有兴趣，那就先让他瞧瞧吧。"

朱常洛道："好，王安。"

"在。"

"去将图取来，让徐公子一观。"

"是。"

王安离厅不久，又捧着一只卷轴返回。太子接来，将卷轴缓缓展开："徐兄弟，请你过目。"

"好。"

徐振之离座观瞧，许蝉心下好奇，也跟着凑上去看。

那画卷绢底焦黄、色驳墨淡，显然是年头久远。图中左侧，绘着百鬼众魅，一个个青面獠牙、模样狰狞。有的摇旗擂鼓、有的驱精驭怪、有的喷火吐焰、有的作浪兴风；右边则为佛陀诸圣、罗汉天神，或合掌持诵，或发愿行咒，各显神通法力；当中反扣着一只透明大钵，其间罩着个蜷伏的小儿，一名披头散发的妇人立于钵旁，愁眉紧锁、焦急欲泣，那悲怆之情跃然于纸。

此画笔力极强，不论神魔还是精兽，皆栩栩如生。只是纵观全卷，既无款识亦无印钤，难知画者为谁。

许蝉又看了几眼，问道："这画上又是妖怪，又是如来的，到底什么意思？"

"此画所绘的内容倒不稀奇，这是《宝积经》上的一段典故。"徐振之说着，手指卷心处，"小知了你瞧，这钵前所立的妇人，乃是佛教中的恶神——诃利帝。"

"诃……利帝？"许蝉自念一遍，发觉这名字有些拗口。

徐振之笑笑，又解释道："诃利帝是她的梵名，在咱们中土，则称其为鬼子母。这鬼子母暴虐成性，自己虽诞有五百鬼子，却偏爱去掠食人间的孩童。佛祖闻听此事，就施下无边法力，将她最小的一个儿子，罩在琉璃钵盂之下。鬼子母得知后又急又怒，亲自率领着鬼兵鬼将，赶去揭钵救子。"

许蝉道："那她应该斗不过如来佛吧？"

"当然。"徐振之继续道，"几番斗法下来，鬼众大败，鬼母揭钵不成，不免哀伤欲绝。佛祖慈悲为怀，见她已尝到失子之痛，遂撤去了琉璃钵并对其良言规劝。鬼母受到感化，幡然悔悟，立誓永不再伤人，最终皈依了佛门，成为护法诸天之一，专门庇佑世间的儿童。"

朱常洛点了点头，赞道："徐兄弟果然是博闻，一见此图，便能道破所绘典故。”

“殿下谬赞了。”徐振之轻叹一声，“我虽知道图中典故，可这一时半刻的，也无法悟出其中玄机。”

陈矩道：“若能轻易地参详出来，咱们也就不必花费这般周折了……咳咳，太子爷，依我之见，这《鬼母揭钵图》就交给徐公子，让他留着慢慢参详吧。”

朱常洛颔首道：“我正有此意。徐兄弟才智超群，这图中奥秘，说不定就着落在他的身上。”

徐振之也不推辞，将画卷轻轻收好：“我会竭尽全力，争取早些参破此图！”

“好啊……”陈矩咳嗽一阵，又道，“对了徐公子，令尊的遗物，也是时候由你来保管了。”

“我爹的遗物？”徐振之追问道，“在哪儿？”

陈矩慢慢地站起：“且随我来。”

一行人跟着陈矩，来到了后院耳房。这耳房被布置成祠堂模样，洁净的砖地上一尘不染，显然是时常打扫。当中一张供案，案上置着一台短兵镧，上面横架着一把铁尺。

陈矩指着铁尺道：“徐公子，那尺为玄铁所铸，唤作‘镇厄’，正是令尊生前所用的兵刃。”

望着那乌黑的玄铁尺，徐振之百感交集，当即与许蝉叩首跪拜。

朱常洛也掂起三支香，就着供案上的明烛点燃，复拜了几拜，向那香炉中插去。然他只顾着虔诚进香，却不小心将那宽大的袍袖，扫在了烛火之上。丝帛之物，极其易燃，仅一愣神的工夫，朱常洛已是满身火苗。

其余人大惊，慌不迭地朝朱常洛身上胡拍乱打，可那火居然越来越炽，“噼里啪啦”烧个不停。正当这时，薛鳄几步挤到近前，伸出双手狂撕两下，扯去了那燃烧的外袍。

郭鲸赶紧将火踩灭，又与徐振之等人围在朱常洛旁。朱常洛里面的中衣上，也被烧出几个大窟窿，通过洞眼，徐振之发现，他后颈上竟赫然露出一块硕大的疤痕。

那疤痕虽然发红，但早与周围的皮肉生在一处，分明不是新添的灼伤。众人又查看一阵，发觉朱常洛安然无恙，遂放下心来。

然徐振之心下纳闷，不免朝那疤痕多看了几眼。陈矩见状，便解下身后的披风，披在了朱常洛身上：“徐公子，你对太子爷身上的伤疤，应该十分好奇吧？”

徐振之被点破心事，索性也不隐瞒：“是，殿下养尊处优，身上却留了块刺目的疤痕，确让我有些不解。”

“养尊者，未必处优啊。”陈矩长叹一声，“我曾说过，因郑福一党的觊觎，太子的处境异常凶险。三年前，一名刺客潜入了慈庆宫，朝着沉睡中的太子挥刀便斩。幸亏太子及时警觉，避开那致命一刀，颈后却被削去一块皮肉，留下了那块疤痕。”

徐振之光是听着，就觉惊险无比，不由得恨道：“那伙歹人真是丧心病狂！万幸殿下天庇神佑，没让他们得逞。”

朱常洛惊魂甫定，望着供案上的玄铁尺喃喃道：“这把火烧得有些莫名……唉，都是因为我，豫庵公才遭了不测，如今又令徐兄弟卷入其中……莫非是豫庵公见怪了？”

徐振之摆了摆手，对朱常洛宽慰道：“殿下无须多虑。先父舍生赴难，乃是道义使然。而今徐某所作所为，也算秉承父志，若他泉下有知，定会大觉欣慰。”

“这话不错，”陈矩走到供案前，缓缓取下玄铁尺，“豫庵兄，这把‘镇厄’，今夜便交与令郎了！”

徐振之郑重地接来，将玄铁尺紧贴胸前。

陈矩又道：“除了这兵刃，令尊还留下了一顶坤极冠、一件灵犀服。”

徐振之四下张望：“怎么未曾瞧见？”

陈矩道：“在与虚无僧兵的那场恶斗中，那服冠皆破损得不成样子，并且那上面沾满了令尊的鲜血，留着也是徒增伤悲……于是，我便建了座‘太极镇山塔’，将服冠殓入其中，权当是令尊的衣冠冢了。”

徐振之心下感激，向陈矩长揖道：“陈公公，那‘太极镇山塔’建在何处？既是先父衣冢，我理当前去祭拜一番。”

“那塔就在这香山之上，改日我让进忠带你们过去。”陈矩说着，又向朱常洛道，“太子爷，时辰已然不早，咱们也该回了。”

朱常洛应道：“是了，耽搁得太晚，只怕宫中会有人察觉……徐兄弟，此处无人打扰，就请你暂且住下养伤。印月和进忠会留在这里，有事尽管差遣。”

徐振之拱手道：“让殿下费心了。”

“应当的，徐公子早些歇息，我等告辞。”

朱常洛说完，便带着陈矩等人离开。

李进忠为徐氏夫妇安排好住处，也知趣地退下。许蝉要了盆热水，正想关门洗漱，客印月却笑吟吟地出现在门口。

许蝉秀眉一蹙：“都这么晚了，你还过来干吗？”

客印月背着手，眼睛却不停地向房中乱瞄：“我怕你们寂寞，就想过来一起说说话。”

许蝉哼道：“我们要睡了，你走开！”

客印月笑道："蝉妹妹一见我就凶巴巴的，怎么，是怕我抢了你那俊相公吗？"

"少臭美！"许蝉恼道，"振之哥才不稀罕你这种搔首弄姿的妖精呢！"

"稀不稀罕，那得问问徐公子呀！"客印月踮起脚尖，朝房内喊道，"徐公子，这长夜漫漫，咱们不如坐下来促膝长谈？"

许蝉怒极，转身抄起了秋水剑："再胡说八道，本姑娘割了你的舌头！"

"真是的，一点儿玩笑也开不得！"客印月佯嗔一声，伸手递上只小药瓶，"拿着吧，这是太子爷留下的'祛腐生肌膏'，你替徐公子涂了，保管不留疤痕。"

"好走不送！"许蝉一把抓来，"咚"的一声关上了房门。

见徐振之还在抱着玄铁尺出神，许蝉便将那盆热水端到他面前："振之哥，你擦擦身子吧，待会儿我帮你抹上这药膏。"

徐振之摆摆手："先不用了，一点儿皮外伤，又不碍事。"

"那可不成！我说振之哥，你老是对着这铁尺，想什么呢？"

徐振之目不斜视，轻抚着玄铁尺上的铭纹："我在想爹爹临终时的那几句遗言。"

"是说你有烟霞之气？"

"对，"徐振之将玄铁尺紧紧一握，"烟霞之气，当属烟霞之客。既然爹爹有此遗言，那从今而后，我徐振之便自号'霞客'了！"

许蝉"扑哧"乐了："这名号可真够土气的……好了徐大霞客，赶紧上药吧！"

第五章 图藏易

月黑风高，万籁俱寂。紫禁城中的大小寝殿都陆续撤了灯，唯独翊坤宫内，还燃着几根明烛。

烛影摇曳间，小福王朱常洵焦急地走来转去。郑贵妃坐在一边眉头紧锁，显然也是心事重重。

又踱了一会儿，朱常洵道："娘，你说这都几天了，怎么还不见动静？"

郑贵妃道："已派崔文升去打听了。洵儿你别转了，坐下吃些果子。"

朱常洵摇头道："我吃不下，一想到朱常洛还在头上压着，我便寝食难安。"

"沉住气。"郑贵妃从果盘中拣了颗晶莹的葡萄，慢慢剥去皮，投入嘴中嚼了几下，"干着急也没用，等消息吧。"

就在这时，殿外传来两下轻轻的叩门声。

"娘娘，奴才回来了。"

“是崔文升！”

朱常洵大喜，忙打开了殿门。

崔文升一身夜行装，伏地叩首：“娘娘、福王爷……”

朱常洵急道：“你别磨蹭！打听得怎么样了？”

崔文升拭了拭额头：“出事了！”

“什么？”

朱常洵脸色大变，郑贵妃也是一惊，她从座位上站起，疾步来到崔文升面前：“究竟出了什么事，你给我讲个清楚。”

崔文升赶紧道：“回娘娘话，眠月山庄已被烧成了废墟，庄上的人手和那些招来的刺客，也全都命丧火海了。”

郑贵妃面上又阴了一层：“什么人干的？”

崔文升回道：“东厂的番子，说是奉了督主陈矩的号令。”

“陈矩？”朱常洵有些六神无主，“娘，咱们怎么办？万一他跟我父皇……”

“慌什么？”郑贵妃娇叱一声，恨道，“我一直怀疑三年前与我暗中作对的就是他，现在看来准没跑了。对了崔文升，他上报了没有？”

“应该没有。”崔文升摇了摇头，“陈矩对外只说是乱民聚事，已将此事结案压下了。”

“算他识趣。”郑贵妃沉吟半晌，又道，“区区一个眠月山庄，没了便没了，反正咱们手上还有更厉害的棋子。这样吧，太子的事不妨先放一放，而那陈矩，得想法子尽快除掉！”

朱常洵面透难色：“那陈矩提督东厂，又是司礼监掌印，咱们虽不怵他，可他毕竟手握重权，想拿这只老狐狸开刀，怕是不容易。”

郑贵妃不屑道：“是狐狸就会露出尾巴。崔文升！”

“奴才在！”

“这阵子皇上移居启祥宫悟道，正好方便咱们办事。从今天起，你给我盯紧了陈矩，密切监视他的一举一动，本宫就不信抓不住他的把柄！”

“遵命！”

转过天来，徐振之起个大早，与许蝉准备了些祭祀之物，便让李进忠引着路，来到了那座葬有先父衣冠的太极镇山塔前。

这塔一丈多高，由坚硬的青石雕砌。怕惹人耳目，陈矩没让工匠在塔身上做任何铭记。

摆好香烛供果后，许蝉和李进忠便将带来的纸钱焚烧。徐振之毕恭毕敬地上了三炷香后，又持一只酒壶，把酒水缓缓地倾倒在塔前的石台上。

香烟缭绕中，三人都未说话。望着那太极镇山塔，徐振之心里默默地立誓，定要参破那《鬼母揭钵图》中藏着的秘密。

回到小筑，徐振之便与许蝉进了房中，将画卷摊在书桌上，开始对着图仔细地参详。

正看着，窗外吹来一阵清风，那画卷的一角没压牢，被风吹得卷起。

“咦？”许蝉眼睛一瞥，指着那翻起的背面道，“振之哥你瞧，这画的背后还绘着东西。有龙……还有只长尾巴小鸡。”

徐振之摆手笑道：“它的名字，其实叫作华虫。”

“华虫？”

“对，这华虫便是一只雉鸡的形象。”徐振之说着，将画卷整个翻了过来，“这些图案，我昨晚就发现了。”

许蝉向那些图案看了看，挠头道：“这花花绿绿的，好多我都认不出是什么。”

“这是十二章纹，乃大明天子龙衮上的图饰。”徐振之指着图案，依次说道，“这日、月担于双肩，星辰环在领后，双山贴背，九龙绕体，四华虫分列两袖。”

“还有这么多讲究？”许蝉指着剩下的图案问道，“那这几团又是什么？”

徐振之又道：“这个像杯子一样的，叫宗彝；这一团是水藻；接下来则为火焰、粉米、黼与黻。”

“斧与斧？”许蝉不解，抬手指点，“这是斧头我能瞧得出来，可后面这个，怎么看也不像是斧子呀。”

“此黼非彼斧。”徐振之顺手取过纸笔，写出一字，“它虽是斧子的形状，可应该这般写。黼象征着勇武果敢，而接下来这个双弓相背的图案，写法则是这样……”

待徐振之一笔一划地写好，再道：“这便是‘黻’了，它的寓意，是处事公断、能明辨是非。”

望着那纸上二字，许蝉吐了吐舌头：“呀，这两个字笔画真不少，我可是记不大住。”

徐振之看一眼许蝉，笑得有些无奈：“唉，岳丈大人可是江南名儒，你这副不求上进的样子，就不怕给他老人家丢脸？”

许蝉满不在乎：“那话怎么说来着？女子无才便是德么。学问的事，你懂就成了，咱俩合在一处，不正好是文武双全？”

“得了吧，光知道往自己脸上贴金。”徐振之打趣一句，又自语道，“十二章纹倒是代表九五之尊，可将它们绘于画卷之后，又是何意呢？”

徐振之苦思冥想了一阵，还是摸不着头绪，遂将那画卷收好，冲许蝉道："小知了，你帮我再研些墨吧。"

许蝉答应着，向砚台里添了些水，拿着墨锭磨了起来。

不一会儿，浓墨研好。徐振之方欲挽袖拾笔，突然若有所思，遂停下手来，冲许蝉微微一笑："小知了，那《千字文》你应该背得出吧？"

"别瞧不起人哈，"许蝉嘴巴一翘，"我好歹也是许大夫子的亲闺女，像什么《千字文》《百家姓》的，从小便倒背如流了。哎？你突然问这个做什么？"

"紫柏大师偈语中的后两句，是'寻分鬼母揭钵卷，再数训蒙千字文'。咱们在《鬼母揭钵图》中找不出眉目，不如就从《千字文》上试着入手。"徐振之说着，将毛笔递向许蝉，"这样吧，有劳娘子将《千字文》通篇誊出，好让我分出身来，再去研究下那画卷。"

"呀……我好久没动笔了，手生得很。那啥……貌似快晌午了，我去瞧瞧他们烧好了饭菜没有！"话音方落，许蝉已夺门而逃，风驰电掣一般，霎时便不见了踪影。

"跑得倒快……如此看来，她于轻功身法上，确实是有些潜质。"徐振之啼笑皆非，只得自己动手，笔走龙蛇，将那《千字文》逐字默出。

要参破图中奥秘，绝非一日之功。接下来的几天，徐振之经常将自己关在书房中，时而透光去照，时而探寻夹层，那《鬼母揭钵图》都快翻烂了，《千字文》也不知对照了多少次，可谓是通宵达旦、孜孜不倦。

徐振之劳心劳力，许蝉倒是无忧无虑。小筑中虽然没甚热闹，但胜在景致优美。无事的时候，许蝉要么在院内观花逗虫，要么溜到山上爬树摘果，足以打发光阴。

更让许蝉欣喜的是，那李进忠居然还烧得一手好菜。这李进忠本是东宫的典膳，煎炒烹炸样样在行。因太子提前安排过，小筑内早备好了各色食材。李进忠天天变着花样，将那些鸡鸭鱼肉精心炮制，直叫许蝉顿顿撑得腹胀肚圆。

好景佳肴，本应心满意足，只可惜那客印月会时不时过来调笑逗趣，颇令许蝉感觉有些美中不足。

日子一天天过去，徐振之身上的鞭伤也渐渐痊愈，然那画卷之事，却依旧没什么进展。徐振之一门心思扑在解谜上，就连睡梦中都在比比画画。

越是寻不到头绪，徐振之心中便越是焦灼，茶不思饭也不想，索性窝在书房中闭门不出。许蝉看在眼里，急在心上，担心他饿坏了身体，便亲自端了菜肴送去。可谁知徐振之就像走火入魔了一般，非但不领情，反嫌许蝉打扰自己钻研，连门都没给开，放言要废寝忘食，什么时候参破图中玄机，什么时候再吃饭。

见徐振之倔劲上来，许蝉也无可奈何，唯有听之任之。又过了两天，书房的门窗仍旧紧闭，许蝉实在放心不下，思来想去，只好去找李进忠商量。

此时的李进忠，正在灶旁的案板前忙活，看到许蝉进来，忙献起了殷勤："哟，是徐夫人来了？你瞧，我刚宰了只鸡在锅里煨着，等晌午做道鸡汁煮干丝让你尝尝。"

"我哪还有心思尝呀？"许蝉轻叹一声，"一连两天，振之哥都水米不曾打牙了，我真怕他饿出个好歹来……"

"可说是呢。"李进忠点点头，继续切菜未停，"徐公子不吃不喝的，再这样下去也不是个事。徐夫人，你倒是去劝劝他呀。"

“怎么没劝？我嘴皮子都快磨破了，他还是油盐不进。”许蝉正说着，突然闻见锅里鸡汤的香味，顿时有了主意，“哎？实在不行，咱们就拎着鸡汤去把门撞开，你按住他手脚，我撬开他嘴巴，硬灌也给他灌下去！”

李进忠一怔：“这……这合适吗？”

“有什么不合适的？快快，你赶紧盛碗鸡汤，我去挑根结实的木柴好撞门！”

许蝉说做便做，没一会儿，就从柴火堆里选出一根粗大的“撞门棍”。这时，李进忠也盛好了鸡汤。二人刚要转身出门，竟吃惊地发现，两日未出屋的徐振之，正扶着墙跌跌撞撞地走了进来。

见徐振之精神萎靡、面色憔悴，许蝉心疼得眼泪直打转，赶紧一把抱住他：“振之哥，你怎么瘦成这样子了？你要不要紧啊？”

徐振之看上去十分虚弱，嘴巴微微动了几下，却没能说出话来，只有鼻翼在不停地翕张。

李进忠突然喜道：“徐公子曾说，他参不破玄机便誓不出屋。如今他自己出来，不正说明他已发现图中奥秘了吗？”

“对呀！”许蝉回过神来，将徐振之的两手抓得更紧，“振之哥，你成功了是不是？我就知道你一定行的！”

徐振之嘴巴又空张了几下，眼巴巴地望着李进忠手里的鸡汤。

许蝉欣喜之余，哪还顾得了许多，只是拉着徐振之的胳膊摇来晃去：“太好了，振之哥，你总算不用天天把自己关在屋里了，真是太好了！哎，你怎么不说话呀？”

徐振之险些被她摇散了架，赶紧使出仅存的一点儿力气，拼命挤出两个字来：“饿……汤……”

经这么一提醒，许蝉这才反应过来，忙将徐振之扶坐在柴堆上，又舀了一勺鸡汤，急急送入他嘴里：“振之哥，你现在身子正虚，还是我来喂你吧。李进忠，帮我把他的手按牢了，别让振之哥乱动。”

这勺鸡汤入喉，原本有气无力的徐振之顿时打个激灵，面色陡然红润，两臂也似灌足了力气，猛然抬了几抬。若不是有李进忠死命按着，徐振之险些跳了起来。

许蝉见状，扭头冲李进忠一笑：“难怪人家说鸡汤是大补呢，你瞧振之哥才喝了一口，精神登时就好了很多。”

徐振之好容易喘匀了气息，又费力地叫道：“烫！烫啊……”

话未说完，许蝉一勺热鸡汤又塞进了徐振之嘴里：“放心吧，振之哥，汤管够的，你要多少就有多少。”

徐振之又被烫得一阵哆嗦，想要挣扎开来，奈何边上有李进忠死死按着。

“都说不让你乱动了，振之哥你就安心坐着，等我喂你就好。”许蝉又舀起一勺鸡汤，连吹也不吹，直接递了过去，“来，张嘴。”

徐振之拼命闭紧了嘴巴，心里头有如哑巴吃黄莲，有苦说不出。眼角已然湿润，隐约可见几颗晶莹的泪珠。

李进忠瞧出不对劲，赶紧拦道：“徐夫人且慢！”

许蝉一怔：“干吗？我振之哥还等着要喝汤呢！”

李进忠皱着眉头道：“若我没猜错的话，徐公子刚才那两声喊，不是要汤，而是嫌烫！徐公子，是也不是？”

徐振之长舒一口气，使劲点了点头。

“哎呀！怎么不早说？”许蝉明白过来，又是心疼，又是懊悔，“李进忠，你快去倒杯凉茶过来呀！”

二人手忙脚乱地折腾一通后，徐振之也渐渐缓过劲来。话倒是能说了，只是声音仍有些嘶哑。李进忠又重新从锅里盛来一碗鸡汤，许蝉接来吹凉放温了，这才给徐振之连汤带肉地吃下。

见徐振之脸上慢慢恢复了血色，许蝉总算放下心来。李进忠也凑上前，急不可耐地问道："徐公子，那《鬼母揭钵图》的秘密你究竟参破了没有？你倒是给个准话啊。"

许蝉白了李进忠一眼："这还用问吗？我振之哥既然在这儿坐着，那就说明他已经找出了图中玄机。他之前不说过么，不破那图誓不'出关'！"

徐振之面上一红，讪笑几声："说来惭愧，那参图之事，仍没多大进展。我之所以厚着脸皮出来，实因饿得有些受不了……之前我放出大话，不想却食言而肥，唉，让你们见笑了……"

许蝉将手一摆："肥什么肥，你整个人都饿瘦一大圈了。振之哥，你能这么想就对了，饭要一口口吃，事得一点点去办。着急有什么用呀？心急吃不了热豆腐，一口气也吃不成个大胖子。"

这番以吃为喻虽然粗浅，却也不失道理。徐振之也顺势借坡下驴，姑且为自己免去几分尴尬："极是极是，我也想通了，不争这一朝一夕，得养好了身子，才能有精力去寻找图中奥秘。"

听他们妇唱夫随，李进忠心里暗笑，他跟着附和几声，又回到案板前，继续准备起鸡汁煮干丝的材料。

鸡汁已备得，剩下的便是炮制干丝。只见李进忠取过几张泡软的干豆皮，没有急着下刀，先将那些四方方的豆皮摊开，再依次折叠整齐。李进忠此举，自然是为了方便切丝，只有这样，才能把那豆皮切得纤细规整、连而不断。

初见那豆皮平薄如纸，徐振之便是心念一动，再低头沉吟半晌，他竟一言不发，"噌"的一声站起身来，径自奔出了灶房。

许蝉一愣："哎，振之哥这是怎么了？"

李进忠也傻了眼：“我哪知道啊，徐夫人，你快追过去瞧瞧吧，别是累出魔怔来了……”

“呸，你才魔怔呢！”许蝉啐了一口，也赶紧朝徐振之离开的方向追去。

许蝉放眼一望，远远瞧见徐振之的身影进了书房，她二话不说，抬起腿来便紧随其后。

刚踏进屋，许蝉就发现徐振之正拿着那卷《鬼母揭钵图》在折来叠去，不由得大吃一惊：“振之哥你做什么？好端端的画，干吗要折了它？”

徐振之却满脸兴奋：“我好像找着些门道了！小知了，你快过来瞧瞧！”

许蝉赶紧凑前去看：“什么门道？”

“这也是受那李进忠的启发。我刚才见他在折豆皮，脑子里突然就冒出个想法，为何不将这图卷也折起来瞧瞧？所以我匆匆回来一试，果然有所发现！”徐振之说着，将叠好的画卷反着展开，“你看，按照图背上的十二章纹，便可将这画卷折成均匀的十二等份。折好后，每一个章纹，恰巧位于每一等份的中央。”

“还真是这样……”许蝉又道，“可这又能看出什么来呢？”

徐振之把画卷翻了过来：“如此一来，这正面之图，不也被分成了十二份吗？你再向每条折痕处仔细瞧瞧。”

许蝉打量了好久，摇了摇头：“我没瞧出有什么异样。”

徐振之手指着折痕道：“这张《鬼母揭钵图》上，无论神佛还是鬼怪，统共加起来不下数百之多。可每条折痕，皆无一例外地避开了图中人物，这难道会是巧合吗？”

“我还是不懂……”

“小知了你想想，那偈语中的‘寻分鬼母揭钵卷’一句，特别点出了一个‘分’字。将图分为十二份后，便成了现在这样，那这就说明，咱们的第一步走对了！”

许蝉又向图上瞧了一眼：“就算咱们将图分成了十二小份，还是没什么用啊。这图上的一群鬼呀佛的，不照样杂乱无章吗？”

“杂乱无章？”徐振之眼睛一眯，“不！这些鬼兵也好、天将也罢，皆是布列有序。你看，他们是不是站成了一排接一排的样子？”

许蝉点点头：“没错，然后呢？”

“让我想想，”徐振之摆摆手，开始低头沉思，“寻分鬼母揭钵卷，再数训蒙千字文……嗯，寻分……再数……是数什么呢？”

许蝉不假思索，张嘴便道：“还能数什么？当然是数数啦！”

“数数……千字文……”徐振之抱起胳膊，在案边踱来踱去，“这千字文成于萧梁时期，一千字中，并无一字重复……莫非是要从图中寻出规律，再去文中择数几字拼凑成句？是了！说不定就是这样！”

许蝉一头雾水：“哪样啊？我可是彻底糊涂了。”

徐振之顾不上解释，直接将画卷塞在许蝉手中：“小知了，你拿起这画卷展开！”

许蝉依言，把画卷亮在徐振之眼前：“这样行吗？”

“站远些！”

“哦。”

“再远一些！”

待许蝉又退后几步，图中神魔的样子便开始模糊，与此相反，他们所列的一排排队形，倒是渐渐明朗起来，有连有断，竟似一组组爻象。

“爻象？”猛然间，徐振之脑中灵光乍现，“数……易数！对啊！我之前怎么没想到，这是九宫易数啊！”

许蝉愣道：“九宫易数？”

“对！九宫乃地盘坐山，为奇门遁甲之基，以五行为参数，循环演算！”徐振之兴冲冲说完，拖过纸来，画下两横两竖代表九宫格，分别又注明了乾、坎、艮、震、中、巽、离、坤、兑等九宫阵眼。

对这阴阳推演之法，许蝉自然是一窍不通：“振之哥，这些也是数？”

“没错！九宫者，二四为肩、六八为足、左三右七、戴九履一、五居中央！”每说一句，徐振之便在那相应的宫位旁注明一数，“你来看，这坎、坤、震、巽、中、乾、兑、艮、离，依次就是从一到九几个数字！”

许蝉摆摆手：“你别跟我说了，我已经听晕了……”

徐振之自己持了画卷，把誊好的那份《千字文》交给许蝉：“这样吧，一会儿我报个数字，你便在这千字文里找。若我说是‘十八’，你就将文中的第十八个字找出来，明白了吗？”

“明白！”

徐振之对着图卷比画几下：“这是乾，这两处都是坎……嗯，乾坎坎、六一一……第一个数是六百一十一。”

“六百多啊……”望着纸上密密麻麻的字迹，许蝉犯了愁，“这得数到什么时候去呀？”

“用不着那么麻烦。”徐振之将那份《千字文》张张摊平，“我把《千字文》分别写在了十张纸上，每张都是十行十列，若是六百一十一，你可直接找出第七张纸，再从右到左，竖着数十一个字即可。”

“这倒是容易了，”许蝉笑道，“振之哥，你的鬼点子咋就这么多呢？”

“别打岔，快去数吧。”

许蝉取过第七张纸，埋头数了起来：“有了！九州禹迹……第六百一十一个字是‘禹’！”

“好！”徐振之随手记下，又向那画卷上瞧去，“坎坤艮……一二八！”

许蝉继续数道：“一百二十八……遐迩一体、率宾归王……是个‘王’字！”

“震离坎……三九一！”

“是‘神’！”

“一八九！”

“器！”

“三一三！”

“存！”

徐振之一边报数，许蝉一边查找，没用多久，便找出了十二个字。

“禹王神器存菜川中凌云释尊？”许蝉怔道，“振之哥，这‘存菜’是什么意思呀？”

徐振之皱眉道：“是啊，存菜是何意呢？小知了，会不会是你数错字了？”

“肯定没数错。”许蝉笃定道，“你这里报的是‘六一’，第六十一个字就是‘菜重芥姜’的‘菜’。”

“莫非是我瞧错了爻象？”徐振之又重新打量起那画卷来，“这里凑出的是乾，这里拼成的是坎，啧……乾六坎一，没错啊。等等……”

徐振之说着，将目光停在那‘乾爻’与‘坎爻’之间。那里是整张画卷的中心，恰好绘着那只扣住鬼子的琉璃钵。

“中心……中宫为五！小知了，你再数下第六百五十一字是什么？”

许蝉已驾轻就熟，当即指着文中一字道：“是个‘于’字。”

“存于，这便是了！”连日来，徐振之殚精竭虑，此时方觉拨云见日，情至酣处，不自禁地拍打起书案，快活得像个孩童，“小知了，快让李进忠去通知太子和陈公公，就说我已经把这《鬼母揭钵图》的秘密解开了！”

闻听徐振之参破了《鬼母揭钵图》，陈矩与朱常洛同样是大喜过望，连随从也没带，直接跳上李进忠所驾的马车，急急赶赴了香山小筑。

一路上，马车专挑僻静的小道而行。可纵使如此，依旧被崔文升派出的探子盯上。

探子也没惊动三人，暗中摸清了路线后，便返去找崔文升报信。

听完探子来报，崔文升匆匆赶至翊坤宫，将陈矩、太子去香山密会之事，诉于了郑贵妃和朱常洵。

朱常洵犹不放心，再三追问道：“看清楚了？真是朱常洛和陈矩？”

崔文升道：“陈矩断然是不会有错，可太子却没瞧见正脸……不过从身量打扮上看，八成是他！”

郑贵妃皱眉道：“是就是，不是就不是，什么七成八成？”

“娘娘容禀，”崔文升赶紧道，“据探报说，他们虽未看到面貌，却瞧见那人身着蟠龙赤袍。”

“蟠龙赤袍？”郑贵妃笑道，“既然穿着这等常服，那铁定是太子无疑了。好啊，原想只逮陈矩，岂料他朱常洛也送上门来，真真是一箭双雕。”

朱常洵不解道：“娘，咱们早就猜到那陈矩与朱常洛暗中勾结，这有什么值得高兴的？”

“连这都想不到？你呀……”郑贵妃叹了口气，“你父皇早就下了旨意，严禁太子与权臣私下接触。可眼下，他朱常洛不老实在东宫待着，偏要和陈矩跑去香山，不正犯了你父皇的忌讳吗？”

“对呀！”朱常洵一拍脑袋，“若父皇知道他俩密会，肯定要大发雷霆，说不定一怒之下，就把他朱常洛的太子废了！”

“废了？”郑贵妃冷笑一声，“那样也太便宜他了。洵儿，你立即去启祥宫找你父皇，就说太子与陈矩密谋，企图弑君篡位，让他速派府军前卫去擒拿反贼！”

遇上这等难得的机会，朱常洵哪里还坐得住？当即便风风火火，闯入启祥宫“告密”。乍闻太子要与陈矩谋反，万历自然是不信。然朱常洵受过郑贵妃嘱咐，一面慷慨陈词，一面赌愿发誓，缠着万历软磨硬泡。

听他说得言辞凿凿，万历也渐渐起了疑。朱常洵见状，接着添枝加叶，最终使得万历点起五百禁卫，要亲驾香山。

见诡计得逞，朱常洵又换上罩甲戎服、佩上镶玉金刀，骑着高头大马，随着禁军浩浩荡荡地出了宫城。

这边秉旄仗钺，香山小筑内的几人却浑然不觉，皆是兴高采烈，对着徐振之赞不绝口。

陈矩心下激动，脸上的病容也一掩而光："徐公子，你真是了不得啊。三年来，我们绞尽脑汁都猜不出图中玄机，想不到才短短几日，便被你给参破了！"

朱常洛也道："徐兄弟的才智，真叫人好生佩服。"

徐振之摆手逊道："我开始也毫无头绪，直至今日方窥门径，谁承想接下来便一顺百顺，所有的谜团竟都迎刃而解了。能有此机缘，真可谓冥冥中自有天意。"

客印月也斜着眼，朝那记录着十二字的纸上一瞥："禹王神器，存于川中凌云释尊……川中想来是蜀地，可这'释尊'又是什么？"

徐振之道："释之尊者，自然是佛。"

客印月一怔，随即笑道："可佛在西天极乐呢，咱们肉骨凡胎的，又怎么去找呀？"

徐振之指着那"凌云"二字道："咱们要找的佛，就在这座凌云山上。"

许蝉恍然道："原来凌云是个山名呀？"

"不错。"徐振之笑道，"我曾看过一本舆图古志，上面说在那凌云山，有一尊高耸入云的摩崖大佛坐像。那佛像顶与山齐、足踏大江，远远望去，宛若弥勒真佛现世。"

许蝉道："还真有山那么高？那么大的佛像，怕是要用很多年才造得出来吧？"

徐振之掐指算了算："相传那尊大佛始建于唐代开元初年，中途修修停停，直至贞元十九年方得完工，前后动用了数十万匠力，差不多耗费了九十年的光阴。"

许蝉正啧啧称叹，朱常洛又问道："徐兄弟，那凌云山坐落于川中何处？"

徐振之遍阅舆图方志，早就熟记于胸，他稍加思索，便笃定道：“应属嘉定州辖下。”

陈矩接口道：“既然知道了地方，那不日后，便可动身去寻了。”

许蝉连道：“可在动身之前，咱们总得弄清楚何为‘禹王神器’呀。”

客印月瞧一眼许蝉，顿起促狭之心：“市井间流传的那本《西游释厄传》里，有个叫美猴王的，蝉妹妹应该知道吧？”

“齐天大圣孙悟空么，”许蝉点点头，“知道啊，怎么了？”

客印月煞有介事地说道：“孙悟空的如意金箍棒，不就是定海神珍铁？而这定海神珍铁，不正是禹王治水后，遗于龙宫的神器吗？”

听出她在捉弄自己，许蝉不由得秀眉一蹙：“你当我是三岁的娃娃吗？就算真寻到金箍棒，也得用来打你这种搬嘴弄舌的臭妖精！”

这几日来，她俩斗惯了嘴，余人也习以为常，皆是哑然失笑。

待得摇头笑罢，徐振之又提及正事：“咱们要寻的禹王神器，应该是指九鼎。相传大禹立夏，将天下分为九州，而后聚九牧之金，铸成九鼎以昌国祚。这九鼎乃传国重器，夏人失之，殷人受之；殷人失之，周人又受之，如此代代争夺，使得群雄逐鹿，只为问鼎中原。”

朱常洛点点头：“是啊，传闻得齐九鼎者，便可号令天下、四海归心。然而据史书记载，秦灭周后，将九鼎迁至咸阳，可到了始皇帝统一六国时，九鼎却沦没于泗水彭城，皆不知所踪，又怎么会存于那‘凌云释尊’？”

徐振之道：“凌云山所存，未必就是夏鼎，或许是后世托禹王之名另铸的。像那武周时，则天女皇知夏鼎难求，故新铸了九尊，置于洛阳明堂；北宋年间，徽宗赵佶亦另造宝鼎，供奉于汴梁九成宫。”

陈矩道：“可本朝开国后，却未曾听说铸过什么九鼎……”

徐振之道：“咱们在这里妄自揣度也无用，想要弄清九鼎来历，只需赴蜀地一探。不管怎样，九鼎终归是天子象征，若将其寻齐，太子殿下便能稳操胜券，将来亦可名正言顺地登基。”

“极是！”陈矩说完，又皱起了眉头，“可眼下朝中正乱，各方党派盘根错节，鲜有可信可托之人。派去蜀地的人手，需得千甄万选，别弄得寻鼎不成，反而走漏了风声。”

徐振之听到这里，骨子里那股闯劲儿已然蠢蠢欲动，他想也未想，便脱口而出：“陈公公，你前番对我的‘试炼’，难道还称不上千甄万选吗？”

陈矩一怔，猛然抬头：“徐公子，你愿意前往？”

徐振之点点头，正色道：“我此番毛遂自荐，倒不是心血来潮。想这寻鼎一事，对殿下关乎甚重。之前为了殿下，先父都不惜豁出性命，如今我已决定要秉承他的遗志，那就更不可半途而废。况且游历四方，乃我生平所愿，徐某于公于私，都是义不容辞。”

“这……”陈矩踟蹰片刻，犹不放心，“徐公子急公好义，确有乃父遗风。只是此去西川，千里迢迢，路途势必艰辛……”

陈矩越是这么讲，徐振之的目光越是坚毅：“徐某虽一介书生，但自幼心向山河，翻峰越岭于我而言，不敢称如履平地，却也不足挂齿。此去悄然寻鼎，又非与敌争斗，即便我不通武功，自问也能不辱使命！”

这番话虽然谦逊，但言语之间，却流露出一股舍我其谁的气概。陈矩沉吟半晌，又道：“以徐公子之能，确是寻鼎的最佳人选。

可我担心的是，那福王一党耳目颇众，万一被他们嗅到风声，恐怕会派遣刺客截杀……若徐公子有个闪失，让我如何对得住死去的令尊？”

“那怕什么？”许蝉将悬在腰间的秋水剑一拍，“有本姑娘日夜护卫，谁能伤得了我振之哥一根头发？”

客印月“扑哧”笑道：“蝉妹妹这就忘了？徐公子身上的伤，可刚好了没几天呢！”

许蝉又羞又怒：“那还不是因为你们耍阴招？”

朱常洛想了想，道：“论起阴谋诡计，福王与郑氏可要狠毒得多。这样吧，我再选几名武艺高强的心腹，沿途好生护卫，确保你们周全。徐兄弟，你意下如何？”

老实说，对于许蝉的功夫，徐振之心里确实没底，一听到朱常洛的安排，顿觉宽心了不少：“如此甚好，如此甚好，那真是多谢殿下了。”

朱常洛连忙还礼：“徐兄弟哪里话？应是我多谢你才是。”

“不错，”陈矩轻咳了一声，道，“徐公子，别的话不多说，请受我陈矩一拜！”

说完，陈矩便朝着徐振之屈身长揖。

“使不得！”徐振之赶紧去搀，“徐某何德何能，岂敢受陈公公如此大礼？”

许蝉也劝道：“是啊，你一把年纪，又生着重病，就别跟振之哥客套了。”

陈矩慢慢直起腰，微微笑道：“丫头啊，我这病乃不治之症……咳咳……承蒙徐公子解开了图中秘密，就算让我今日疾发身故，也能安心瞑目了。”

“呸呸呸！”李进忠朝地上连啐三口，“督主莫说那丧气话。徐公子参破了玄机，实为大喜之事，被这喜事一冲，督主那病保管会好起来。”

陈矩哈哈一笑：“若这病能好，那天下便无不死之人了。”

李进忠道：“督主吉人天相，必能长命百岁，嘿嘿，小的日后，还得仗着您老人家多多提携呢……”

陈矩正要再说，脸色突然大变：“什么动静？”

余人一怔，都竖起耳朵去听：“没什么声音呀……陈公公，你听到什么了？”

陈矩顾不上解释，飞身跃向小筑之外。其他人见状，也匆忙跟上。

才往山下望了一眼，众人登时瞠目结舌。山脚下战马嘶鸣、甲叶撞激，竟不知何时围来一队队披盔贯甲的禁军。

乌压压的禁军之中，一乘金顶龙辇尤为惹眼。辇旁骑马伴驾的少年，正是那耀武扬威的福王朱常洵。

朱常洛认出了福王，眉额紧拧：“他怎么会在这里？”

陈矩道：“不止有他，龙辇乃天子车驾，辇中坐的，必是万岁爷。”

众人皆惊：“是……是皇上？”

“错不了，”陈矩看向徐振之，急道，“万岁爷曾有严旨，东宫不得与重臣相交，若被他们发现太子在这里，事情就麻烦了！”

“那怎么办？”李进忠闻言也慌了，“要不在山上找个隐秘的地方，赶紧让太子爷藏起来吧。”

陈矩摆摆手：“禁军已在围山，藏在山中也迟早会被搜出来。好在他们人多，这山径又窄，一时半刻到不了这里。都别愣着了，先回小筑再做商量！”

等一行人退回小筑，陈矩便开始急急思索对策。今日王安没有同来，郭鲸、薛鳄也都不在。此时院内的六人中，徐振之与许蝉初来乍到、李进忠身份低微、客印月未曾在宫中露过面……他四人的样貌，福王和万历应是不会认得。

想到这里，陈矩有了主意："进忠，在那西厢房的衣柜内，我存着几套内宦、侍女的服饰，你速速取来，分给大伙换了。"

"是！"李进忠哪敢耽搁，飞奔着便将衣物找来。

待几人换好了衣服，陈矩沉思片刻，又道："印月，你现在帮太子爷'换张脸'，还来得及吗？"

"我尽力而为！"客印月会意，赶紧从腰间解下一只布囊，取出各种物什，替朱常洛乔装易容。

趁这工夫，徐振之和许蝉也将屋中的画卷、字纸统统收拢，连同朱常洛换下的那件蟠龙赤袍一起，投入了后厨的灶膛中掩匿。

待这些都弄好，六人又齐退到厅上。纵是客印月极擅易容，无奈时间太过仓促，朱常洛的眉眼虽说有了些变化，可依稀能瞧出原本的模样。

听得院外禁军的脚步声越来越近，六人皆是捏了一把冷汗。

陈矩暗忖：此番连皇上都亲临香山，定是福王一党拿到了确凿把柄，他们如查不出什么来，势必不肯罢休。想让众人都能全身而退，只怕难若登天。

想到这儿，陈矩将心一横，向其他人低声道："禁军破门后，无论发生什么事，你们都不得轻举妄动，一切皆由我出面操持！"

李进忠一喜："听这意思，督主是有万无一失的主意了？"

陈矩摇头叹道："听天由命吧。我若有不测，那太子爷的事，就多多仰仗诸位了。"

话音方落，小筑的大门“砰”的一声被撞开，一队队禁军疾疾拥入，将前厅后院围了个水泄不通。

为在父皇面前露脸，朱常洵自告奋勇地打起了头阵。他见禁军已架好了弓弩箭矢，便大摇大摆地踏入厅来。

陈矩端立在厅中，其他人皆于角落里站着。徐振之心中忐忑，不禁向身旁的朱常洛望了一眼，见他同样有些局促，只将头低了又低，不敢露出正脸。

朱常洵按着腰间金刀，得意地笑道：“陈矩，你果然在这儿！”

陈矩淡淡地回道：“小王爷这身披挂好不威风。哦，忘记问了，小王爷这般兴师动众的，是所为何来？”

“装什么糊涂？”朱常洵朝剩下五人粗粗打量一遍，又急向陈矩喝道，“朱常洛呢？你将他窝藏在哪儿了？”

陈矩道：“这里是我一处私邸，千岁爷又怎会在此处？还有，千岁爷既是太子，又为小王爷长兄，小王爷上来便直呼其名，只怕是有些尊卑不分……”

“你少废话！”朱常洵喝道，“本王接到密报，说你与那朱常洛躲在这里密谋造反！”

“造反？哼！”陈矩一挺腰杆，目光直逼朱常洵两眼，“是哪个小人搬弄口舌？太子殿下自不必说，我陈矩的为人，朝野之中也是有目共睹。这些年来，我兢兢业业地执掌东厂与司礼监，谁不知我陈矩是忠心耿耿？”

朱常洵冷笑道：“忠不忠心，可不是由你说了算！”

陈矩反唇相讥道：“我说了不算，那也难由他人颠倒黑白！小王爷，我陈矩好歹是朝中重臣，你没有真凭实据，便来大张旗鼓地调兵围院，就不怕万岁爷日后追究吗？”

“追究？哈哈哈……”朱常洵放声大笑，“实话告诉你，这五百府军前卫，正是我父皇亲调而来！眼下父皇就在这院外，他想亲眼瞧瞧，你这所谓的‘忠臣’，是如何与太子相互勾结的！”

“万岁爷也来了？那我得去接驾！”陈矩说着，抬脚便要出厅。

朱常洵挺身一拦：“怎么？你想逃？”

陈矩不卑不亢：“万岁爷是非分明，我要请他圣裁，还我陈矩一个公道。小王爷，请你让开！”

朱常洵把金刀抽出鞘来：“本王若是不答应呢？”

陈矩朝那金刀望了一眼，冷笑道：“福王这副架势，唬唬那些小官小吏也就罢了，我陈矩手握大权，麾下厂卫何止万千，岂会轻易就被你吓倒？”

朱常洵将牙齿一咬：“老匹夫，你在向本王抖搂威风吗？”

陈矩昂然道：“抖搂又如何？你福王若是有胆，只管拿刀朝我这脖子上砍！”

朱常洵年少轻狂，登时气得双眼血红：“你当本王不敢？”

陈矩也不答话，只是抬起手来，照朱常洵胸前使劲一推。

经这一推，朱常洵险些摔倒，他不由得勃然暴怒，猛地扬起金刀：“混账东西，瞧本王宰了你！”

陈矩眼疾手快，一见朱常洵扬刀，陡然探出二指，将那金刀的刀头牢牢夹住。

还没等朱常洵反应过来，陈矩指力猛缩，竟夹着那刀头刺向了自己的腹间！

“扑哧”一声，半个刀身已全然没入陈矩腹内。朱常洵虽然嚣张，但毕竟少不更事，一见这白刀子进红刀子出的血腥架势，当场傻了眼：“你……你……你这……”

陈矩却微微一笑，抬指在朱常洵握刀的手腕上一拂。朱常洵只觉整条胳膊顿时酸麻，手掌也不由自主地离开了刀柄。

自打进了厅，朱常洵就一直背对着厅外，外头把守的一干禁军，自然无法瞧见方才发生的那一幕。可此时，二人已各自退出数步，不少禁军便吃惊地发现，陈矩在厅上摇摇欲倒，腹间鲜血淋漓，赫然插着朱常洵的那把金刀。

陈矩强忍着钻心的剧痛，暗运周身真气于腹，急急护住创口："好……好呀……想不到福王爷，竟真的向我痛下杀手！"

朱常洵慌得六神无主："不……不是我！是你！是你把自己给杀了！"

"哈……哈哈哈……"陈矩仰天大笑了几声，在伤口上一抹，将那满手的鲜血亮在朱常洵眼前，"福王爷！你既然敢做……咳咳……又何必不敢当？"

陈矩一甩手掌，那股红的血水便溅了朱常洵一脸。被这滚烫的热血一淋，朱常洵直骇得魂飞魄散，踉踉跄跄地朝厅外逃去："你……你冤枉我……父皇！陈矩疯了，陈矩发疯了……"

朱常洵朝外一跑，那些禁军也有点儿不知所措。陈矩位高权重，未得号令，他们当然不敢自作主张。

见陈矩舍身护主，徐振之等人早已是心如刀割，这时再也忍不住，皆哽咽着围上前来。

"陈公公！"

"督主……"

陈矩咬紧牙关，将五人朝边上一推，低喝道："老实待好，莫露了马脚！"

不多会儿，朱常洵的声音又由远及近："父皇，就……就在前面厅上。”

陈矩抬起头，果然望见万历帝立在厅门之下，他也不顾金刀还插在腹间，挣扎着便跪地行礼：“老臣陈矩……咳咳咳……叩见吾皇万岁……”

万历年少时，本就与陈矩交好，否则也不会让他身兼东厂和司礼监要任。此时见陈矩性命垂危，万历心中大为不忍：“陈伴伴……洵儿！你怎敢这般胡闹！”

陈矩费力地摆了摆手道：“万岁爷息怒……小王爷是跟老臣闹着玩，不小心才失了手……”

“你胡说！”朱常洵连忙冲万历道，“父皇，这……这根本不关孩儿的事……”

“住口！”万历指着陈矩腹间金刀，冲朱常洵厉喝道，“那把金刀，是封王时朕赐予你的，在这众目睽睽之下，还狡辩什么？”

朱常洵急得满头大汗：“父皇，你莫让他给骗了！这陈矩会功夫，是他夺了孩儿的金刀，又朝自己刺了下去……”

“你这孽障！”万历怒不可遏，猛然举起了手掌。

朱常洵哪见过万历发这么大的脾气，当即吓得打个哆嗦。然而万历也是在火头上，一见朱常洵这副噤若寒蝉的模样，心里登时发软，扬起来的巴掌，也再舍不得朝爱子脸上扇下。

陈矩见状，忙道：“万岁……小王爷又不是成心的，请你不要责罚他……咳咳……不过小王爷也太抬举老臣了，老臣若是会功夫，还能落到这个下场？”

“既然陈伴伴开口求情，那这一巴掌，朕就先给你记下！”万历瞪一眼朱常洵，又见陈矩身下的血越洇越多，急喝道，“来啊！快去传太医！”

“不必了，万岁爷，”陈矩摇头道，“老臣怕是不成啦……”

观此情形，万历也知陈矩伤重难治，又向徐振之等人道：“还愣着做什么？速为陈伴伴包扎！”

徐振之伤痛欲绝，许蝉也是泪流满面，他们一言不发，急急从衣襟上扯下布条，在陈矩腰腹上紧紧缠了几圈。然那金刀已穿背而出，几人不敢去拔，唯有用手死死捂住伤处，只盼着能让血流得慢些。

陈矩拼命运动内息，只求多撑上一阵。徐振之单膝跪地，将陈矩揽在怀中，好让他减轻些痛苦。

缓了好一气，陈矩又开口道：“万……万岁爷……听说禁军之所以将这里包围……是因老臣……”

“对啊，父皇！”朱常洵突然回过神来，“这陈矩是反贼，就算孩儿将他杀了，那也是他罪有应得……”

“闭嘴！”万历呵斥一声，又朝陈矩道，“陈伴伴，朕听说太子和你在一起？”

陈矩叹道：“万岁爷明鉴……这里只有些小监、小婢……咳咳咳……连我在内，也不过六人……其中哪有太子殿下啊？”

万历朝陈矩身旁的五人打量了一遍：“陈伴伴，并非朕信不过你，朕只是有些好奇，你无缘无故的，为何会到这香山来？”

“万岁爷容禀……”陈矩喘息了几下，“老臣年事已高，又是个阉人，怕没有子嗣送终，就用攒下的钱，在这香山上提前买好一块墓地，留待身后之用……三年前，那坟茔便打好了圹子，因老臣信佛，又在那上面建了一座‘太极镇山塔’……墓是自用，故而老臣极为上心，怕匠人会偷工减料，在建造之时，就屡屡过来监工……为图方便，老臣造了这小院作为歇脚之处……再后来，这里就成了老臣消暑的地方。今日办完公事，本想过来享享清闲……谁知……

谁知却弄成了这步田地……”

万历将信将疑：“原来是这样。”

朱常洵道：“他红口白牙，谁知是真是假？陈矩，你若问心无愧，敢不敢让我们搜上一搜？”

陈矩艰难地笑了笑：“哪有什么不敢？老臣坦坦荡荡……小王爷只管搜查便是……”

“这可是你自己说的！”朱常洵转向万历道，“父皇，您意下如何？”

见万历尚在犹豫，陈矩又道：“万岁爷不必为难……就让兵士们搜查一番，也好证明老臣的清白……”

万历点点头：“陈伴伴这话，也有些道理。”

朱常洵早等得急躁，一听万历首肯，立马冲禁军下命：“都听着！一队人仔细搜院，其他人速去寻山！若发现了太子，务必擒来！”

众禁军答应着，分散搜寻。这些兵将中，多半是那爱憎分明的直爽汉子。他们平日里，就对陈矩的为人十分敬佩，不少人见了他，都会恭恭敬敬地叫声“佛爷”。眼下见朱常洵咄咄相逼，禁军们心中直为陈矩鸣不平，只是当着万历面上，他们不敢表露出来，搜寻时却不免随意翻翻、敷衍了事。

草草搜了一气，陆续有兵士折回来报：

“正房无人！”

“耳房无人！”

“东厢房无人！”

“西厢房无人！”

“后跨院也无人！”

……

见万历的脸色越来越阴沉，朱常洵连大气也不敢出，只盼着前去搜山的禁军能有所收获。

又过了约莫一炷香的光景，寻山的兵将也返回院中，俱言没什么发现。

待最后一队禁军回来复命时，朱常洵已急得跳脚，不等卫士开口，径直冲上前问道：“怎么？难道你们也一无所获吗？”

一人回道：“我们倒是有所发现……”

朱常洵眼睛都瞪圆了，急抓着那人肩膀问道：“那太子呢？在哪儿？在哪儿啊？”

那人摇了摇头：“末将并没找到太子，但发现在后山，确有一处修着石塔的坟茔，与陈公公所言一般无二！”

朱常洵气急败坏，一脚踹倒那人：“废物！统统是废物！”

万历胸中火气翻涌，再也按捺不住，上前拉过朱常洵，劈手就是一耳光。

朱常洵被打蒙了，捂着脸愣在原地：“父皇……”

“你还有脸叫朕父皇？”万历气得七窍生烟，指着朱常洵的鼻尖高声骂道，“都因你信口雌黄，才令朕误信谗言害了忠良！你……你这逆子，真真是好生可恶！”

趁万历怒骂朱常洵，陈矩捏了捏徐振之的手，悄声道：“徐公子……太子就托付给你了……”

徐振之喉头哽噎，用力握紧了陈矩的手：“陈公公放心，振之定不辱使命！”

见许蝉也泣如雨下，陈矩又吃力抬起手，替她擦去了腮旁泪水：“丫头，别难受……你是个好姑娘，你们日后的路还长，或遇风雨，或遭坎坷……可无论怎样，你和徐公子都要学着保护好自己……明白吗？”

许蝉使劲点着头：“放心吧公公，我都记下了。”

陈矩欣慰地笑了笑，眼中闪出一丝异样的光芒：“万……万岁爷！万岁爷！”

听得陈矩急唤，万历忙转过身来：“陈伴伴！”

“老臣……老臣在临死前，还有一事相求……”

“陈伴伴只管开口！朕无有不应！”

“谢……谢主隆恩……老臣想求的是，再代万岁爷……最后批一次红……”

“批红？”

“是啊……”陈矩将头一扭，“你们扶我起来……”

徐振之等人拭了拭眼角，急忙将陈矩搀起。

陈矩运起最后一丝内力，朝众人朗声道：“拟讣告一份，送呈司礼监押印……就说……就说我陈矩寿终正寝，于内值房端坐辞世……着厂卫通谕天下，令万民悉知！”

万历何等精明，当即便猜出陈矩的用意，他怔了怔，心中大为感动：“陈伴伴，直到这时，你仍在替朕着想……唉！朕对你不住啊！”

“万岁爷……您多保重……恕……恕老臣不能再侍奉了……老臣……老臣要先走一步了……”

陈矩说完，无力地仰倒在徐振之怀中，嘴角微微动了几下，慢慢气绝。

“陈公公！”

“督主啊……”

徐振之等人肝肠寸断，皆是泣不成声。一干禁军闻之，面上也是悲凄怆然。

万历不忍再瞧，缓缓背过了身去：“传朕旨意！陈公后事，用国葬之礼敕办，以‘太极镇山塔’为基，扩建石坊神道，谕祭九坛、百官吊唁、谥号‘清忠’！”

众禁军全然跪倒：“万岁圣明！我等谨遵圣谕！”

万历又看一眼失魂落魄的朱常洵，头也不回地朝院外走去。

“起驾，回宫！”

因万历颁下圣旨，陈矩这场后事操办得极为风光。数百匠人赤膊齐上、日夜赶工，不出旬月，便在那太极镇山塔周围，铺就了一条“敕葬中使神道”。神道间立石门石坊，楣额上书“还一仙洞”四字；冢首竖起龙头碑丈余，前镌官秩名讳，后刻事迹生平；碑下石台两侧，是为万历御题的“彪炳千古”“万代流芳”。

落葬那天，内阁首辅率文武百官亲临祭奠，不少百姓也自发地穿起素衣白孝，将一些鸡蛋、瓜果供奉于陈矩墓前。一连三日，来香山吊唁的人都是比肩接踵、堵道塞途。

待到第四日，香山上总算安静下来，小筑中的徐振之等人，这才换上布衣麻鞋，悄悄前往陈矩的墓前祭拜。

李进忠稍事清扫，又在祭台上点起香烛：“督主，您老人家安心地去吧。我们一定会将太子爷照料好的……”

客印月默然不语，只是抓着竹篮中的纸钱，慢慢朝燃起的火盆中抛撒。

斯人已逝，音容如昨。望着那高大的龙头石碑，徐振之唏嘘不已，陈矩临终前那些忠言箴语，犹萦绕在耳边，不停地回荡。

许蝉拭去眼角泪珠，也摸了把纸钱投入火盆：“陈公公，我之前老听说东厂的人无恶不作，心里便有些瞧你不起……现在才知道，原来太监里也是有好人的。陈公公，你是顶天立地的大英雄，小知了真心敬佩得紧。愿你在地下安稳长眠，不再受那病痛的折磨……”

徐振之喟叹道：“陈公公大忠大勇，实为我辈楷模。”

许蝉抽泣一声：“振之哥，还有一件事，我一直没弄明白……”

徐振之轻轻道：“什么事？你说吧。”

许蝉道：“我在想，陈公公既然引得皇上相信是福王杀了他，那为何最后还要帮福王说话？若是把福王谋害他的事传扬出去，天下人肯定会恨极了那朱常洵的啊。”

徐振之摇了摇头：“陈公公那时若不将福王撇清，咱们几人定会被皇上灭口，太子殿下也就难以脱身了……”

许蝉一惊：“我们会被灭口？”

“不错。”徐振之点头道，“皇上的脾性，陈公公早已摸透，他知道皇上极其宠溺福王，就算福王闯的祸再大，也不会真怎么样，至多是呵斥几声、责打几下罢了。”

许蝉不解道：“皇上偏袒福王，我也能看得出来，可他非要护着福王，也不用将咱们杀了吧，难道他还怕咱们让福王偿命不成？”

徐振之道：“方才你也说了，若谋害陈公公的事传开，朝野中定会掀起轩然大波，福王少不得会成为众矢之的、遭尽世人唾骂。这一点，皇上自然想得到，为保护爱子，咱们几个‘小宦小婢’的性命又算得了什么？陈公公正是料定了此点，所以才会主动说出那番话，这样一来，皇上心下愧疚，之后便不会再细查，也就用不着与我们为难了。唉，陈公公的良苦用心，现在你明白了吧？”

“我懂了！”许蝉使劲点了点头，又朝陈矩墓前郑重地说道，“陈公公你放心，我跟振之哥说什么也要帮太子寻到禹王鼎！等太子坐上了皇位，就让他下命杀了朱常洵给你报仇！”

话才说完，石碑后突然传出一声冷笑：“要杀朱常洵，谈何容易？”

四人大惊：“什么人躲在碑后？快些出来！”

碑后“窸窸窣窣”一阵轻响，竟赫然探出一张赤红的鬼脸。

许蝉脑子里“嗡”的一声，吓得花容失色：“鬼……振之哥……有鬼啊！”

徐振之看得清楚，那所谓的“鬼脸”，其实是张骇人的判官面具。他怕来者不善，忙将许蝉拉在身边：“别慌，那是个人！”

判官脸看了看许蝉，不屑道：“就这点儿胆量，还口口声声喊着要报仇？”

听他话里满是刻薄，许蝉又惊又怒：“你究竟是什么人？干吗鬼鬼祟祟地躲在这儿？”

这时，李进忠与客印月也回过神来，齐齐松了一口气：“都放心吧……他是自己人！”

“自己人？”许蝉秀眉一蹙，“自己人为何还要戴着面具，你是不是故意想吓唬人？喂，我在问你话呢！”

任凭许蝉怎么叫，那判官脸只当是没听见，他径自绕到碑前，“扑通”一下跪倒，向着坟冢连连磕起头来。

许蝉拉过李进忠，指着不停叩拜的判官脸道：“这人怎么莫名其妙的？”

李进忠笑道：“徐夫人莫怪，此人的性子就是这样，平时也不怎么爱说话。”

“还不爱说话呢，”许蝉哼道，“刚才他可没少挖苦本姑娘！”

“好了小知了。”徐振之又问道，“不知那位兄台如何称呼？”

客印月接言道：“他叫常鲤，是陈公公最得意的徒弟。”

“陈公公的徒弟？”

“对呀，”客印月瞥了常鲤一眼，“你们可别小瞧他，他从小便跟着陈公公习武，可谓青出于蓝了，以他现在的功夫，就算是郭鲸、薛鳄二人联手，也不见得能敌过他！”

“真的假的？”许蝉撇了撇嘴，有些不信，“你不是替他吹牛吧？我可看得出来，那两名侍卫都是一身横练的铁桥硬马，怎会敌不过他？”

常鲤慢慢站了起来，拍去双膝尘土：“别以为会几招三脚猫的功夫，就能妄测他人武艺深浅了，似那井底之蛙，如何识得海天之大？”

许蝉登时恼了，当场就要拔剑：“你少酸溜溜地奚落人，要不咱俩打一架？”

“不自量力。”

常鲤轻轻扔下这一句，身子突然高拔，仅仅几个起跃，便纵得无影无踪。

许蝉怔了怔，冲着他消失的方向愤然大喊：“显摆轻功吗？呸！当谁不会呀？”

“行了，人家早走远了。”徐振之拍了拍许蝉肩头，又道，“掐指算来，咱们耽搁的时日也不短了……李公公、印月姑娘，劳烦二位去通知太子殿下，就说我们打算明日动身，赶赴蜀地寻鼎！”

“好！”

听说徐振之要动身，朱常洛忙做准备。翌日天才微微亮，他就换了便衣，率王安等人匆匆赶到了小筑。

见徐振之手中多了支竹棒，朱常洛不由好奇：“徐兄弟，此物是？”

徐振之晃了晃竹棒，道：“这里面是先父的那把玄铁尺，我用竹管将它装了，省得路上太过惹眼。”

“还是徐兄想得周到。”朱常洛说完，又朝四周打量，“怎么不见徐夫人？”

徐振之无奈地笑笑：“她要带的东西多，还在屋中收拾。”

朱常洛“哦”了一声，又道：“山脚下已备好马匹，细软行囊也都在马上，我已吩咐过郭鲸和薛鳄，让他们务必保护好徐公子与夫人的安危。”

“郭鲸、薛鳄？”徐振之有些意外，“他们不是殿下的贴身侍卫吗？”

“不错。”朱常洛笑道，“我思来想去，也就他们最合适了。郭鲸、薛鳄跟随我多年，不但武艺高强，而且忠肝义胆，由他们护卫徐公子西行，我才好放心一些。”

“这使不得，”徐振之力辞道，“若他们跟了我，殿下的安危谁来照料？不可，万万不可！”

王安也劝道：“徐公子不必多虑，太子爷身边还缺侍卫吗？只要待在宫中，福王他们也不敢怎么样。徐公子莫再辞了，寻鼎才是要事，不能有半点儿差池啊。”

徐振之心道也是，遂拱手道：“那好，也请殿下多加小心！”

客印月凑上来，故作娇态地叹了一口气：“唉，还是徐公子好呀，此行虽说艰辛，终归能见见山、瞧瞧水。哪像我呀，还得空守在这小筑之中，寻寻觅觅、冷冷清清、凄凄惨惨戚戚……”

话音方落，许蝉便拎着包裹走出，冲着客印月哼道：“我瞧你絮絮叨叨、啰啰唆唆、真真是婆婆妈妈！”

客印月回眸一笑：“都要走了，蝉妹妹还是这样伶牙俐齿啊？路上可别想我……”

“谁会想你？”许蝉一指李进忠，“我要想，也是想他！”

李进忠一愣：“我？”

“是啊，”许蝉一下子叹起气来，“离开了小筑，就尝不到你做的那些好吃的了。振之哥，要不把李进忠也带上吧？路上给咱们做个饭、炒个菜啥的……”

徐振之故意板起脸：“要不要连灶台也一并给你搬上？”

“凶什么凶？”许蝉嘟囔道，“我就随口这么一说。”

朱常洛哈哈大笑：“这样吧，待你们凯旋之时，我便在这小筑中大摆宴席，保管让徐夫人把那海味山珍统统尝个遍！”

“真的？”许蝉大喜，“那咱们可说定了啊？”

“当然，君子一言，驷马难追！”

见时辰差不多了，徐振之便向朱常洛辞行：“太子殿下，此处不宜久留，你们应速回东宫才是。”

朱常洛温言道：“徐兄弟放心，我自有分寸。稍后去墓前拜过了陈公公，我们便会离去。”

“好，那殿下保重，我等就此别过！”

“恕我不能远送，愿徐兄弟此行一路顺风！”

“诸位请留步！”

徐振之又冲着几人一揖，便与许蝉下了香山。

到了山脚，果然发现郭鲸、薛鳄已候在那里。见到徐振之，郭鲸连忙抱拳行礼：“太子爷已嘱咐过了，让咱们全听徐公子的号令。”

徐振之赶紧还礼：“不敢不敢，这一路上，徐某就仰仗两位大哥了。”

“好说！”薛鳄也扯着粗嗓门道，“徐公子有事，千万别客气，尽管差遣就是！”

三人又客套几句，郭鲸见许蝉还拎着个大包袱，便主动接来，替她放置在一匹马上：“其实徐夫人本不必如此费心，咱们早将行囊打点好了，吃穿花用，哪样都不缺。哦，太子爷还专门去订了几套苏绣杭绸，供徐夫人沿途替换。”

“你们想得可真是周到，我先瞧瞧有什么好东西。”见每匹马上都装得满满当当，许蝉心下欢喜，美滋滋地走到马前，随手打开个包裹翻看起来。

见包裹里是些男子衣物，许蝉刚想重新系好，眼睛却瞥见一只小盒。那小盒是檀木所制，四面镶嵌着金丝螺钿，流光溢彩、精巧无比。

许蝉爱不释手，只当盒里盛着什么首饰，急急打开一瞧，却有些傻眼。原来里头装了些针头线脑、布片麻团，分明是个针线盒。

仅是一愣，许蝉脸上便微微发红，她赶紧关上小盒，匆匆塞回了包裹中：“咳咳，这针线盒么，倒有些多余了。本姑娘平素里只顾着念书习武，像那刺绣女红什么的，却是不大精通……”

郭鲸瞧出了她的窘态，笑着走上前道：“徐夫人江湖儿女、快意洒脱，当然无须理会那等细琐之事。这针线盒，是我自备的，想着路上或许磨鞋费衣，也好帮大伙缝补缝补。”

“怎么，”许蝉目瞪口呆，“你……你还会补衣服？”

薛鳄大笑道：“我郭二哥手指头虽然挺粗，做起针线活来可不含糊！从小到大，我那些破衣裳都是他给补的，别说是徐夫人你，就连一般的裁缝也比不上他的手艺！”

许蝉怔了怔，脑中浮现出五大三粗的郭鲸穿针引线的场景，不由得打个激灵。她不敢再想，赶紧晃了晃脑袋：“我的天，这不是猛张飞偏要绣花针么……不过说起来，你俩也不太像规规矩矩的大内侍卫，倒似那种大碗喝酒、大块吃肉的山大王！”

“哈哈！”郭鲸与薛鳄相视一笑，“徐夫人，你该不是嫌咱们哥俩生得粗野吧？”

“这叫什么话？”许蝉一摆手，“本姑娘最不喜欢磨磨叽叽，你们这种豪爽汉子，正对我的脾气！”

见他们投缘，徐振之也十分高兴，又笑了笑，转去瞧树下拴着的几匹骏马。那些马膘肥体硕、宽背劲蹄，一看就知是难得的良驹。

听徐振之连声称赞，郭鲸便道：“徐公子好眼力，这几匹骏马都是太子爷亲自挑选的，不光性子温驯，耐力也是极好，很适合长途跋涉。”

许蝉打眼一瞧，见其中一匹枣红马毛色油亮，如同锦缎一般，不免心生喜爱：“那马儿最漂亮，我来骑它！”

那枣红马似通人性，不等许蝉奔来，竟将四腿一弯，身子伏在了地上。直到许蝉跨上背鞍，这才打个响鼻，驮着她慢慢立起。

徐振之走过去，摸着枣红马的鬃毛道：“小知了，看来它很喜欢你。”

“我也极喜欢它！”许蝉乐得咯咯直笑，搂着马脖子蹭来蹭去，不住嘴地称好叫乖。

徐振之再朝旁边几匹看去，忽觉有些奇怪：“咱们一行四人，为何却备了五匹马？”

“瞧我这记性！”郭鲸一拍脑袋，“忘了告诉二位，为保万全，太子爷一共派了三名护卫！”

许蝉正与枣红马亲昵，听了这话也好奇道：“咦？还有一个在哪儿，怎么没瞧见呢？”

薛鳄刚抬起胳膊一指，那树冠上便“唰”地跃下一人，抱臂站在了薛鳄手指的方向。那人顶着一张赤红色的鬼脸，许蝉冷不丁见了，吓得娇呼一声，差点儿从马上摔下。

待看清了那张判官面具，许蝉顿时气不打一处来：“怎么又是你！老神出鬼没的，喜欢捉弄人是不是？”

常鲤冷冷道：“我一直等在树上，你自己眼神不济，又怪得了谁？”

怕二人再闹将起来，徐振之连忙打圆场：“原来是常兄，昨日山上匆匆一会儿，未能搭上几句话，如此这厢有礼……”

“不必客气，”常鲤将手一摆，“其实我们之前也曾见过面。”

“哦？”徐振之怔道，“在下倒是没什么印象。”

常鲤瞥一眼许蝉，自顾自道：“暨阳渡前、密林之中，若非我飞针打穴，徐夫人怕是早为那劫道的蟊贼所伤。”

许蝉愣了：“啊？你说的蟊贼，是脸上长着老鼠斑吗？”

“那张丑脸我早忘了，只是隐约记得，他那同伙生着一只难看的酒糟鼻。”

直到这时，徐振之才弄明白，原来那日得以逃脱，并非自己误打误撞，而是常鲤在暗中搭救。他心怀感激，举手长揖道：“敢情我夫妇已受过常兄大恩……那两名贼人，常兄是如何处置的？”

常鲤轻描淡写道：“杀了。”

“杀了？”

“他们怀揣‘赐福帖’，是眠月山庄招去的刺客，不杀留着做甚？”

“竟是这样……”

见气氛有些不尴不尬，郭鲸干笑几声：“常老大，咱们该出发了……”

“等等！”许蝉看看常鲤，又望向郭鲸，“你叫他什么？”

“常老大啊。”

“常老大？”许蝉蹙额道，“你生得又高又壮，怎么还叫他老大？羞也不羞？”

郭鲸笑道：“这有什么，咱们习武之人，以功夫高低来论资排辈，他拳脚比咱们厉害得多，咱们当然要叫他‘老大’了。”

许蝉盯着郭鲸：“你真打他不过？”

郭鲸点点头：“打他不过。”

许蝉再看向薛鳄：“你总能打过他吧？”

薛鳄摇摇头：“打不过他。”

“啧……”许蝉屡次三番地遭常鲤惊吓和挖苦，早就憋了一肚子闷气，总想找补回来，占些言语上的便宜。她稍加思索，又指着那张判官面具道：“哈哈，我知道了，那他定是个丑八怪！所以总戴着面具，生怕让人瞧……”

还没等许蝉把话说完，常鲤便一把摘下了那判官面具，露出的面貌非但不丑，而且还是个剑眉星目的俊朗模样。

徐振之一见他面容，登时想起了娶亲那日，在门口遇到的年轻游医：“难怪十分眼熟，原来那名郎中，居然是常兄所扮。”

“徐兄记性倒好，想不到仅有片刻对视，你就能认牢我的面貌。不错，正是我假扮成走方郎中，前往府上送去了字条。”常鲤说完，发现许蝉还气鼓鼓的，嘴上也不饶人，“怎么，徐夫人是被我的‘丑模样’吓坏了？”

许蝉无言以对，仍是一副气呼呼的样子。

“好了，”徐振之看看天色，翻身上马，“时辰不早了，咱们还是赶路吧。”

"徐公子说得是，赶路要紧！"

郭鲸、薛鳄纷纷响应，各自骑马跨鞍。

见常鲤不急不慢地立于原地，许蝉眼珠一转，计上心来。她趁徐振之等人不备，忽然挥起马鞭，在他们坐骑的屁股上迅速打了三下。三匹马长嘶一声，便扬起蹄来，冲前齐奔。

一待三马冲出，许蝉又一把牵住身旁空马的缰绳，紧接着双腿使劲，朝自己坐骑腹上用力一夹。

转眼工夫，五马已奔出一箭地外，许蝉策马回头，朝着树下的常鲤喊道："哈哈！你不是爱卖弄轻功吗？那就靠自己的一双腿跑着吧！"

常鲤皱皱眉头，足尖一点，竟一步跃出几丈远。

"好厉害！"许蝉心里暗叹，急忙挥鞭催马，"驾！驾驾！"

马越奔越快，常鲤却越追越紧，没出片刻，居然堪堪追到了跟前。

常鲤脚下不停，突然伸出手臂抓住了马尾，再一扯一跃，借势打了个"鹞子翻身"，便端端落在了那匹疾驰的空马上。

郭鲸哈哈笑道："徐夫人，这点儿小打小闹，是难不住常老大的！"

薛鳄同样笑道："想让常老大出丑，徐夫人还得加些手段！"

徐振之见他身手了得，也由衷赞道："常兄轻功之高，实令徐某大开眼界。"

"献丑了。"常鲤扫了许蝉一眼，纵马越过众人，当先绝尘而去。

五人一路向西，沿着道路直驰了两个时辰，离京已有百里之外。

此时丽日当头，人与马皆赶出一身热汗。再行一段，前方出现了一条溪流，几人商量一声，便打算在此地稍驻，用以歇脚饮马。

五人牵马来至溪边，各自歇息不提。徐振之和许蝉汲水洗脸，常鲤也径自走到一边蹲下身来，掬了一捧清冽的泉水饮下。

许蝉看一眼常鲤，突然指着溪中叫道：“振之哥你瞧，溪里面好大一条鱼！”

徐振之还没说话，郭鲸、薛鳄却来了兴致，都摩拳擦掌地围了过来：“在哪儿？在哪儿？捉上来烤了吃！哎？没瞧见啊……”

“游了、游了！”许蝉一面喊着，一面朝常鲤所在的地方跑去，“我指给你们看！”

常鲤眼都没斜一下，又捧了溪水在喝。

趁他低头饮水，许蝉从岸上捡起块拳头大的鹅卵石，使劲投在了常鲤面前的水面上：“瞧，在这里！”

“扑通”一声，水花四溅，常鲤躲避不迭，头发、衣裳皆被打湿。

许蝉得意地望着常鲤，嘴里却在唉声叹气：“没打中那鱼，真是可惜……”

常鲤抹了把脸，“噌”地站起身，咬牙便朝许蝉走去。

见他面色铁青，许蝉有些害怕，不禁倒退了几步：“你……你想干吗？”

常鲤停下脚，长长地吐出一口气：“我给徐兄面子，不与你一般见识。可奉劝徐夫人一句，你也别得寸进尺！”

“你还有脸凶？”许蝉也嗔道，“我爹爹常说，己所不欲，勿施于人。你都吓过我两次了，我不过是以其人之道，还治其人之身，让你也尝尝被捉弄的滋味！”

结伴同行，最忌龃龉，徐振之为化解争端，赶紧冲常鲤拱手致歉：“拙荆不懂事，我替她向常兄赔罪了！”

薛鳄也笑着劝许蝉道：“徐夫人，消消气！咱好男不跟女斗么……”

许蝉妙目一瞪："你到底哪头的？"

郭鲸急忙纠正道："我这薛三弟心直口快，脑子不怎么会转弯，其实他想说的是，好女不与男争。"

"这还差不多……"

待消停下来，徐振之一把握住许蝉手腕，将她拉到了一边。

许蝉以为徐振之要训斥自己，不禁满腹委屈："振之哥，你也来拿我的怪？本来就是常鲤欺负人在先，我哪里招他惹他了？他可倒好，打一露面就没来由地吓唬我、没来由地对我冷嘲热讽……"

徐振之叹了一声，拍了拍许蝉肩膀："好了，大伙皆是同伴，于些许小事上，没必要去斤斤计较、争长论短……小知了你知道么，刚在路上，我向郭二哥悄悄打听过，据他透露，常鲤的出身很苦，从小便没了爹娘疼爱，所以性子才有些孤僻。你别看他冷言冷语，其实人倒挺不错，咱们就多担待些吧。"

别看许蝉平素里风风火火，心地却极为善良，她闻听此言，登时心软，擦了擦眼角，反而有点过意不去："那我以后多让着他就是……好了振之哥，我没事了，咱们继续赶路吧！"

因陈矩之死，朱常洵被万历骂了个狗血喷头，一连几日，都躲在住处不敢出门，也算是消停了一阵。

等风头慢慢过去，朱常洵却有些坐不住了，打听到万历又开始闭关修玄，便悄悄潜入翊坤宫，去找郑贵妃诉苦。

这母子俩一碰面，少不得一个怜惜、一个抱怨。望着有些憔悴的朱常洵，郑贵妃不免有些心疼："洵儿，才几日没见，你怎这般清瘦了？"

"别提了娘……"朱常洵苦着脸道，"自从那日父皇掴了我一耳光，我连觉都睡不好，一闭上眼，就梦见父皇扬着巴掌追着我打。”

“瞧你那点儿出息！”郑贵妃秀眉一蹙，满脸的恨铁不成钢，“不过芝麻绿豆大小的事，也值得寝食难安？洵儿，你可得给我打起精神来，你就甘心让他朱常洛一辈子占着东宫？”

朱常洵长叹一声，垂头丧气道：“死了个陈矩，父皇都能当着禁军的面打我，万一真把太子害了，他不得杀了我？娘，其实这几天我也琢磨过，不行算了吧，不跟他朱常洛争了，别闹到最后，连我这王位都保不住……”

“糊涂！”郑贵妃一拍桌子，“开弓就没有回头箭。打争储的那天起，你与他朱常洛便势不两立，这些年明争暗斗，早已闹得你死我活。若将来朱常洛登基称帝，别说你那王位不保，就连小命也得丢了！”

朱常洵傻了眼：“进也不成、退也不是，那……那我该怎么办？”

“除了会问怎么办，你还会做些什么？”郑贵妃盯着朱常洵，越想越气，“哼，你跟你父皇还真是一个德性儿，遇上大事就优柔寡断、婆婆妈妈，连我一个女人都不如！”

听郑贵妃口无遮拦，边上崔文升忙跪地劝道：“娘娘快请息怒，那可是万岁爷啊，有些话说不得……”

“什么说不得？他现在又不在，难不成你还会去告密？”郑贵妃盛怒之下，把压抑已久的怨气一股脑地倒了出来，“再说我又没冤枉他，他年少时被张居正压着且不论，可现在胡子都一大把了，还是左一个怕太后、右一个惧言官，若不是他瞻前顾后的，洵儿早就成太子了，哪还用得着我来操这些闲心？”

朱常洵也慌了：“娘你消消火，方才是孩儿说错了话。你放心，不管怎样，孩儿定要争到皇位，将来把他朱常洛踩在脚底！”

郑贵妃揉了揉胸口，长舒一口气："这才是我的好儿子。洵儿你有所不知，其实你父皇打过你后，曾特意来过翊坤宫。"

朱常洵怔道："父皇来过？那他怎么说？"

郑贵妃道："当时他嘴上虽没说什么，却专诚带来些上好的滋补药膏，让我转送于你。洵儿你想，他若真的拿你不是，何来这等关心之举？你父皇之前打你一巴掌，无非是在气头上，事后也定会懊悔的。"

"真的？"朱常洵大喜，腰杆也挺了许多，"我还当父皇不喜欢我了呢！太好了，娘，那咱们接着跟朱常洛斗！"

"你呀……"郑贵妃摇头叹道，"一个巴掌就吓破胆，一句话又给乐成这样。还能指望你干点儿什么？"

朱常洵凑上前，替郑贵妃捏起了肩："嘿嘿，就算孩儿不济，不是还有娘在吗？等孩儿当了皇帝，娘就是太后了，若那时的皇帝再不成器，就请太后来垂帘听政吧。"

"就会耍贫嘴！"郑贵妃嗔了一句，总算有了点笑模样，"不过算起来，你那一巴掌挨得也不亏，好歹将那陈矩除了……对了，崔文升！"

崔文升忙道："奴才在。"

郑贵妃又问道："这几天东宫那边，可有什么动静？"

崔文升想了想，道："太子倒没什么异样，不是在东宫待着，便是去文华殿听经筵，只是……"

"只是什么？"

"只是有人发现，太子身边那两名寸步不离的护卫，这阵子却不见了。"

"不见了？"郑贵妃沉吟道，"那两人可是朱常洛的心腹死忠……莫非被派去做什么要紧事了？在这个当口上，八成有猫腻。”

“奴才也这么以为。”崔文升点点头，“然那两名护卫已消失了数日，奴才无能，没查出他们去了哪儿……”

“咱们查不出，那就让‘红封教’代劳吧。”

“红封教？”

“对，那伙人闲了三年，也该让他们办点儿事了。洵儿！”

朱常洵道：“怎么了，娘？”

郑贵妃道：“这次去红封教‘借兵’，就由你来出面。”

“我？”朱常洵连连摆手，“不不不，我哪成呀？还是让崔文升去吧……”

“洵儿！”郑贵妃一瞪眼，“以后这种事，早晚得你亲自出马，正好借此机会，与他们打个交道，你也好历练一番。”

朱常洵作难道：“可……可见了他们，我要说些什么呢？”

郑贵妃有些不悦道：“这还用我教？先让他们调查那两名护卫的下落，再托他们帮你对付朱常洛。崔文升，待会儿你准备三万两银票给福王带上。”

“三万两？”朱常洵有些吃惊，“打听两个人而已，用得着给这么多银子吗？”

郑贵妃道：“那红封教的胃口向来不小，没有这个价码，怕是请不动他们……他们若能助你登上皇位，就算花再大的代价，我也一样舍得。洵儿你记住，重赏之下必有勇夫，只有给足了甜头，他们办起事来，才会死心塌地。还有，你现在虽然年少，但将来可是要继承大统，见了那红封教主后，要自重身份、不卑不亢，别让他给小瞧了。”

“孩儿记下了！”朱常洵又问道，“那孩儿要去哪里找他们？”

郑贵妃稍加思索，又道：“这样吧，你先去换身衣裳，稍后我派崔文升送你到国舅府，让你舅舅陪你去。”

待得天黑，朱常洵罩上了一身斗篷，由崔文升引着出了宫门。二人连灯笼也不打，专挑小巷胡同，七拐八绕地来至国舅府门前。

二人还没踏上台阶，那大门却径自开了，国舅郑国泰满面春风，大摇大摆地跨了出来。

见门口站着崔文升，郑国泰一怔：“哟，这不是崔公公吗？”

崔文升上前一步，拱手道：“这么晚了，国舅爷还要出门？”

郑国泰笑道：“听说‘聆芳阁’刚来了几个唱小曲儿的粉头，我这正打算去听个鲜儿。哎？崔公公有没有兴趣？咱一并去喝花酒呀！”

崔文升摆摆手：“国舅爷说笑了，我一个当内侍的，去那勾栏瓦舍凑什么热闹？”

“瞧我这脑子！”郑国泰一拍脑袋，“这样吧，崔公公也不是外人，就请先进舍下用茶，待我瞧瞧那粉头的模样再回来相陪……”

崔文升伸手一拦：“怕是得打扰国舅爷的雅兴了，国舅爷，今晚有要事！”

郑国泰愣道：“要事？”

“对！”崔文升朝身后一指，压低了声音，“福王也来了。”

朱常洵将斗篷掀了掀，露出了脸面：“舅舅！”

“哎哟，还真是……”

郑国泰刚要跪倒行礼，却被崔文升一把搀住。

崔文升使个眼色：“这里人多眼杂，咱们进去再说。”

“极是极是，”郑国泰慌忙肃客，“福王殿下快请！”

听说是郑贵妃的安排，郑国泰自然不敢懈怠，他忙命人套好马车，也不叫随从，亲自驾车载着朱常洵，去寻那红封教所在。

二人出京之后，又向南疾驶了三个时辰，直到子夜深宵，这才赶到一处荒丘下。

这荒丘上生着一片连一片的荆棘，望过去黑压压的有些瘆人。朱常洵下车后，耳朵里除了草虫低鸣，便是夜猫子怪叫，不由骂道："这是什么鬼地方？他们人呢？"

"殿下别心急，我这便唤他们出来相迎。"郑国泰说完，在附近找了起来。待他将一片荆条拨开后，一个小石龛露了出来。

那石龛中，置着一尊小神像。这神像一眼闭、一眼睁，嘴角微勾，似笑非笑，神情十分古怪。它左手托着灯盏，右手悬只铃铛，颈间围着条鲜艳的红巾，与遍体附着的青苔一衬，更显得有些邪气。

郑国泰摸出随身的火折子一吹，去点那神像手中的灯盏。待那幽蓝的火苗燃起后，又捏着那只铃铛摇了几摇。

须臾光景，不远处有"唰唰"的银环声回应，郑国泰一喜，冲着朱常洵道："他们来了！"

话音刚落，两个头罩草笠的僧侣由远及近，堪堪跃至石龛边。

见他们打扮怪异，朱常洵吃了一惊："他们……他们怎么这样？"

郑国泰忙道："殿下莫慌，红封教中，尽是些倭国的虚无僧。"

"这便是虚无僧？"朱常洵再朝二人打量一眼，"倒是吓了本王一跳……"

一名虚无僧操着生硬的汉话道："你们是什么人？"

郑国泰拱拱手："劳烦二位去知会教主一声，就说郑国泰与福王殿下求见。"

"等着！"

那虚无僧扔下这句，转身消失在夜色里。

朱常洵眉头大皱："这劳什子教主架子倒不小。"

郑国泰看一眼留守的虚无僧，扯了扯朱常洵衣角："算了殿下，倭人不懂礼数，咱不跟他们计较。"

没出一会儿，那名报信的虚无僧回来了："教主说，你们可以进去。"

"进哪儿？"朱常洵左右张望，"你们那红封教到底在哪儿呢？"

那虚无僧掏出两只黑布袋："这个戴在头上，我和他领你们进教。"

"什么？"朱常洵登时恼了，"你们有这蒙头怪癖，本王可没有！速速拿到一边！"

那虚无僧依然伸着手："这是教中规矩！"

朱常洵怒道："你们知道我是谁吗？我可是王爷，大明朝的福王爷！"

虚无僧并不妥协："进教的路径，不能被外人知道。不戴上，你们就走！"

"你……"

郑国泰赶紧劝道："我的好殿下，不就戴个头套么，咱们依他就是。"

朱常洵道："可这……"

"正事要紧。"郑国泰一面说着，一面从虚无僧手中取过布袋，"殿下姑且低一回头，来来，舅舅帮你戴上……"

朱常洵不情不愿地戴上布袋，心里却暗道，等着吧！本王做上皇帝的头一件事，就是发兵夷平你们那倭国！

待他们把布袋戴好，虚无僧又将锡杖横起，牵引着二人向荒丘绕去。

那布袋极厚，朱常洵的脑袋被闷在其中，两眼一抹黑，什么也瞧不见。绕来绕去地走了好一阵，前面那虚无僧喊了声“停”，紧接着“骨碌碌”的动静响起，应是触发了什么机关。

等头上布袋取下，朱常洵发现自己已在一条通道中。这通道不短，两侧挂着燃烧火把，火把间浓墨重彩，绘着一些叫不出名字来的神魔壁画。

虚无僧在墙壁上一拉机闸，那入口处的石门又缓缓降下：“教主在前厅，等着你们。”

郑国泰点点头，拉起朱常洵迈步朝前。走到通道尽头，赫然露出了一间宽敞的石厅。石厅中央，悬着一面金乌红日的图腾，图腾下设着张高背石椅，椅上铺着猩红毯，同样坐着个头戴草笠、身披黑裟的僧人。与其他虚无僧不同的是，这僧人颈间戴着一串赤红色的念珠，在火光的映耀下分外醒目。

见他颈挂红珠，郑国泰便知此人身份，他忙走上前，向那人恭敬地一揖：“夤夜造访，还望教主多多见谅。”

那红珠僧手里玩弄着一只赤铜酒樽，望着朱常洵问道：“他就是福王？”

“正是福王殿下。”郑国泰笑道，“小王爷久慕教主大名，故而亲自前来拜会。”

红珠僧将头微微一点，指着下首几张椅子道：“坐。”

见他态度倨傲，又不备茶果，朱常洵早已不悦，哼了一声道：“坐就不必了，本王今日过来，是要你们帮着找两个人。”

红珠僧桀桀怪笑：“福王，你这不是求人的态度。”

“没人求你！”朱常洵自视甚高，连当朝太子都没放在眼里，更何况一个东瀛小国的红珠僧？只见他两眼一瞪，耍起了王爷脾气，从怀中掏出三万两银票，猛然拍在桌上，“是本王来出钱，让你们去卖命！”

“嘿嘿，本教可没福王想的那么寒酸！”

红珠僧大袖一拂，石座旁陈列的几口箱子齐齐打开。那几口箱中珠光宝气，不是珍珠翡翠，便是银锭金砖。朱常洵与郑国泰互视一眼，都有些目瞪口呆。

红珠僧大袖再拂，那几口宝箱又齐齐合上：“和福王实话说吧，能让我们甘心卖命的，只有德川将军。那区区三万两银票，福王就别拿出来丢人了！”

“你……”朱常洵在外人面前跋扈惯了，今夜却屡遭红封教奚落，他再也按捺不住，恼羞成怒道，“别以为本王不知道！你们原本是些混入我大明的倭寇浪人，当年若没我娘庇护，早就被朝廷清剿干净了！现在翅膀硬了，非但不知感恩，反倒敢跟本王挑肥拣瘦了？”

红珠僧一把扯开身上僧袍，胸前赫然露出一个刺目的疤痕：“郑贵妃是帮过我们，可我们也帮过她。别忘了三年前在南京郊外，我的部下全部战死，我也差点儿丢了性命！怎么，这都不叫感恩吗？”

郑国泰怕事情弄僵，忙打起了圆场：“教主多虑了，小王爷不是那个意思……”

“我不管他什么意思！”红珠僧将僧袍一掩，盯着朱常洵道，“福王你记住，这三年来，我回国新募了人手，又创了这红封教，不是为了给你们当走狗。就算要与你们合作，那也是各取所需，所以在我面前，你最好不要再指手画脚！”

朱常洵脸上青一阵、红一阵，咬牙恨道：“你也别忘了，这可是在大明的国土上！只需本王一声令下，便可调来大军……”

红珠僧暴喝一声，猛然扑至跟前，倏地伸出左臂，死死攥住了朱常洵的脖子：“想调大军，你要出得了这门才行！”

郑国泰慌得面如土色，赶忙道：“教主息怒！快……快放开福王殿下啊！”

红珠僧非但没放手，反而举得朱常洵双脚离地：“福王，你方才的威风哪里去了？”

朱常洵吓得两股战战，隔着草笠，都能感觉到红珠僧目中的那股森然杀气：“别……别杀我！是我错了……别杀我啊……”

“哼！”红珠僧将左掌一松，朱常洵便软绵绵地瘫坐在地，“好让福王明白，我既然敢留在大明，那便不怕任何人胁迫。就算你发来千军万马，我照样能凭着神功脱身。”

说完，红珠僧把右手所握的酒樽一捏，扔在了朱常洵脚下。

朱常洵低头一瞧，刚放下的心又骤然提紧。原来那赤铜所铸的酒樽，已然被红珠僧捏成了一块薄薄的铜饼。

待红珠僧重新回到座位上，郑国泰一面搀起朱常洵，一面赔笑道：“教主，我们是真心来求你帮忙的，这样吧，请教主报个价，究竟要多少，你才肯帮我们办事？”

红珠僧道：“那得看福王能给多少。”

朱常洵惊魂未定，喘了几口粗气，苦着脸道：“这些银子，还是我娘备下的……再多了，我也拿不出……”

红珠僧摆摆手：“我说过，金银财宝本教不缺。”

朱常洵为难道：“那你到底要什么？”

红珠僧一字一顿道：“我要地盘。”

“地盘？”朱常洵怔道，“可……可我现在就洛阳一块封地……”

红珠僧笑道：“福王的封地，我们当然不会觊觎。”

朱常洵道："别处更不成了，就算我肯给，父皇也不会答应的。"

红珠僧身子向前一探："若我们助你当上了皇帝呢？那时候，你肯不肯给？"

朱常洵与郑国泰面面相觑了一阵，又道："那你先说说看，你们想要什么地方？"

"放心，我们不打大明疆域的主意。"红珠僧说着，从怀中掏出一张舆图展开，"我们要的，是它！"

朱常洵凑上前看了看，见那是张朝鲜八道的地图："朝鲜？"

"没错！"红珠僧又道，"德川将军雄才大略，一直想将朝鲜纳入我们大和的版图。那朝鲜为大明属国，只要大明君主首肯，我们将军的夙愿便能达成了。"

朱常洵摇头道："朝鲜虽是附属，可我父皇也不会轻易地将它送出去。前些年你们进犯朝鲜时，他都要派兵去增援……再者说，这割地乃一国之大辱，若被父皇知晓，定然饶不了我……"

红珠僧哈哈大笑："到那时你才是皇帝，用得着谁去饶？"

朱常洵一怔："你们……你们不是要对我父皇下手吧？"

红珠僧摆手道："福王未免太看得起我们了，就算我们真有加害你父皇的心，也没有那本事去完成。我知道福王受宠，只要那太子一除，你将来定能登上皇位。到时候福王富有四海，难道还在乎朝鲜那点儿微薄的岁贡吗？"

说完，红珠僧又取出一张绢书："福王，其实我早就猜到你会求上门来，所以便提前拟好了契约。你若肯答应，就在这上面签字画押，等到你做了皇帝，再将这契约兑现便可。"

望着那绢书，朱常洵有些动心，他转头看了看郑国泰："舅舅，你说我签是不签？"

郑国泰忙道：“签与不签，全凭殿下做主。有一点请小王爷放心，不管结果如何，我都会将今夜之事烂在肚子里。”

朱常洵心里骂了声“老狐狸”，又暗忖道，反正只需一纸契约，就可先让红封教倾力相助，等成事之后，我便是皇帝，届时就算不兑现前言，他们又能奈我何？

想到这儿，朱常洵又道：“我父皇尚且健在，哪怕你们帮我扳倒了朱常洛，依然还有几年好等。”

“为谋朝鲜，我们已耗费了几代人的心血，只要大业能成，再等个几年又何妨？”

“还有，将来若朝鲜不肯乖乖归顺，可与我无关！”

“不要紧，它不肯归顺，那就打到它服为止。想那朝鲜人都是贪生怕死，烽烟一起，便会不战而逃。当年若非大明出兵，我们早拿下了朝鲜全境。好了，福王爷，多余的话不说了，这契约你到底要签不要签？”

“成！”朱常洵把脚一跺、将心一横，“契约拿来，本王签了它！”

第六章 逍遥叟

晓行夜宿，风雨兼程。经过连日的奔波，徐振之一行已越过北直隶、横跨山西全境，抵达陕西界内。

三秦大地，风物迥然于江南水乡。这里坡高土黄，放眼望去，那千沟万壑的山岭无边无垠。群岭间，贴着红窗花的窑洞星罗棋布；窑洞前，晒日头的老汉咂一口辛辣的旱烟，再吼一嗓子粗犷的老腔，直引得那放羊娃子们叫好连连。

此地民风彪悍，待客却十分热情。五人寻不到客栈时，随便敲开一口窑洞，主人家无一不是亲切相迎。先让到土炕上歇坐，没一会儿便端来香喷喷的油馍烩菜、热腾腾的羊汤饸饹，临走时还要烙上一叠酥脆的锅盔，硬塞在包袱中让五人路上带着。

陕北风烈，稍稍一刮，都能卷起漫天的黄沙。飞沙走石中，五人皆以衣襟罩住脸面，继续策马不停。待尘埃落尽，已来到了绥德州的米脂县城。

这米脂相传为貂蝉故里，或因水土之故，此地女子大多生得唇红齿白、如花似玉。时日一久，“米脂婆姨”远近闻名，直叫那外地的权贵络绎、富贾不绝，皆不惜花费重聘彩礼，来这里寻个娇娥为妻做妾。此种风气一开，当地百姓便觉得是条门路，家家户户不再盼添男丁，反倒以生女为荣，渐渐使得米脂县女多男寡、阴盛阳衰。

五人一进县城，便见前方乌压压地聚着一群人。

许蝉坐在马上望了望，奇道：“咦？怎么净是些大姑娘、小媳妇呀？”

其他人抬眼看去，见人群中翠鬟斜幔、彩裳倚叠；耳听得莺声燕语，袅袅纷纷；隔得尚远，都能闻见一阵阵馥郁的脂粉香气。

那些女子也不知为何，皆拼了命地朝中间蜂拥冲挤，光瞧那副热火朝天的架势，早没了温柔婉约，就光剩了果敢泼辣。

徐振之笑笑：“早就听闻米脂多女子，今日一见，果真是名不虚传。”

许蝉咋舌道：“那这也太多了吧？人群中清一色的女人，连一个男的也瞧不见。”

“怎么没男的？”郭鲸伸手一指，“你们瞧，那人堆中央，不正是个长胡子老头吗？”

余人顺指望去，果然发现一个老者被堵在众女子间。那老者头上戴着道冠，身上穿着道袍，俨然一副游方道士的打扮。

恍然间，许蝉觉得那老头的面目有些似曾相识，再定睛一瞧，急急扯着徐振之胳膊道：“振之哥，那不是老糊涂吗？”

徐振之辨了几眼，也认出了那人：“不错，确是庄先生！奇怪，他怎么会出现在此地？”

“去问问不就知道了？”

许蝉说完，便想朝人群赶去，不料被常鲤横马一拦，阻住了去路。

“你干吗？”许蝉一瞪眼，“又想找事是不是？”

常鲤目不斜视：“静观其变。”

想到庄糊涂身份未明，徐振之也赞同常鲤的意见：“小知了，那些女子围得太紧，你一时半会儿也冲不进去，咱们别着急，且看看再说。”

“那好吧。”许蝉点点头，与其他人开始从旁观望。

只见那庄糊涂气喘吁吁，朝外奋力地连冲数次，皆未得偿所愿，最终都被那些女子七手八脚地拽回了人群之中。

“今天你甭想跑掉！”

“就是！姐妹们看牢了他，可别再让他逃啦！”

“你们快放手啊！”庄糊涂一面挣扎，一面放声疾呼，“我这一把年纪，却让你们这些妇道人家拉拉扯扯，成何体统？成何体统啊！”

众女子异口同声道：“我们不管，我们要听书！”

“你们认错人啦！”庄糊涂连连跺脚，“我哪会说什么书啊？好让众位娘子知道，山人我道号清远，是个打卦问卜的算命先生！你们若不信，就瞧瞧我这身道袍、再瞧瞧我这顶道冠……”

“少来这套。”一名女子手掌一挥，将庄糊涂头顶的道冠打掉，“别以为换了身打扮，我们就认不出。就是你，你就是那个说书的！”

见瞒不过去，庄糊涂只得低声下气地求饶：“真是怕了你们……这样吧，我把银子退给你们，你们放我走成不成啊？”

“不成！”众女子纷纷取出荷包绣囊，“你给我们接着讲，我们接着给你钱！”

庄糊涂叫苦连天：“要说几遍你们才肯信啊？后面的故事，我压根儿就没写啊。”

“没写就现编！”

“对，马上编！反正我们要听！”

众女子七嘴八舌地叫嚷着，将庄糊涂不断地推来攘去。

被她们这一通乱推，庄糊涂一把老骨头险些散了架：“要出人命啦！众位大小娘子，求你们发发慈悲，放过我吧……”

众女子哪里肯依，继续嚷道：“不放，我们要听书！”

庄糊涂气得吹胡子瞪眼：“你们还讲不讲道理了？”

“我们就不讲道理，我们就是要听书！”

“乖乖我的娘啊，我这是造了什么孽啊……”

正乱哄哄闹着，打南边急急过来两名衙役。那两名衙役一到跟前，就阴起脸来朝着众女子喝骂：“干什么，干什么？都聚在这里闹什么闹？”

“谁闹了？”不少女子回过头来，向那两名衙役指指点点，“我们要在这听书，碍着你们什么事了？”

“就是！别以为披了身官皮就了不起！哼，告诉你们，我姊姊可是延安府王通判的如夫人！”

“我二妹也嫁给了绥德州的孙同知！”

“都别吵！”那两名衙役亮出一根铁链，厉声喝道，“我们奉命捉拿人犯，耽误了要事，唯你们是问！还不速速让开？”

受这一唬，众女子皆有些畏葸。趁她们发怔，两名衙役赶紧将她们拨开，费力地挤入了人圈中。

等到了中央，两名衙役二话不说，拿起手中铁链便朝庄糊涂脖上一套。

“哎？”庄糊涂傻了眼，“你们干什么？”

“老实点儿！”衙役叱道，“我们要捉你回县衙！”

“捉我？”庄糊涂急了，“你们凭什么捉我？我犯了什么罪？”

一名衙役指着周围众女子道：“光天化日之下，你却胆敢在这儿招蜂引蝶，真真是有伤风化、败坏世俗。既然被我等撞见，那便不能不管！行了，废话少说，跟我们走一趟吧！”

说完，那衙役扯起庄糊涂便要走。庄糊涂拼命反抗，大呼冤枉。

见庄糊涂抵死不从，另一名衙役只得压低嗓音道：“老先生莫慌，其实我们是来救你脱困的。”

庄糊涂半信半疑：“非亲非故的，你们会有这般好心？”

那衙役笑笑：“实不相瞒，我们县太爷的如夫人最爱听书，咱们带你出去后，你便挑几段最拿手的讲给她听……”

庄糊涂将头摇成了拨浪鼓：“不去不去！我怕见官……”

“那也由不得你！”衙役立马变脸，“别不识抬举，快走！”

“别发火呀，咱们好商量！”庄糊涂眼珠子一转，从怀中摸出了一本册子，“我全部的故事，都写在这上面了。给，拿去吧！”

趁衙役接册子，庄糊涂悄悄把脑袋从铁链里钻出。

那两个衙役浑然不觉，对着那册子翻了起来：“道可道，非常道……名可名，非常名？哎？不对啊！你这不太像是故事啊……”

庄糊涂“噌”地蹿出老远，指那两名衙役朝众女子叫道：“他们抢了我全部的书稿，要拿去念给县太爷的小妾听！那上面可有你们没听完的故事，你们快些夺回来啊！”

众女子一怔，继而粉面含煞、雌威大发。

“好啊，还说什么捉凶拿犯的吓唬人，原来是要去讨好县太爷的小老婆！”

“他们这就是只许州官放火，不让百姓点灯！姐妹们，咱把书稿抢回来！”

“对，抢啊！”

众女子说做便做，围着那两名衙役就开始争抢起来。她们多半不通文墨，哪会想到那册子里只抄了一篇《道德经》？光看着上面露出密密麻麻的字，便认定了那是故事手稿，也不管有用没用，一心只想抢了再说。

仓皇间，那两名衙役也不及细看，见那些女子前仆后继地拥上来，慌忙将册子朝怀中一掩，连链子都不要，撒开腿脚，没头逃窜。

“追啊！”

众女子群情激愤，早将庄糊涂忘在一边，一个个大呼小叫着，朝衙役逃走的方向穷追不舍。

一眨眼的工夫，众女子与衙役全跑个没影，只剩下衣冠不整的庄糊涂，还灰头土脸地立在原地。

“这叫什么事啊……”庄糊涂轻叹一声，从腰间摸出了那把乌骨大扇。才扇了两下，便瞧见徐振之等人，正在不远处笑吟吟地望着自己。

“振之小友？啊呀，馋丫头也在！”

待五人下马，庄糊涂已飞奔过去。

刚才经众女子一番推搡，庄糊涂道袍上沾了不少脂粉，闻起来香扑扑的。徐振之冲他拱了拱手，打趣道：“庄老先生，你这是百花丛中过，遍体染芳馨啊。”

庄糊涂有些不好意思：“唉，怎么每回与你们相见，老夫都搞得这么狼狈？惭愧啊惭愧……”

“你当然要惭愧了！”许蝉算起了旧账，“你这老糊涂不讲义气。上次在眠月山庄，居然撇下我们自己逃了！”

庄糊涂忙道："那次可不能怪老夫啊！是因老夫提前算过，贤伉俪吉人天相，自会化险为夷……怎么样，现在应验了不是？"

"净扯些没用的。"许蝉撇撇嘴，也没揪着前事不放，"对了老糊涂，你功夫不是挺厉害吗？方才那些女的堵你，你只管打出来就是了，干吗要装得可怜兮兮的受她们欺负？"

庄糊涂摆手道："馋丫头你记错啦，老夫哪会什么功夫？"

许蝉气得一跺脚："你还装？"

"会不会功夫，一试便知。"常鲤说罢，陡然挥起一掌，"呼"的一声击向庄糊涂胸前。

岂料那掌方出，庄糊涂竟两腿一抬，"扑通"倒在地上，跌了个四仰八叉："哎哟喂！打死人啦……快赔银子！"

常鲤不禁一愣，低头看了看自己的手掌，待回过神来只觉得又好气又好笑，遂叱道："装模作样，我都没碰到你！"

"臭小子还敢不承认？"庄糊涂装得痛苦异常，在地上滚来滚去，"啊呀！疼死啦，疼死老夫啦……"

"说你胖你倒还喘上了？"许蝉走上前，没好气地踢了庄糊涂一脚，"别装了，你也不嫌地上脏，快些起来！"

"起不来了。"庄糊涂摇摇头，依旧躺在地上放赖，"老夫胸口疼得厉害……定是被那恶毒的臭小子打断了肋骨，赶紧赔钱吧，这事没个百八十两的过不去……"

庄糊涂无病呻吟，明眼人都瞧得出，徐振之笑而不语，饶有兴趣地看着他充愣作耍。

许蝉可没那个耐性，见庄糊涂愈发来劲，干脆身子一转，假意要走："不起来是吧？好，你等着，本姑娘这便去找那些女的，看她们回来不缠死你！"

“可使不得！”庄糊涂脸色大变，一个鲤鱼打挺，立得稳稳当当，“馋丫头，万万使不得！”

常鲤讥讽道：“怎么，才一会儿的工夫，你那断掉的肋骨便长好了？”

庄糊涂朝常鲤打量了几眼：“哼，眉断唇薄，一副短命相。算了，老夫不与你一般见识。”

常鲤还没说什么，薛鳄已是按捺不住，仿佛被触了大忌一般，两眼一瞪，怒道：“浑说什么？再敢疯言疯语，小心我这对拳头！”

郭鲸大嘴一咧，也叱道：“念你一把年纪，咱们不来计较。可你方才不修口德，也应向我们常老大赔个不是！”

“罢了。”常鲤摆手止住二人，又看向庄糊涂，“有功夫、会说书，还能相面，你懂得东西倒是不少。”

“好说好说，”庄糊涂一副涎脸涎皮的样子，“有道是艺多不压身么，嘿嘿，不过这位小兄弟，你命里确是有个大坎啊，要不老夫施下道家真法，帮着你禳解禳解？价钱咱们好商量嘛……”

徐振之见他越扯越偏，赶紧切入正题：“不知庄先生因何到了此地？”

庄糊涂反问道：“先说说你们干吗来了？”

薛鳄插言：“我们那事紧要，岂能说与你这老儿听？”

庄糊涂白眼一翻：“那老夫也不说，你们也少来打听！”

常鲤不再理他，向徐振之道：“徐兄，既然没事了，咱们继续赶路吧。”

“也好。”徐振之也懒得跟他磨牙，便朝庄糊涂一揖，“庄先生，匆匆一见，不舍良多。咱们有缘再会，就此别过了。”

“别急呀！”庄糊涂忙拦道，“咱们难得见面，干吗要着急走呢？好歹找个地方，坐下来叙叙旧啊！”

许蝉哼道：“你说的话都不尽不实，有什么旧好叙？”

庄糊涂笑道：“不愿叙旧，那咱们就去吃点儿喝点儿？”

一听吃的，许蝉兴致盎然：“行啊！振之哥，那咱们就依老糊涂吧？”

“就算我不应，你也定然不肯空着肚子走。”徐振之苦笑一声，又朝四周望了望，“庄先生，你先于我们来到这里，想必知道附近哪里有用饭的地方吧？”

“知道知道，”庄糊涂道，“前面拐两个路口，就有一个做油泼臊子面的小摊。”

“油泼臊子面？”许蝉眼睛都瞪圆了，“我还没吃过呢……听起来不错，味道怎么样？”

“那还用说？滋味好着呢！”庄糊涂眉飞色舞道，“用当地话怎么说来着？哦，美得很，美得很啊！走走走，老夫这便引你们去尝上一尝！”

五人牵着马，随庄糊涂绕了一阵，果见前方有个小面摊。摊前架着一口热气腾腾的大锅，旁边设着两副座头。

“好香啊！”许蝉提鼻子嗅嗅，当先奔在桌前坐定，“快给我来上一份，要最大的碗！”

那摊主看了看许蝉，又指着桌上那大海碗道：“我这里的海碗大得很，你一个女子怕是吃不下，要不换个小份吧？”

许蝉拍着桌子道：“就要最大份的，若是吃不完，本姑娘倒找你钱！快下，快下！”

徐振之等人也围桌坐好：“我们共要六碗。”

“行嘞！”摊主答应一声，往锅底添了些柴。待得锅水翻滚后，便抓起面来下了锅。

这臊子面，乃是当地名吃。先以七分瘦三分肥的半精肉切碎成丁，谓之“臊子”。臊子切好后，则混着酱醋佐料下油锅翻炒。待筋道的汤面出锅装碗，便把煮好的豆腐、炒熟的蛋皮码在面上，再撒些香葱、蒜茸，浇几勺炼过的花椒芥油，一碗香喷喷的油泼臊子面就算是齐活了。

见面熟得差不多了，那摊主便用笊篱捞起来沥干，分盛在六只大海碗中。他手脚麻利，又抄起长柄马勺，把各色菜码儿依次铺在每个碗里。

庄糊涂探着脖子，学着当地口音叫道：“面要宽，醋要重，那臊子也多添些！”

摊主皱了皱眉头，把那马勺往碗里随意一抖，又加了些臊子。

庄糊涂仍叫道：“多些，多些！”

摊主的脸虽然拉了下来，但还是将臊子又添了半勺。

庄糊涂犹不满足：“再多些啊！你这人怎么这般小气？”

那摊主顿时不乐意了，他将马勺一摔，指着庄糊涂骂道：“你这瓜老汉胡吣个啥？这满碗臊子都堆成山尖尖了，还嫌少？我这里卖的是面，想吃臊子去肉铺！”

“你这没良心的！”庄糊涂也怒道，“老夫自打到了这米脂县，便天天来这摊上照顾你生意，今日又给你拉来五个新客，让你多添些臊子怎么啦？”

摊主寸步不让：“肉可比面金贵得多，照你这般添法，我这小本生意没法儿做，以后你这瓜老汉也甭来啦！”

庄糊涂还欲再争，许蝉已一个巴掌拍在了他背上：“老糊涂你有完没完啊？人家说得对，就没见过你这样贪得无厌的。”

那摊主大喜，将剩下的臊子都加在一碗中："还是你这女子说话中听！来来来，你吃这碗！"

"哈哈，谢啦！"许蝉笑嘻嘻地接过来，取筷子一尝，不由得大赞，"嗯！好吃，好吃极啦！"

见面皆已上桌，徐振之便示意道："来，诸位也请吧！"

薛鳄也不管烫不烫，上来便"吸溜溜"扒拉一口，小半碗面已落入肚中。

一旁的郭鲸却不急着吃，而是先取了双筷子擦净了，极为恭敬地递与常鲤："闻着挺香，常老大你也尝尝看。"徐振之瞧在眼里，不免生出一丝疑虑。

常鲤动箸夹了一口，微微点了点头："是还可以。"

徐振之转过头，瞧庄糊涂还在生闷气，便笑着劝道："庄先生再不吃，那面可就要凉了。"

庄糊涂长叹一声，恨恨地望了眼那摊主："面凉了有什么？老夫连心都凉了。你们那一碗碗里全是臊子，可老夫这碗却少得可怜……"

"你不要拉倒，待会儿我全吃了它！"许蝉口中塞着面条，手却伸到庄糊涂面前来抢。

庄糊涂赶紧护住自己的面碗："谁说老夫不吃了？聊胜于无啊！"

众人又吃了几口，突然听到一声凄厉的哭喊，齐齐转头一瞧，见不远处一名妇人，正扯着个汉子苦苦哀求。

"他大……他大……别卖黄来儿，把黄来儿还给我！求求你把黄来儿还给我啊……"

那汉子又高又瘦，生着满脸络腮胡，他怀中抱着个胖大的婴儿，一面想摆脱那妇人，一面恶狠狠地骂道："留着他做什么？反正也养不活！还是卖了换些银子，让全家人有几天饱饭吃！”

边上一贼眉鼠眼的人也在劝：“大嫂，大哥说得没错，这孩子卖给我，兴许还能活下来。好了大嫂，你把手松开，拿上银子就跟大哥回家去吧……”

“我不卖！”那妇人拼命地护着婴儿，“黄来儿是我身上掉下来的肉，就算去讨饭，我也要养活他！”

摊主看了一阵，摇头叹道：“可怜哟，唉，这世道……”

许蝉问道：“他们在做什么呢？干吗要争那小孩子？”

摊主道：“还能干啥，穷人家卖孩子换钱呗！都见怪不怪了。”

正说着，那边又传来动静。原来那汉子见妇人不肯松手，大为光火，拖着那婴儿便使劲夺了起来。那婴儿被扯疼了，张着小嘴哇哇大哭。

“岂有此理！”许蝉一拍桌子，飞身奔上前去，“给我住手！”

那妇人见有人过来，急忙向许蝉求助：“姑娘你快来帮帮我……别让他们抢走我的孩子……”

“放心吧！”许蝉抬起秋水剑，朝那人贩子一指，“你听着，马上给本姑娘滚！”

人贩子还没开口，那汉子已是破口大骂：“哪里来的野丫头，多管什么闲事？这孩子是我的！我愿意养就养、愿意卖就卖！”

“亏你还是个当爹的，这种话也讲得出口？”话音方落，徐振之也来到汉子面前，“虎毒尚不食子，仅为了几个钱，就要将自己孩子卖了，真是连禽兽都不如！”

“少说风凉话！”那汉子怒道，“你们若是好心，就将我这孩儿买了去，不买就别来妨碍我做生意！”

“就是！”那人贩子目露凶光，从怀里摸出把尖刀掂着，“这米脂是老子的地头，你们这外乡人可别自讨苦吃。大嫂，银子我可是给了，你再不松手，休怪我用强……哎哟！”

人贩子话没说完，已被许蝉一脚踹倒。他气急败坏地爬起，扬着刀子就扎了过来。

许蝉连剑都没拔，让过刀尖后，朝那人贩子脸上劈手便是一个嘴巴。

那人贩子转了几个圈，腮帮子肿起老高：“好啊！我瞧你们是不要命了！等着，老子这便叫人，有胆的就别走！”

许蝉把秋水剑往地上一插，抱起了胳膊：“本姑娘就等在这儿，瞧你能唤来什么虾兵蟹将。”

“好！这可是你说的！”那人贩子从领子里掏出只竹哨，含在嘴里使劲吹响。

转眼光景，旁边的巷子中便出来十几个模样凶狠的大汉，他们各提了棍棒，朝着许蝉和徐振之围来。

“还当你能搬来什么三头六臂的人物，原来净是些傻大个！”许蝉说着便提起了秋水剑，“振之哥，你且退后，瞧我打发了他们！”

徐振之急忙将许蝉一拉，悄声道：“秋水太过锋利，你下手又没个轻重，万一闹出人命来可就不妙了。等着吧，自会有人来教训他们。”

果不其然，那些恶汉还没围到跟前，郭鲸和薛鳄便一前一后地到了。郭鲸朝众恶汉扫了一眼，向许蝉笑道：“有咱哥俩在，哪用得着劳烦徐夫人？”

薛鳄活动了几下膀子，喝道：“不是要打吗？怎么还婆婆妈妈的不动手？”

见他二人生得牛高马大，众恶汉有些忌惮，非但不敢上前，反而都朝后倒退了几步。

薛鳄等得不耐烦："上吧，郭二哥，再等天都要黑了！"

郭鲸刚喊了声"好"，薛鳄已抡着拳头杀去。郭鲸笑着摇摇头，也紧随其后，攻向了众恶汉。

一拳下去，一人倒地不起；再一掌推出，又有一人被击飞数丈。郭鲸、薛鳄拳掌齐挥，直打得众恶汉哭爹喊娘。

那人贩子大惊失色，趁着薛鳄不备，从地上摸起根木棍，朝他后脑死命地砸去。

待发觉身后有人来袭，那木棍已呼啸着落在薛鳄头顶。

那人贩子大喜，心道这下他就算不死，也必是头破血流。岂料"咔嚓"一声，薛鳄的脑袋安然无恙，那杯口粗的木棍反倒断成了两截。

"还挺疼。"薛鳄摸了摸头顶，回手抓起那傻眼了的人贩子，用力摔在地上。

郭鲸弯腰一扯，将那人贩子打横抱着抡圆了，扔小鸡似的掷向众恶汉。

别看郭鲸扔得轻巧，那人贩子好歹也有百多斤分量。受这一砸，众恶汉当即东倒西歪，待灰头土脸地爬将起来，只骇得肝胆欲裂，一个个屁滚尿流，落荒而逃。

许蝉大呼"痛快"，朝着郭鲸、薛鳄一挑大拇指："好样的！"

"小事一桩。"郭鲸笑着拍了拍身上尘土，眼睛一瞥，却见薛鳄拔腿要撵，"老三别追了，快回来！"

薛鳄嘟囔一声，只得作罢。

许蝉笑笑，转向那络腮胡汉子："瞧见没有？再敢卖孩子，他们便是你的下场！"

"好了小知了，"徐振之一指那面摊，"二位别怕，且去那里坐下说话。”

等几人回到面摊上，常鲤还没说什么，庄糊涂已绕着郭鲸、薛鳄转起了圈儿。

“啊呀，二位的身手真是乖乖不得了！刚才老夫瞧得真切，薛壮士拿头这么一撞，那棍子竟自己断了。”庄糊涂说着，又朝郭鲸胸脯上擂了一拳，“啧啧，硬得像石头！郭壮士，想必那‘胸口碎大石’，你也不在话下吧？”

郭鲸笑骂道：“你这老头就会胡闹，咱们练这硬功夫，又不是为了去演杂耍。”

庄糊涂揉着手腕，大为惋惜：“若你们肯去耍武卖艺，保管能挣不少银子……”

“老糊涂你让一让！”许蝉一拨拉，选个空位，拉着那抱婴儿的妇人坐了下来。

那妇人面黄肌瘦，怀中的婴儿却是肥头大耳、白白胖胖。

许蝉逗了逗那婴儿，笑道：“好玩儿！大嫂，你这孩子几岁了？”

那妇人爱怜地看着那婴儿：“我是去年八月末生的他，到现在还不满周岁。”

“啊？”许蝉怔道，“才几个月就长这么大？我还当他起码得两三岁了。”

那汉子哼了一声：“可别再长了，越长越能吃！”

许蝉怒道：“能吃怎么了？本姑娘就喜欢能吃的！吃得多，长得壮！你瞧他虎头虎脑的多可爱！”

“就是！”庄糊涂也凑上去帮腔道，“你这汉子好生不晓事！这娃娃再能吃，也是吃他娘的奶！碍着你什么事了？”

那妇人脸一红：“我身子弱，生下黄来儿后便没了奶水，一直是喂他吃米糊糊的……”

说到这，那婴儿眼睛眨了几下，又“哇”地哭了起来。

许蝉吓了一跳：“呀！好端端的，他怎么又哭了？”

那妇人有些难为情，在孩子背上轻拍了几下：“他这是饿了。”

“唉，”那汉子双手抱头，气道，“吃吃吃，一天到晚就知道吃，我这当大的还饿着肚子呢！”

徐振之见状，便向摊主道：“劳你再下些面条来。”

“没了，”那摊主摇摇头，“剩下的面，都端过去了，本打算等你们吃完，我就收摊呢。”

徐振之想了想，指着桌上的臊子面道：“这几碗面，我们没吃几口，若二位不嫌弃，就请用吧。”

“不嫌不嫌！”徐振之话音刚落，那汉子便伸手取了一碗，蹲在地上吃了起来。

徐振之一愣：“大哥不必拘礼，还请上桌吃吧。”

那汉子摆摆手：“上桌不习惯，蹲着自在。”

“光顾着自个儿！”许蝉瞅了那汉子一眼，将两碗面推到了妇人眼前，“大嫂你也吃！”

“谢谢姑娘，待我先喂喂黄来儿……”那妇人说着，拿起了小勺，将碗中的面条捣成糊状。

当面条捣好，妇人舀起一勺吹了吹，再送到婴儿嘴边。

说来也怪，一见有吃的，那婴儿顿时不哭了，张嘴便衔住了小勺。再一吸，那勺中的面糊就全然吞进了口中。

“哈，”许蝉乐道，“还真是挺能吃呀！”

妇人也笑道：“这两碗面，也就够他吃一顿的。”

“乖乖！”庄糊涂看了看那汉子，“怪不得他要卖孩子呢……”

“瞎说什么！”许蝉打了庄糊涂一下，又向那妇人问道，“大嫂，听你叫他黄来儿，莫非他姓黄？”

妇人摇摇头：“姓个李。我临盆那晚，他大梦见个黄衣人进了我们住的土窑，我们觉得是好兆头，就给孩子取了这‘黄来儿’的小名。”

那汉子扒了几口面，又忿道：“当时梦见那黄衣人，我还寻思这孩子将来也许能成个人物，哼，现在看来，准是个讨债鬼托生的！”

许蝉嗔道：“面都堵不住你的嘴吗？不想吃就省下来，黄来儿还等着呢！”

那汉子不敢再多言，低下头闷声不响地吃面。

没出一盏茶的光景，两大碗面全进了那婴儿的肚里。那婴儿看上去饱了，像模像样地打了个嗝，又咯咯笑了起来。

“好家伙！”庄糊涂伸手过去，在那婴儿的肚子上弹了两下，“这是怎么装下的呀？”

那婴儿许是觉得痒，小胖手空挥几下，竟一把扯住了庄糊涂的长胡子。

“哎哟！”庄糊涂疼得杀猪般大叫，“快松开，快松开！”

婴儿哪听得懂？还当庄糊涂在手舞足蹈地逗他玩，一面大笑着，一面紧攥着胡子不放。

庄糊涂龇牙咧嘴，实在没法了，便捏住了婴儿的小屁股：“放不放手？”

那婴儿哇哇大哭，小手却攥得更紧。

这一老一幼闹得不可开交，那妇人却被急坏了，她手忙脚乱地掰扯了好一通，这才把婴儿与庄糊涂分开。

许蝉哭笑不得，冲着庄糊涂的屁股便是一脚：“为老不尊，你还要脸不要？”

庄糊涂看着掌心里那几根断胡须，心疼道：“老夫好容易才留起这么长的……”

“谁要管你？”许蝉说完，又向徐振之道，“振之哥，我想跟你商量个事。”

“我知道你想说什么。”徐振之笑笑，从马上取下了行囊，“常兄、两位大哥，我打算取些盘缠来使，不知你们意下如何？”

郭鲸朗声笑道：“咱是跟班的，徐公子想怎么便怎么，不必与咱们打招呼！”

常鲤也点点头：“徐兄自便。”

“多谢了！”徐振之拎起包裹，冲那汉子问道，“不知大哥怎么称呼？”

那汉子抹抹嘴：“叫个李守忠。”

徐振之再问：“是这本地人氏？”

李守忠点点头：“我们住在继迁寨，离这县城不算远。”

“做什么营生？家中可有田地？”

李守忠苦笑道：“有田就不缺粮，不缺粮还能卖孩子？我家没地也没羊，指着帮寨里的大户做短工过活。”

“卖儿典子不对，做短工也非长久之计。”徐振之说着，从包裹里抓出些银两，“这些钱虽说不多，但买上几亩薄田却是足够，拿着吧。”

望着那堆白花花的银子，李守忠不敢伸手接：“这……这是白给我的？”

许蝉没好气道：“是给你养孩子的！让你拿着便拿着，哪来那么多废话？”

李守忠还是不敢要：“可这一半的钱，就能买上十亩好地了。”

徐振之道：“在粮食种出来之前，用剩下的银两买些米面存着，也给大嫂和孩子置办些衣物、添补些家用。李大哥不必再辞，只管收下！”

那妇人慌忙抱着婴儿走过来，扯着李守忠道：“他大……还愣着干啥？咱们快给恩公磕头啊！”

“不必不必，”徐振之和许蝉赶紧去搀，“二位快快请起！”

那妇人噙着泪道：“恩公，我们两口子没啥本事。若将来黄来儿出息了，一定让他报答你们！”

徐振之笑道：“区区小事，何足挂齿？大嫂不用放在心上。”

李守忠道：“对你们或许是小事，可对我们来说，那就大得很！恩公，你得留个名字！”

那妇人也道：“对对，恩公你是叫个啥呀？留下名字来，以后好让黄来儿记着。”

徐振之连连摆手：“不必了，真的不必了……”

“不行！”夫妇二人执意不肯，“恩公若是不说，那这银子我们不能要！”

徐振之想了想，只得报出字号：“你们就叫我徐霞客吧。”

“徐侠客？”夫妇二人齐道，“恩公这名字取得好，你就是个行侠仗义的大侠客啊！”

许蝉闻言，知他们会错了意：“他那‘霞’，是晚霞的霞。”

李守忠道：“不管朝霞、晚霞，反正他都是大侠！”

那妇人又道：“他大，听恩公说话文绉绉的，肯定有学问，要不再请他帮黄来儿取个大号吧？”

“对啊！”李守忠朝徐振之一抱拳，“恩公，你给娃起个名吧！”

徐振之欣然应允，稍加思索，便道：“自食其力，方能坐享其成。依我看，这孩子不如就叫李自成吧！”

“李自成？好！”夫妇二人十分欢喜，“这名字取得真好！”

许蝉向李守忠道：“这名字里还有另一层意思呢，‘自成’二字，同样也是告诫你，让你回去后多出力种田，别老想着卖儿卖女！”

见许蝉能听出自己的深意，徐振之心中甚是快慰，笑着冲她点了点头。

李守忠自知理亏，不由得满脸通红。

“好了，”徐振之看看天色，“时辰不早了，二位也早些回家去吧。”

夫妇二人拜了又拜，这才抱着婴儿千恩万谢地离开。

等他们走后，庄糊涂竟一反常态，从身上摸出几个铜板，抢先付了面钱。

“哈？”许蝉揉了揉眼睛，“日头是打西边出来了？想不到你这爱财如命的老糊涂，也会变得如此大方。”

“瞧你这馋丫头说的，”庄糊涂扇着扇子笑道，“士别三日，就得刮目相看呀。”

徐振之也笑道：“看来这几天，庄先生在这米脂县收获颇丰。”

许蝉道：“可不是么，方才那么多女的，都抢着要给他送书钱呢。”

“别提她们！”庄糊涂打个哆嗦，“反正这米脂是不能待下去了。好了，咱们不说这茬儿，填饱肚子才是正事。”

“有道理，那面只吃了几口，还不够塞牙缝的呢！”许蝉朝四下望了望，“哎老糊涂，这附近还有没有什么吃的呀？”

庄糊涂道："前面还有不少饭庄酒楼，咱们不如去下馆子，吃它个四盘八碗！"

"爽快！"许蝉乐道，"老糊涂你带够银子没？本姑娘的胃口，你可是知道的。"

庄糊涂一怔："老夫带银子干吗？馋丫头，你该不是想让老夫请客吧？"

许蝉皱眉道："你提出来的，当然是你请，难不成还要本姑娘请吗？"

庄糊涂掰着手指头算道："你看啊，馋丫头，老夫是不是请你们吃过了臊子面？既然老夫请过你们一回，所以你们也得回请一顿才是呀，正所谓礼尚往来么，这来而不往，那就非礼也了。"

"好哇，"许蝉恼道，"难怪你刚才非抢着付账，敢情在这儿等着我们！哼，几碗面就想换来大鱼大肉，你这算盘打得可真精！不成，这顿定要你请！"

庄糊涂指着那马上的行囊叫道："方才老夫都瞧见了，你们还有好多银子呢！有钱不花，留着干吗？还是得你们请！"

"你请！"

"你请！"

徐振之被他们吵得头都大了，赶紧挥手道："都别争了，我来请！庄先生，头前带路吧。"

"这才是爽快人，"庄糊涂得意地看了许蝉一眼，"振之小友，且随老夫来！"

几人又走了一气，前面开始热闹起来。短短一条巷子里，开着五六家饭铺菜馆。其中门脸最大的，是一家名叫"食为天"的酒楼，上下二层，有堂食也有雅间，布置还算考究。

望着那金字匾额，庄糊涂很是满意，摇头晃脑道："民以食为天，这家馆子既挂出这等招牌，烧出的菜肴想来也差不了，咱们就选这家吧。"

徐振之刚说声好，庄糊涂已迫不及待地冲了进去。

这个时辰，酒楼生意不多，跑堂的原本在角落里打着瞌睡，迷迷糊糊瞧见一个老头蹿进来，立马起身，上前招呼。

"这位……"话才说了一半，跑堂的脸上笑容全无。

原来庄糊涂经众女子一通纠缠，身上的道袍早被扯了好几条口子，又在面摊上让那婴儿拽断了几绺胡子，愈发显得邋里邋遢。

跑堂的皱起了眉头，又把庄糊涂从头打量到脚："你是干啥的？我可有言在先，这儿没有剩菜剩饭给你讨！"

"嘿！"庄糊涂怒道，"你这小兔崽子可真是狗眼看人低，你骂谁是讨饭的？"

说话间，徐振之等人也拴马进店："庄先生，饭菜都点好了吗？"

见几人器宇轩昂，那跑堂的这才明白过来，他赶紧朝自己脸上轻拍了一下，冲着庄糊涂赔笑道："哟，几位原来是一起的呀？老先生，你大人大量，恕方才小的有眼无珠了。"

"哼，"庄糊涂气道，"区区一个小破馆子，也敢在老夫面前托大？实话告诉你，老夫要的菜，你们还未必能做得出来！"

那跑堂的不信："咱这食为天，好歹也是米脂县最大的馆子，老先生非要龙肝凤脑，咱当然做不出。可像那天上飞的、山里跑的、水中游的……只要老先生报出个名，咱保证给您老人家端上来！"

"这可是你说的！"庄糊涂清了清嗓子，报出一溜儿菜名，"听好了，老夫要的是，白扒通天翅、双凤一品锅、龙井琵琶虾、什锦八宝鹅、蟹粉芙蓉贝、软溜鳝爆鸽、水晶荔枝肉、油焖马蹄鳖、猴菌榛子烩鸳鸯、五珍九果拌酥酪、八仙过海闹罗汉、吉祥如意福寿盒……”

跑堂的都听傻了：“老先生啊，咱可不开玩笑！就算我们真做得出，你怕是也花不起那银子吧？”

庄糊涂冲到徐振之跟前，将他手中的包袱使劲摇了摇：“听见没，听见没？这里头可全都是白花花的银子。少废话，照老夫刚才报的菜名去做！”

跑堂的彻底没辙了，苦着脸道：“老先生，你就别难为我们了，你说的那些菜，小的连听都没听过啊……还是换些简单的吧……”

“也成！”庄糊涂张口便道，“那就换成蒸羊羔、蒸熊掌、蒸鹿尾儿、烧花鸭、烧雏鸡、烧子鹅……”

“快打住吧老先生！”跑堂的差点儿哭了，“您老人家这张嘴呀，可比那说书的厉害多啦。算小的求您了，您就点些我们做得出的菜吧。”

庄糊涂捋着胡子道：“既然你小子知错了，那老夫便饶你一回吧！嗯，酱肘子有吗？”

跑堂的打个激灵：“这个有！”

庄糊涂再问：“肉丸子呢？”

跑堂的使劲点头：“也有！”

“鸡鸭鱼肉、果蔬米酒呢？”

“有有有！”

庄糊涂白眼一翻：“有你还不赶紧上？”

“是是！”跑堂的点头哈腰，“几位请先到二楼雅间稍坐，酒菜一会儿就送上去！”

几个人在雅间中坐了没多久，那跑堂的便将各色菜肴轮流端了上来。

等那琳琅满目的菜品上齐，跑堂的又抱来几坛酒：“诸位客官，这可是本店特酿的美酒‘醉谪仙’，小的帮几位倒上？”

“不用，我们自个来！”郭鲸将酒坛接过，一掌拍去封泥，“嗬，闻着可真香啊！”

“我来尝尝。”薛鳄迫不及待地饮了一口，“嗯，确实够劲！”

“是不错吧？”那跑堂的笑笑，“说起咱这‘醉谪仙’呀，那渊源可就长了去喽，想当年，唐代那大诗人李太白，游历到咱们米脂时……”

庄糊涂听得不耐烦，连连挥手：“出去出去，别在这里聒噪！”

“好好……那几位慢用……”那跑堂的答应着，讪讪地退出了雅间。

许蝉夹了片鱼肉，丢在嘴里嚼着：“对了老糊涂，方才在下面说的那些菜，你真的都吃过？”

“那还有假？”庄糊涂洋洋自得，“老夫也是那走南闯北之人，这张嘴巴，尝过的美味都数不清。这么跟你说吧馋丫头，你有多少根头发，老夫便尝过多少好吃的。”

“吹，老糊涂你接着吹！”许蝉撇了撇嘴，又夹起了一块肉。

不管怎么说，这食为天的手艺还算不错。几人互敬了三杯酒，各自吃喝不提。

又吃了一阵，庄糊涂见常鲤面前摆着的肘子未动，便向他挥了挥手：“哎，那位壮士！”

许是嫌这称谓太过粗俗，常鲤眉头一蹙，竟把脸扭到一边，只当作没听见。

庄糊涂又试探道：“好汉？”

常鲤仍不满意，还是不睬不理。

“啧……”庄糊涂挠了挠头，斟酌了好半天才道，“少侠？”

听到这句，常鲤总算是称了心，这才缓缓转过头来：“何事？”

庄糊涂指着那肘子，死皮赖脸地说道：“嘿嘿，老夫见少侠不喜那肥腻之物，这样吧，就劳驾少侠递过来，瞧老夫替你啃了它。”

常鲤动也没动：“你有手有脚，想吃便自己来拿。”

“自己拿就自己拿！”

庄糊涂气呼呼地站起身，却神不知鬼不觉，抓了桌上的三颗蚕豆。待他绕到常鲤等人背后，陡然将三颗蚕豆同时打出。

只听“嗖嗖嗖”三声轻响，郭鲸、薛鳄身子一顿，登时伏在桌上打起了呼噜。常鲤眼皮垂了几垂，也慢慢趴了下去。

徐振之和许蝉齐怔：“你将他们怎么了？”

“别慌别慌，”庄糊涂摆了摆手，“老夫只是点了他们的昏睡穴，有些话，得避开他们才好说。”

听他们三人呼吸平稳，徐振之这才放了心：“庄先生，你要说什么话？”

庄糊涂反问道：“振之小友，你们现在是帮朝廷做事吗？”

徐振之不动声色：“何以见得？”

庄糊涂一指常鲤三人：“老夫一眼就瞧出来了，他们虽是寻常打扮，可脚上都穿着官靴呢！”

徐振之道：“庄先生眼力倒好，不过就算他们皆是官身，又能说明什么？”

庄糊涂不再吊儿郎当，换上了一副郑重的神色：“振之小友，此时并无外人旁听，咱们不如都开诚布公吧。”

徐振之想了想，道：“既然要开诚布公，那就先请庄先生说说那眠月山庄之事。”

许蝉也道：“对，说说你那什么赐福帖，到底是从哪里来的？”

庄糊涂道：“好好，老夫实话实说就是，那张赐福帖，是从一名刺客手上抢来的。”

“抢来的？”

“正是，”庄糊涂接着道，“那人本是个独行大盗，这些年犯下不少血案，老夫追查了好久，才寻到他的落脚之处，正想动手将他除了，他就接到了那张‘赐福帖’。接到那帖后，那人便急匆匆要朝京师赶，老夫怕他们有更大的图谋，便在半道上将他截下逼问，见他所知也不多，干脆把他捆住手脚往河里一扔，自己怀揣着那什么赐福帖，北上去瞧个究竟，结果就撞见了他们要刺杀太子。”

许蝉哼道：“你这老糊涂，总算肯承认会功夫了？”

庄糊涂笑道：“出门在外，总得学两招防身的本事么……”

“别嬉皮笑脸，”许蝉又道，“既然你要行侠仗义，为何却在最后关头逃了？”

“嗐！”庄糊涂继续道，“这就说来话长了，那时老夫一进眠月山庄，就瞧出了他们有问题。”

徐振之回想了一阵，摇头道：“惭愧，初入山庄时，我却没发觉太多异样……究竟哪里有问题，庄先生可否赐教一二？”

“也不怪你看不出，”庄糊涂道，“老夫乃习武之人，耳目要比寻常人敏锐得多。刚到那山庄里面，老夫便发现墙根上还残存着一些未被清理掉的血渍，院中的树干上也坑坑道道的，显然是刀砍剑削的痕迹。从这些迹象上看，说明在不久之前，眠月山庄刚经历过一番厮杀。这些倒还在其次，最让老夫起疑的是……”

话说到一半，庄糊涂居然停了下来，抿了口酒，笑嘻嘻地瞧着二人。

许蝉急道：“卖关子也没用，这次又不是说书讲故事，本姑娘没有赏钱给你！”

“好吧。”庄糊涂有些失望，慢吞吞地放下酒杯，“最令老夫起疑的是，那后花园中，还鬼鬼祟祟藏着好多锦衣卫！他们虽然都极力压着呼吸，却逃不过老夫的耳目。再后来见了客印月他们，老夫把前后的事情串起来一推敲，就猜到了那其实是个局，目的就是为了将那些刺客一网打尽。二位又不是歹人，锦衣卫肯定不会难为你们，所以老夫才会放心地逃之夭夭。”

“哼，你这老糊涂非但不糊涂，反倒挺精明。”许蝉说着，又向他那乌骨大扇一指，“对了，你不提我还给忘了。你那扇子怎么回事，为何连我的秋水剑都不能伤它分毫？”

庄糊涂笑了笑，把乌骨扇往桌上一拍：“你们自己瞧瞧就知道了。”

徐振之刚取起扇子，便觉入手十分沉重，再仔细辨认，见那扇面虽然普通，可那几根扇骨上却雕着层层异纹，不由一怔：“这……这扇骨是玄铁所铸？”

“玄铁？”许蝉也愣道，“振之哥，你那把……”

徐振之赶紧喝止：“小知了，别多言！”

“不说老夫也知道。”庄糊涂趁徐振之不备，一把抢过他随身携带的竹管，“老夫这把玄铁扇，跟里面这根‘镇厄’是同一种材料。”

徐振之目瞪口呆：“庄先生……你也识得这把‘镇厄’？”

庄糊涂将玄铁尺从竹管里取出，抚摸着叹道：“老夫不但知道这‘镇厄’，还晓得此物原是令尊所有。”

“你认得我爹爹？”徐振之急急追问，“对呀，庄先生身怀玄铁扇……莫非你也是地师一脉？”

庄糊涂摆了摆手，长叹道：“老夫不是地师，与令尊也是缘悭一面啊！这些年来，老夫一直在寻访地师的下落，好不容易打听到令尊身上，他却早已不在人世了……”

徐振之问道：“这地师究竟是什么？”

庄糊涂怔道：“怎么，令尊从没向你提起过？”

徐振之喟道：“先父从未提及，就连这‘地师’二字，也是我从别处听来的。庄先生，你既然知道地师，就请如实相告吧。”

庄糊涂点点头：“这‘地师’一脉，源自于洪武朝。想当年太祖朱元璋平定天下后，从民间招揽了一些奇人异士，按金、木、水、火、土五行为基脉，各组了一支暗卫。土脉那支的头领，就是地师了。”

徐振之一惊：“这么说，除去地师，那暗卫还有另外四脉？”

“不错，”庄糊涂又道，“这每一脉，都有一名头领，除了土脉地师外，金脉叫‘器宗’、木脉称‘林隐’、水脉是为‘龙魁’、火脉唤作‘炎尊’。五脉的头领，皆持玄铁所铸的圣物，并且各自都有绝技，像那地师，就擅长堪舆相地、观山望气。”

许蝉插言道：“听起来，这地师倒有些像风水先生。”

庄糊涂道：“那可比风水先生厉害多了。地师能以阴阳五行，结合山川地貌，创出一些奇门阵法，可拒数万精兵！”

“阴阳五行、山川地貌……”徐振之若有所思，沉吟了良久，才缓缓叹道，“难怪小时候，爹爹总带我去攀涉名山大川，又让我研习易理天象，原来是有这么一层深意。庄先生，关于这地师的来历，还请你再详细说说。”

“好，”庄糊涂再道，“当年朱洪武创下这五脉，又选了五名亲信各任头领。那第一任的地师，便是那中山王徐达。对了，振之小友，你可曾听人说过，那徐达的死因离奇？”

“听说过。”徐振之将头一点，“据坊谈巷议，中山王徐达并非善终。他晚年患了背疽，忌吃河鹅，然而太祖素来惧他功高盖主，趁那机会，偏要赐膳蒸鹅。徐达明白太祖的用意，便含泪将蒸鹅服食，这才导致了毒发身亡。”

许蝉气道：“这太祖好没良心，人家徐达可是帮他打下了江山，他反倒卸磨杀驴。”

庄糊涂笑了笑：“朱洪武的确杀过不少开国功臣，可徐达之死，倒不能赖在他头上。”

徐振之问道：“莫非传言有误？”

“是啊，徐达患背疽是真，朱洪武赐蒸鹅却是假。”庄糊涂稍顿，又指着玄铁尺道，“当年徐达在垂危之时，恐辜负了圣意，决定将这把御赐的‘镇厄’封还。然而太祖感念其功，仍旧把此物还赐给了徐门。”

“镇厄……蒸鹅……”徐振之一点就通，自念几遍，恍然大悟，“我明白了，这‘镇厄’与‘蒸鹅’音调相谐，其后经不明就里之人讹传，这才有了那‘赐鹅毒杀’一说。”

“对了，要知那朱洪武处事向来决绝，诛杀李善长、冯胜等重臣时，说斩便斩，何曾顾及过他们昔日的功绩？他若有心除去徐达，只需胡乱安个罪名、随意降道圣旨，哪用得着去拐弯抹角、大费周章？再说了，真要下毒，他也不会选什么‘蒸鹅’‘蒸鸭’。从古至今，就没听过有谁是因食鹅而中毒丧命的。”

“言之有理。之后又如何？”

“徐达死后，其长子徐辉祖暗中继任了‘地师’。后来朱洪武传位于建文帝，地师便欲效忠新君。然而好景不长，燕王就开始发动‘靖难之变’。因徐达的长女徐妙云嫁与了燕王为妃，建文帝便对徐家人异常猜忌，不但下旨杀了徐辉祖的四弟徐增寿，就连徐辉祖的话也是全然不信。万般无奈下，徐辉祖就在燕王破城之前，将‘镇厄’与土脉的绝学转授于徐氏的一门远亲，自己却因不肯迎降，被燕王革去了爵位，囚禁在幽宅中直至病故。”

徐振之叹道：“忠臣不事二主，辉祖公之风骨，着实可歌可敬。”

庄糊涂接着道：“待燕王夺得皇位后，建文帝也生死不明，五脉的头领皆不愿继续效力，便各自归隐于山野，慢慢就不知所踪了。历经这两百年后，五脉的传人越发销声匿迹，时至今日，仅地师一脉传下这把‘镇厄’，其余四脉，也不知还有没有传人在世了……”

徐振之问道：“庄先生身怀玄铁扇，又对这些旧故如此了解，难道不是五脉中人？”

庄糊涂道：“老夫虽不是五脉中人，可与五脉却是唇齿相依。振之小友，老夫的事你就先别问了，等到了时机，老夫定会对你和盘托出。对了馋丫头，你那把秋水剑，拿给老夫瞧一瞧！”

“好。”许蝉解下剑来，递给了庄糊涂。

庄糊涂将秋水剑缓缓抽出，在剑身上轻弹了几下：“嗯，这把剑铸成的年头应该不远，或许金脉器宗的传人尚在。”

“器宗？”许蝉奇道，“可我这秋水剑，又不是玄铁铸的。”

庄糊涂道：“此剑虽不是玄铁所铸，但也绝非凡品。世间能锻造出这种利器的，恐怕也只有那金脉的器宗了。馋丫头，这把秋水剑，你是从哪里寻来的？”

许蝉道：“这是我爹爹给我的嫁妆。”

“你爹爹？”庄糊涂急问道，“你爹爹该不会不在人世了吧？”

“你爹爹才不在了呢，”许蝉不悦道，“我爹爹在家活得好好的！”

"老夫的爹爹本来就不在了……"庄糊涂嘀咕一声，又问道，"那馋丫头，你爹爹平时可曾锻造过兵器？"

徐振之摆手道："我那岳丈，只会读书作诗，是当地有名的老夫子，肯定不是庄先生要寻的那位器宗。"

庄糊涂又道："那他这把秋水剑是从何而来？"

徐振之道："这个倒不知了。不过以我看来，世上能锻造利器的巧匠大有人在，这把秋水，也未必是器宗传人所铸。"

"这倒也是。"庄糊涂叹了一声，"唉，大海捞针啊……得了，该说的老夫也都说了，馋丫头、振之小友，多谢你们款待啦！"

许蝉一怔："怎么老糊涂，你这就要走？"

庄糊涂又开始嬉皮笑脸："嘿嘿，看来馋丫头舍不得老夫，其实老夫也不舍得你们。不如这样，你们送些银两让老夫带着，没事的时候，老夫便拿出来看看，就当是个念想了……"

许蝉急忙捂住包裹："算啦算啦，你还是赶紧走吧！"

"真小气！"庄糊涂撇了撇嘴，"振之小友，那咱们后会有期！"

"先生且留步，"徐振之拱手道，"今日一谈，也算是推心置腹，在离别之前，就请先生以真名实姓告之，日后也好相见。"

"告诉你们倒也无妨。"庄糊涂将身上道袍一抖，"山人我道号清远，之后你们叫我一声'老道'或是'仙长'都成。"

许蝉嗔道："老糊涂，你有点儿正形好不好？"

庄糊涂又道："那清远真是老夫的道号啊！嗯，仔细想想，老夫的称谓当真不少，像那义仍、海若、若士、老糊涂、小伶俐……"

"有完没完？"许蝉怒道，"你究竟姓甚名谁？快说！"

"好吧好吧，"庄糊涂道，"听好了，老夫姓汤，双名显祖！"

徐振之一揖，笑道："原来一直在'装糊涂'的，却是位姓汤的老先生。”

“不必客气、不必客气……”汤显祖笑笑，突然一拍脑袋，“差点儿忘了，振之小友，临别前，老夫还有一句良言相告。”

见他说得郑重，徐振之忙道：“汤先生请讲，振之洗耳恭听。”

汤显祖捋了捋山羊胡子，意味深长地说道：“老夫要奉劝你们，走路时别光朝前看，偶尔也得回头瞧瞧，顾头不顾尾，容易被人从背后捅刀子！”

许蝉挠了挠头，有点不解：“老糊涂，你总爱打哑谜，就不能说得再明白些吗？”

徐振之心里却“咯噔”一声，之前那种不祥的预感又涌了上来：“汤先生的意思是，我们身后有‘尾巴’？”

“振之小友是聪明人，用不着老夫说得太透吧？”汤显祖不置可否，又向桌上伏着的三人望了一眼，“对了，咱们今天所说的话，可全都是秘密，千万不能让他们知道。”

话音方落，常鲤居然慢慢直起腰来，神情里还带着一丝小得意：“怕是要让汤先生失望了，我已听了个一字不落。”

“啊呀！”汤显祖愣道，“你小子怎么没睡着？”

常鲤伸出二指，指间夹着一颗蚕豆：“汤先生所发的‘暗器’，已被我提前截下了。”

“瞧不出你能耐还不小……”汤显祖有些尴尬，继而破口大骂，“没打中你干吗装睡？哼，还假模假样地偷听人家说话，不要脸！你这小子真真是臭不要脸！”

常鲤冷然道：“谁稀罕偷听？我不过是将计就计。汤先生突然出手，我自然要防备，难道还要任你摆布不成？”

“少废话！”汤显祖朝窗外瞥了一眼，“既然被你听了去，那就休怪老夫杀人灭口了！”

说完，汤显祖大袖一拂，居然真的朝常鲤攻去。

见他身法极快，常鲤一惊，急忙出招回击。岂料汤显祖沾衣即退，从桌上抄起了一只肥鸡，一头向窗外栽去。

“汤先生！”

徐振之和许蝉怕他跌坏，赶紧奔到窗前去瞧。

汤显祖当然没事。他早就瞥见楼下来了一辆拉着柴草的驴车，算准时机一跳，刚好能平平稳稳地落在车上的柴草中。

乍见半空中飞下来一个糟老头，不光那驴子惊得“昂昂”直叫，就连那赶车的汉子也差点吓得把皮鞭扔了：“你……你……”

“你什么你？”汤显祖啃了一口烧鸡，“车钱少不了你的，载老夫一程！”

那汉子还没答应，许蝉又在楼上挥手大叫：“老糊涂，老糊涂！”

汤显祖抹抹油嘴，朝她笑道：“馋丫头，不用这般依依不舍，咱们还会再相见的。”

“不是呀！”许蝉指着不远处道，“娘子军！娘子军又杀过来啦！”

“娘子军？什么娘子军？”汤显祖从柴草垛上起身回望，脸色顿时惨白。

只见身后尘土飞扬，一众女子提着裙角、迈着大步，朝着驴车急奔而来。

“找到那个说书的啦！”

“说书的别跑！姐妹们快追……”

“真是阴魂不散！”汤显祖只骇得魂不附体，夺过汉子手中皮鞭，朝那驴子的屁股上狠抽一下，“快快快！出城，出城！老夫要出城！”

驴子“昂”的一声，甩开四蹄狂奔起来。众女子也不肯罢休，一面大呼小叫着，一面朝那驴车穷追猛赶，所过之处，无不是鸡飞狗跳。

待汤显祖消失得不见踪影，常鲤也已经替郭、薛二人解开了穴道。见徐振之仍立在窗边出神，许蝉便上前拍了拍他的肩膀：“振之哥，你有心事？”

徐振之眉额紧拧：“我在琢磨汤先生临别前，特意嘱咐我们的那句话。小知了，你想过没有，咱们一路走来，是不是太过于风平浪静了？”

许蝉点了点头，又道：“可风平浪静的不是挺好吗？”

徐振之忧心忡忡：“我担心这份平静只是表象，背后实则暗流汹涌。那福、郑一党的探子遍布四处，对于咱们离京之事，不可能嗅不到一点儿风声。你们还记得么，咱们进米脂前，曾遇上过一场风沙。就在那场风沙之中，我便听到了一些异样的声音。”

郭鲸笑道：“刮大风时，飞沙走石的，有些鬼哭狼嚎的动静也不足为奇。”

徐振之摆手道：“若是鬼哭狼嚎倒没什么，我所听见的，好像是几声叮叮当当的铃音，当时，我隐约感觉不对劲，但又怕引起不必要的惊慌，便暗中托常兄折回去查看了一番。”

“不错，”常鲤接言道，“然而我在打探之后，并没有发现其他人的踪影。”

“是啊。那会儿见常兄没寻到异样，我只当是自己听错了，也就没再提起此事。”徐振之话峰一转，“可今日汤先生一言，却印证了我先前的猜测。汤先生是个老江湖，无论见识还是阅历，皆远在我辈之上，他有意点出那句话，定是已经察觉到了什么。”

许蝉也觉出了事态的严重，不由得秀眉一蹙：“这么说，咱们的行踪已经被人盯上了？这福王一伙，可真是阴魂不散啊！”

“盯上又怎样？”薛鳄一攥拳头，关节咯咯作响，“兵来将挡，水来土掩！咱们索性就在这米脂等他们找上门，管他多少追兵，一并全歼了就是。”

徐振之摇头道：“薛三哥此言差矣，敌暗我明，不可不防。况且据我所料，那伙追兵在没摸清咱们的目的之前，是不会轻易露面的，怕咱们觉察后有所防备，肯定不会跟得太紧。所以现在最好的办法，是要将他们早些甩掉。”

郭鲸明白过来，点了点头：“徐公子言之有理，这米脂的确不能久留，那咱们这便动身吧！”

由米脂南下，再行出几个昼夜，五人来到了赫赫有名的西安城。此地乃历朝古都，皇权兴替，旧称繁多，西周为镐京，秦朝叫咸阳，汉唐谓长安，元代唤奉元。

至大明洪武二年，朱元璋坐镇南京，指挥帐下虎将分各路横扫残元。其中徐达一路长驱西进，越秦川、克潼关，直抵奉元城下。见大军压境，守卫的元兵不战而逃，明军兵不血刃，在长安父老的迎接下，光复了古都。入城后，徐达即颁布法令，改奉元路为西安府，自此，这千年古城始有“西安”之名。

历经两百多年的休养生息，如今的西安城，已重现了昔日繁华。还有那文人雅士，痴醉于此地的风物名胜，遴选出八处景致，来赞咏关中的锦绣河山。

华岳的仙掌、太白的积雪、雁塔的晨钟和骊山的晚照，皆榜上有名；除此之外，灞柳风雪、草堂烟雾、曲江流饮、咸阳古渡也当仁不让，与前者并驾齐驱，合称为“长安八景”。

对长安这八处景胜，徐振之早已神驰念切，然他念及城中人多眼杂，身后又有追兵，故而也不多加停留，仅是稍事休整，又与同伴继续启程。

在徐振之的引领下，五人在城南寻了一条平坦大道，打算经由此道，前往川蜀之地。

沿途每隔二三十里，道旁便会有一个荒废的驿站，许蝉观此情形，不由得心生好奇：“振之哥，这条路原来是驿道吧？”

徐振之点点头：“这条古驿道始建于唐代天宝年间，直通巴蜀的涪陵郡，原名叫作子午道，但后世之人，更喜欢称它为‘荔枝道’。”

许蝉一怔：“为什么要叫这名字？”

徐振之反问道：“小知了，那句‘一骑红尘妃子笑，无人知是荔枝来’的诗，你应该知道吧？”

“我知道，头一句是‘长安回望绣成堆，山顶千门次第开’么，这是杜牧之的诗句，是说杨贵妃爱吃荔枝，唐明皇为了讨好她，就让人从千里外快马加鞭地送来。小时候我听爹爹吟诵这诗时，还特别羡慕那杨贵妃呢，想吃啥就有啥，甭管多远都有人送。”

徐振之摇了摇头，叹道：“当年为让杨贵妃吃上新鲜荔枝，玄宗下令必须三日内送达。自涪陵到长安，路途何止两千里？因那一人之欢，便要动用万千征夫开山凿岭；只为运送几颗荔枝，也不知有多少驿卒、快马倒毙在这古道上。那大唐的盛世，就是这样一点点地消耗殆尽，终成过眼云烟、黄粱一梦。”

许蝉咋舌道：“原来修这条驿道，只是为了运送荔枝……那他们的确太能折腾了。”

“前事不忘，后事之师。好在这条荔枝道，最终还是用之于民了。”徐振之回头望了望，见无甚异样，便一抖马缰，“咱们快走吧！”

如今这荔枝古道上，时常有川陕两地的商贾往来，也开设起不少供行旅歇脚的“幺店子”。刚开始几天，落脚的宿头不算难寻。然而进入大巴山腹地后，不光人迹罕见，那古道也因年深日久，几度为险滩危崖所中断。

徐振之一行寻不到路、又问不到人，渐渐向东偏离。

接连两日，五人都是露宿深山。好在山中鸟兽甚多，在徐振之寻径探路时，郭鲸、薛鳄便从林间打来野物，胡乱剥了皮毛架在火上翻烤，虽然缺盐少酱，却也别有一番滋味。

到了第三天，五人总算走出了老林。这种杳无人烟的深山，如同天然的迷宫，就算是条猎犬进来也会迷失了方向，更何况身后那些初来乍到的追兵？

想到这儿，徐振之心里一阵轻松，与同伴涉激流登上南岸后，迎面又见一座耸入云天的大山。

五人绕着山脚走了一阵，路边灌木丛里露出了不少尺五小庙。越往前行，这种石刻的小神庙便越多。庙外石壁上雕着白虎图案，里头所供的，皆为一个人身虎头的神像。

郭鲸、薛鳄早赶出了满身大汗，见不少小庙外头摆着些酒坛，便下马去捡。

待捡起酒坛，郭鲸急摇了几摇，听坛中“哗哗”作响，不由得大喜过望：“这里头都是满的。”

“太好了！”薛鳄正口干舌燥，揭开塞子便尝了一口，“好酒！大伙也都饮些吧，权当解渴了。”

说话间，二人又要去附近捡酒来喝。徐振之感觉有些不妥，正欲劝止二人，不想一旁的林子里，却跃出几名手持长枪的汉子。

起初，五人还当是福郑一党的追兵杀到，皆是剑拔弩张、如临大敌。可再一细瞧，大伙却有些纳闷，来人的样貌和打扮与汉人明显不同，不像是什么刺客杀手。

这些汉子青丝缠头，身上穿着藤甲，肤色棕黑、赤着双足。他们所持的长枪也有些奇怪，枪杆雪白，枪头带钩，枪尾还铸着一只大铁环。

一开口，徐振之等人更是傻了眼。他们说的根本不是汉话，一个个“哇啦哇啦”，用长枪指着五人，怒目切齿，显然是十分气愤。

徐振之察言观色，心道他们或许是当地的土人，忙下得马来，朝他们连说带打手势：“我等路过此处，不知是哪里冲撞了各位？”

那些汉子也听不懂徐振之说什么，只是指着几人手中的酒坛大嚷大叫。

郭鲸以为他们也要喝，便笑着递去一坛：“你们也想尝尝？来，拿去喝吧！”

岂料那些汉子非但不接，反而用力推了郭鲸一把。郭鲸没有防备，“噔噔”倒退了好几步，正巧压在一座小庙上。

郭鲸身大体沉，那小庙登时被压得垮倒，里面那神像的虎头也摔断了，“骨碌碌”滚出很远。

没等郭鲸爬起，那些汉子便勃然大怒，手中长枪一抖，齐齐冲着郭鲸刺来。

薛鳄见状，忙挥出右掌击开了数杆长枪，左手一抄，将郭鲸从地上拉起。

好心递酒却被推倒，郭鲸早已不悦。见那些汉子又不分青红皂白，直接挺枪来捅，他不禁心头火起：“非要拿拳头说话，那就如你们所愿吧！”

薛鳄大拳一抡，也杀入阵中。

徐振之急道：“二位大哥手下多留情，千万不可伤了他们性命！”

“我们晓得！”郭鲸、薛鳄齐应一声，各自抓起一名汉子甩开。

那些汉子十分勇猛，不管被打倒几次，都会爬起来继续冲杀。郭鲸、薛鳄无法，只得一面将他们逼退，一面夺过长枪折为两截。

眼瞅着渐渐不敌，一名汉子将手指含在嘴里，急急吹了个响哨。这哨一响，半山腰顿时也有了回应，紧接着哨声此起彼伏，直直朝山顶传去。

没出一会儿工夫，又有一队手执白杆长枪的汉子杀出。见敌手越来越多，常鲤也加入了战阵。许蝉怕徐振之有失，便持了秋水剑，紧紧护在他身旁。

望着这些前仆后继的汉子，郭鲸抹了把汗：“打倒一波又来一波，简直是没完没了！”

薛鳄也不管那些汉子是否能听懂，只是朝他们大叫道：“再不停手，我们可要动真格的了！”

“没用的，将他们全制住再说！”常鲤大喝一声，挥掌不停。

正当这不可开交时，山上又奔下来一男一女。那男的膀大腰圆，浑身筋肉虬结，如同黑铁塔一般，那魁梧的身量，较之郭、薛二人也是不遑多让；那女的瞧上去三十多岁，身穿百花战甲，手提一杆彩缨银枪，不施粉黛，依然顾盼生辉，端的是英姿飒爽、矫健绝伦。

瞧这对男女到来，那些持枪的汉子皆是欢呼海啸。黑大汉二话不说，虎吼一声，抡起所携的铁锤便朝三人砸去。

见那铁锤呼啸而来，三人急忙纵向一旁。只听“轰隆”一声巨响，那坚硬的岩地上，竟被砸出了一个大坑。

三人一惊，暗道："这汉子好大的力气！"

黑大汉一锤未中，又想举锤来砸，却见眼前一花，那提枪女子已奔了过来。

那提枪女子朝几人打量一番，向那黑大汉道："不劳相公动手，且让为妻会会他们。"

黑大汉点了点头，拖着铁锤退至一边。

听她口出汉话，徐振之大喜："那位夫人，这其中定有误会，不如暂罢了刀兵……"

"不必多言！"提枪女子娇叱一声，"既然动上了手，那就先分出个胜败再说！"

薛鳄怒道："你这女人怎么蛮不讲理？咱们一再相让，你却……"

"哪个用你让？拿出真本事来让我瞧瞧！"那女子说完，抖个枪花，将银枪疾舞，直取郭鲸和薛鳄。

见她是个女子，郭鲸、薛鳄起初没怎么在意，可刚过了几招，二人顿收了小觑之心。

只瞧那银枪在她手中，简直出神入化。时而似漫天花雪，纷落飘忽；时而如白蛇吐信，收探自如。那女子越舞越快，枪头上下翻飞，幻化成风雨之象，点点戳戳、洋洋洒洒，直让人看得目眩神驰。

这般华丽的枪法，专以灵巧克制刚猛。郭鲸、薛鳄应接不暇，竟被逼得步步倒退。

常鲤见状，忙喝退了郭、薛二人，闪电般攻出几招，施展开擒拿手法，想要去夺女子那把银枪。

"还算有两下子！"那女子招式倏变，化繁为简，将银枪使得四平八稳。

如此一来，银枪的威力陡然增大。常鲤再不敢空手硬接，急忙朝后跃开，拔出了腰间佩刀。

长刀一出，锋芒毕露。常鲤足尖一点，迎着那女子的银枪斫去。

那女子不慌不忙，一等那刀刃砍来，便横起银枪一架。只听“咣当”一声，银枪完好无损，常鲤的长刀却从中断为两截。

常鲤一怔，那女子又以枪作棍，朝他下盘疾扫而来。常鲤无暇多想，只得连翻几个跟斗，落在数丈开外。

望着掌中断刀，常鲤方知那女子的银枪不凡。

薛鳄瞧得心急，忙向他大叫道：“常老大，快借秋水剑去挡！”

还没等常鲤开口，那女子突然停手，将银枪朝地上一插，急问道：“方才是说秋水剑？”

“没错！”郭鲸一指许蝉腰间，“别以为就你有利器，咱们也有神兵。”

那女子顺指望去，一见那剑的模样，不由得大喜：“果然是秋水！小妹妹，那剑是你的吗？”

许蝉点点头：“怎么，你也认得它？”

那女子又急急追问道：“妹妹可是姓徐？”

“我姓许，”许蝉指了指徐振之，“他才姓徐。”

那女子转向徐振之：“不知你与豫庵公怎生称呼？”

徐振之听她口气松了下来，便知事情有了转机，忙道：“在下徐振之，为豫庵公仲子。”

那女子朝那黑大汉回望一眼，继而哈哈大笑：“原来是徐公子到了，这可真是大水冲了龙王庙！”

第七章 龙蛇变

徐振之一行还没明白过来，那女子又转过身去，朝着那些持枪汉子“呜里哇啦”，说了几句土语。

那些汉子闻言，竟顿时放下白杆长枪，各自将手掌捂在胸前，向着徐振之齐齐行礼。

徐振之这一时半会儿的，也弄不懂他们此举是何用意，心想反正礼多人不怪，赶紧作个四方揖再说。

那女子瞧出了徐振之心中疑惑，便上前解释道：“徐公子，他们皆受过令尊的恩惠，这是在向你表示敬意。”

“不敢当，不敢当。”徐振之又客套了一番，复向那女子问道，“未请教夫人……”

“我叫秦良玉，”那女子说着，又指了指那黑大汉，“此乃我夫君马千乘，是这石砫的宣抚使。”

徐振之急忙拱手：“原来是土司大人，失敬了！”

秦良玉笑道：“我夫君不喜欢人家称他官名，徐公子若不嫌弃，叫他一声‘马大哥’便是。”

说话间，马千乘也走了过来，仅是抱了抱拳，仍旧一言不发。

徐振之见他不声不响，只当他还在为方才的事生气：“之前多有冒犯，还请马大哥千万恕罪。”

秦良玉忙解释道：“几位可莫见怪，我这夫君向来寡言少语，你们别看他不说话，心里头其实高兴得很。”

马千乘点点头，总算挤出几个字来：“高兴！摆酒！”

许蝉“扑哧”乐了，看了一眼常鲤：“总算找到个比他还闷的了。”

常鲤这次竟没有生气，只是若有所思地上下打量着马千乘、秦良玉这夫妇二人。

待几人相互通了名姓，秦良玉便拉着他们往山上请：“我们的鱼木寨就在山顶，先去寨中畅饮几杯再说。”

“如此便叨扰了。”徐振之再三称谢后，在众人的簇拥下朝山上登去。

走在山道上，许蝉望望那些持枪汉子，又瞧瞧秦良玉，忍不住问道：“秦姐姐，你应该是汉人吧？”

秦良玉笑笑：“我和夫君都是汉人，可手下的这群白杆兵，却全是‘毕兹卡’。”

“毕兹卡？这名字听起来好奇怪。”

秦良玉又道：“毕兹卡是他们的自称，汉人则称其为‘土蛮’。毕兹卡世代居住在大山中，后来接受了朝廷的管制。他们虽然不太会说汉话，可对咱们汉人，向来还算热情。”

许蝉不解道：“既然如此，那他们为何在山脚下，没来由地冲我们出手？”

秦良玉道：“那算是场误会，他们之所以动手，是因你们喝了供酒，又不小心压垮了一座小神庙。”

薛锷恍然道：“敢情那些长着老虎脑袋的，是他们的神啊？”

“不错。”秦良玉点了点头，“那神像叫作廪君，又称向王天子，是毕兹卡的先辈英雄。相传廪君死后，化成了一只白虎，所以这里的人们，都在家中供着白虎牌位，在山上也遍修起廪君小庙。”

“原来是这样……”郭鲸挠了挠头，有些过意不去，“咱们偷喝供酒在先，倒不是他们有意刁难。夫人，劳你帮着传个话，就说咱们向诸位兄弟赔不是了。”

秦良玉将这话转达后，白杆兵们也是纷纷回应，不少人还竖起大拇指，冲着郭鲸、薛锷又说又笑。

“他们怎么说？”

秦良玉道：“他们说不知者不怪，让你们别放在心上。还夸你们神勇，对你们好生敬佩。”

薛锷摇头道：“神勇什么？我跟郭二哥联手，也没能奈何了夫人。”

郭鲸点头道：“夫人枪法如神，当真是巾帼不让须眉。”

“两位好汉过奖，”秦良玉笑着摆了摆手，“我不过是取巧罢了。”

许蝉道：“秦姐姐不必自谦，厉害就是厉害，你这一身的本事，可真给咱们女人争气！”

徐振之笑笑：“小知了，难得听你服人啊。”

“秦姐姐这样的女将军，我当然佩服得紧。”许蝉说着，一指常鲤，“可像他那样的，哪怕功夫再好，本姑娘也是一千个不服、一万个不服。秦姐姐，你把那套枪法教给我好不好？以后那小子若再敢惹我，我就用你那法子打他！”

秦良玉笑着揽过许蝉：“妹妹想学，也未尝不可，那你就在寨里宽心住下，练上个三五年后，定然会小有所成……”

“要这么久？”许蝉一怔，赶紧摇头，“那就先算了，还有要事等我去办呢……”

一行人一面说话，一面向山上走去。经过闲谈，几人方知这马千乘乃汉代伏波将军马援之后。马家原籍陕西扶风，因祖上战功赫赫，这才迁至此地，世代镇守石砫。传到马千乘这代，马家人不愿意继续住在朝廷赐建的府邸，便搬到了这鱼木寨中，与当地的土人安居共处。

这鱼木寨高筑于雄山之巅，四面皆是悬崖绝壁，仅有一条宽不逾丈的青石古道与外界相连，端的是易守难攻。

过了险隘“三阳关”，迎面便是一座气势磅礴的青石城寨。石寨四周，环绕着土人所居的吊脚楼。不远处的崖壁上，一道道瀑布直泻而下，如数条银龙翱舞于万仞，飞珠溅玉、壮阔波澜。

再听“呜呜”几声牛角号响，石寨大门洞开。因提前得到消息，寨中的男女老少都欢天喜地，各换了盛装迎将出来。

按照当地的礼节，凡有贵客临门，土人皆要献上甜酒，为来客接风洗尘。

这甜酒为糯米酿制，酒劲不大，却甘醇可口。待几碗甜酒饮罢，秦良玉便吩咐杀鸡宰猪，打算摆下晚宴，举寨相庆。

土人们欢呼一声，各自张罗不提。等到了夜幕降临，酒菜也都整治齐备。寨子中央的平地上，摆满了长桌条凳，四面也燃起了几堆熊熊的篝火。

待一行人入席，土人们又把油茶、糍粑、合渣、酥肉等物轮番端来。每人的面前，专门送上了五碗四盘，其中满盛着各色荤肴，是为当地待客最为隆重的“五品四衬”。

马千乘不善言辞，翻来覆去只会说个“喝”。见几人都饮下一碗苞谷烧酒后，马千乘心里高兴，一把抓起身旁的大酒缸，仰起脖子便“咕嘟咕嘟”灌了几大口。

他这般豪爽，正对了郭鲸、薛鳄的脾气。二人各拎了酒坛，来到马千乘身边坐下。

“马大哥海量，咱哥俩来陪你喝个痛快！”

马千乘举着酒缸，与二人的酒坛一碰：“好！喝！”

这三人不再多言，皆以酒作谈，你一口我一口，虽闷声不响，却也喝得十分酣畅。

秦良玉笑着摇了摇头，也不去管他们，只是频频向着徐振之、许蝉添酒加菜，与众土人热情款待。

酒过三巡，菜过五味。土人能歌善舞，便开始以歌舞助兴。男子们或击鼓高歌，或拊掌踏节；女子们则穿着五色峒布制成的彩衣，围着篝火跳起了摆手舞。许蝉看得眼热，也扔下筷子，跑过去跟着扭腰摆胯、摇头晃脑。

歌声嘹亮，舞姿欢盈。酒席上推杯换盏，谈笑风生。

又吃喝一阵，徐振之落箸停杯，向一旁的秦良玉道：“忘了请教夫人，不知先父是如何与二位结识的？”

秦良玉道：“此事说来话长，八年前那场播州之战，徐公子可有耳闻？”

徐振之点了点头：“听说过，好像是苗疆土司叛乱。”

“不错。”秦良玉一面回想，一面说道，“万历二十四年，播州土司杨应龙公然反叛，率领手下苗兵，攻占了川贵、湖广等地的数十座城池。叛军所过之处，烧杀抢掠，奸淫妇女，实为百姓之巨患。后来贵州巡抚江东之奉命征讨，结果误中叛军之计，所率的三千兵马也全军覆没。眼见叛军的势力越来越大，朝廷再度降旨，将江东之革职查办，另调李化龙辖制川、黔、鄂三省军务。李化龙就任后，集结起大军，分八路进剿平播，我与夫君所操练的白杆兵，便分在了南川一路。”

徐振之肃然起敬：“原来夫人和马大哥也是平叛的功勋。”

秦良玉摆了摆手：“若论南川路战功之首，令尊豫庵公才是当之无愧。”

徐振之一怔：“先父参与过那场战事？”

“正是，”秦良玉神情郑重，向着寨中的土兵一指，“多亏了豫庵公，这数千白杆兵才得以从播州生还。他们直至今日，仍在感念令尊的恩情，故而一听是徐公子到了，便欢呼雀跃、夹道相迎。”

徐振之忙道：“这其中原委，还请夫人告之。”

秦良玉又道：“在接到去播州平叛的军令时，我们刚刚远征回来……”

“远征？”

“对，在杨贼叛乱之前，倭寇大举进犯朝鲜。我与夫君奉旨赴朝，打了将近两年，才把倭寇击溃回师。因长久的征战奔袭，我们的白杆兵人劳马倦、疲顿不堪，才与叛军相接，便吃了大亏，被团团围困在一处山谷中。叛军以逸待劳，又提前设好了埋伏，将士们纵是殊死抵抗，也始终无法突出重围。眼见那三千白杆兵就要葬身山谷，豫庵公突然到来，他先助我们在敌群中杀出一条血路，又指挥着白杆兵布列出几个阵法，朝着叛军发起冲锋。被那战阵一冲，叛军顿时溃散，我们反败为胜后，按照豫庵公的计策一路追击，连破金竹、虎跳等七寨，再拔桑木险关，最后与各路明军合兵播州，将那杨应龙逼得自缢身亡。”

这段风云往事，直听得徐振之热血沸腾：“只可惜时不我待，没能见识到先父当年运筹帷幄、决胜千里的雄姿。唉，真想与他一并上阵破敌！”

秦良玉道：“虎父无犬子，徐公子日后总会有大展拳脚的时候。”

正说着，许蝉跳舞回来：“你们在说啥啊，聊得这么热闹？”

徐振之道：“夫人刚刚说了一些关于先父的旧事。”

许蝉赶紧坐下：“我也想听。”

徐振之笑道：“回头我再说给你，免得让夫人赘复。”

“好。”许蝉点了点头，又问道，“对了秦姐姐，你说完了我公爹，能不能再说说我爹爹许学夷？”

“许学夷？”秦良玉一怔，“可我并不认识你爹爹。”

“不认识吗？”许蝉也愣道，“你一眼就认出了秋水剑，为何会不认得我爹爹？”

秦良玉越发奇怪：“这柄秋水，是我赠予豫庵公的，怎会在令尊那里？”

许蝉也糊涂了：“可这把剑是爹爹送我的嫁妆啊，不是公爹给的……”

徐振之稍加思索：“这秋水小巧轻便，为女子所用佩剑，或许是先父用不习惯，便转送给了岳丈。再后来岳丈见你好武，就将这秋水剑送与你作了陪嫁。”

秦良玉笑道：“八成如此。妹妹当了徐家媳妇儿，这把秋水剑转了一圈，还是回到了徐家。”

许蝉亦笑道：“也是，反正没落到外人手里。”

徐振之又问道：“夫人，这秋水原为你所有？”

秦良玉点头道：“此剑与那杆银枪本为一对，皆是我惯用的兵刃。

剑名‘秋水’，可削铁如泥；枪名‘长天’，能分金断石。当年与豫庵公分别时，我无以为报，便解下秋水剑送他，算是聊表寸心。”

徐振之恍然道：“难怪那银枪能轻而易举地震断长刀，原来也是一把神兵。”

许蝉拉着秦良玉道：“秦姐姐，这么厉害的兵器，你是从哪儿寻来的？”

“寻什么呀？”秦良玉指了指埋头痛饮的马千乘，“这两把利器，都是我那闷相公亲手打制的。”

徐振之和许蝉齐怔：“竟是马大哥所制？”

秦良玉点头笑道：“别看我那相公闷头闷脑，锻造兵刃可是一绝。他闲来无事，不是外出寻找矿石，就是守着火炉冶炼，明面上是这石砫的宣抚使，实际上呀，却是个打铁的！”

徐振之与许蝉互视一眼，再向马千乘身旁的那柄大铁锤细瞧。待将铁锤辨认了一番后，徐振之心下愈发地笃定：“莫非……”

“振之哥你先等等。”许蝉这次学乖了，四下一瞥，见常鲤还在不远处静静坐着，便喊了他一声。

常鲤耳力不弱，明知许蝉在叫自己，可偏要装作没听见，自顾自品酒尝菜，目光都未斜一下。

见他不理，许蝉索性走了过去：“喂，我跟你说话呢。”

常鲤淡淡道：“有话就说，我听得见。”

许蝉想了想，故意说起了反话：“我们要聊些机密，你想不想一起来听听？”

“没兴趣。”

“那就请你走远些，离得太近，容易让人误会你想偷听！”

常鲤没再说什么，只是端起酒盏，慢慢踱至一边。

等他走远，许蝉匆匆折回：“好了，这下可以说了。秦姐姐，马大哥那把大铁锤，应该是玄铁铸成的吧？”

秦良玉颔首：“当然，若没有那把玄铁锤，他也炼不出那些锋利的兵器。”

“能炼神兵，又有玄铁锤……”徐振之急问道，“难道马大哥就是金脉的器宗？”

“正是，”秦良玉又道，“我还当你们是知道的。”

许蝉再问道：“那你认不认识一个叫庄糊涂的糟老头？”

徐振之忙纠正道：“是位叫汤显祖的老先生！”

“汤显祖？”秦良玉显然没听过这名字，“不认得。我只知道世间曾有金、木、水、火、土五脉，但除去豫庵公和我相公马千乘，其余三脉的人都不曾见过。”

徐振之又问道：“马大哥既然是五脉中人，那他应该清楚五脉的来历吧？”

秦良玉摇了摇头：“他虽然是器宗，但对金脉之事都不甚了解，更何况其他四脉呢？到现在，他只会凭着上代人传下的本事来识金炼器，别说那什么五脉，就连这石砫治下的大小事务，都得由我出面打理。徐公子，豫庵公也没与你详说五脉之事？”

自打从汤显祖那里听说了五脉之事后，徐振之便一直对此好奇，总觉得五脉背后隐藏着什么秘密，原以为能从秦良玉口中问出些别的线索，岂料她所知也不详，失落之余，不由得长叹一声：“先父只留下了一把玄铁尺，像那五脉之事，我还是从别处才多少打听来一些。”

然秦良玉对五脉之事并不太感兴趣，只是喝了一口酒，便转问道：“对了徐公子，你们这趟是专程来石砫的吗？”

徐振之摆手道："能到此地，全靠机缘巧合。我们原本要去的地方是凌云山。"

"凌云山？"秦良玉想了想，"凌云山好像是在嘉定州吧？你们去那里做什么，可有我们效劳之处？"

徐振之拱手道："并非对夫人不信任，我们所谋之事干涉太大，一旦有个闪失，怕是会给山寨引来不必要的麻烦。"

秦良玉秀眉一蹙："徐公子这么说，便是小瞧我秦良玉了。咱们这合寨的白杆兵，哪有一个是胆小怕事的？"

许蝉忙拉起她的手："秦姐姐你别恼，我们要办的事，须得悄悄去做，人手一多，太过惹眼，反会被一些别有用心的坏人所察觉。"

"原来是这样。"秦良玉遂不多问，只朝徐振之道，"徐公子，若需帮忙，你尽管开口。"

徐振之沉吟半晌，道："蜀地的道路我们不是很熟，就请夫人帮着指条捷径，也好让我们早些抵达凌云山。"

"这个简单！"秦良玉说完，便命手下从寨楼里取来一张巴蜀地图。

待地图摊平，秦良玉又取过一支火把照亮，向着图上不停指点："你们看，石砫在这里，距离嘉定州的凌云山，尚有千里之遥。并且越往西行，那险山峻岭便会越多，我想来想去，反倒是走水路更为便捷。"

"走水路？"

"对，"秦良玉将手指一移，"石砫的西北方，恰好濒临川江，你们可溯江而上，经由重庆府、泸州城，至叙州后转道岷江，再沿这条岷江朝西北行驶，就能直抵那嘉定凌云山。"

徐振之将图上线路对比了一番，点了点头："不错，果然是条捷径。”

秦良玉又叮嘱道：“川江水流湍急，处处是险滩暗礁，你们航在江上时，断不可掉以轻心。这样吧，明早我命人准备船只，这张地图，你们也带上。”

“船只之事，就有劳夫人了。”徐振之说着，又指着地图道，“只是这张图，关系着石砫境内的军务布防，倒是不宜带出寨外。”

“这个不打紧！”秦良玉将手一摆，“你们路上将它妥善保管，返程时再带回寨中就是。徐公子，无论水道旱道，蜀地的道路皆是险恶难行，若没有这地图指引，我怕你们会迷失了方向。”

许蝉笑了笑：“秦姐姐，忘了告诉你，我这振之哥呀，有那过目不忘之能！”

秦良玉喜道：“徐公子还有这等本事？”

“不敢当，”徐振之用手指在图上一敲，“我记性还算不坏，只需将这张地图瞧个一晚，便可将要走的路线熟记于胸！”

得知徐振之一行要从水路前往凌云山，马千乘便亲自带领着土人去江边造船。

石砫境内，特产一种“巨龙竹”。此竹高可达十丈，径粗逾尺，堪称是“万竹之王”。当地人只需砍来几根扎成竹筏，便可横水渡江。

为徐振之所备的船，便是由此竹打制。先从那巨龙竹中，挑选出数十支最为结实的，再以铁箍牢牢束紧成排。等到筏基扎好，又在其上修筑竹舱竹棚，添设竹桌竹椅，就连坐卧之处，也都铺上了竹篾编织成的席垫。

临行那日，马千乘与秦良玉一直送到江边，土人们又把抬来的吃用之物塞满了棚舱。

乍见这种大竹船，许蝉不禁觉得新奇，当先跳到竹船上跑来跑去，愈发地兴高采烈：“这船好宽敞！”

郭鲸、薛鳄一个纵跃，双双落至船上。他二人身大力沉，若换作寻常小舟，早就被压翻了。然而那船依旧稳稳当当，连晃都未晃。

徐振之心下感激：“夫人、马大哥，多谢你们费心了。”

秦良玉将手一摆：“徐公子，提谢就见外了。愿你们此去顺风顺水，早些把事办好，早些回这鱼木寨，再喝他个一醉方休。”

马千乘瓮声瓮气道：“对！回来再喝！”

这时，土人里走出一名稍通汉话的老者，将几条彩穗子，各挂在徐振之等人的腰间。挂好彩穗，那老者又带着土人行礼：“愿巴普大神，保佑你们平安。”

“多谢老丈，也谢谢众位毕兹卡兄弟了。”徐振之回礼后，突然又记起一事，忙向秦良玉道，“夫人，请借一步说话。”

秦良玉跟着他来到一旁：“怎么了徐公子？”

徐振之道：“有件事情，我思来想去，还是觉得应该知会你们一声。先前在赶路时，我们发觉身后一直有人跟踪，那伙追兵授命于福郑一党，来头定然不小。直到今日，也不能确定是否将他们甩掉。我担心我们离开后，那伙人或许会寻着蛛丝马迹，追至石砫境内找麻烦，夫人不可不防……”

话未说完，秦良玉便张口打断：“真那样我还巴不得呢！只要他们敢踏进石砫半步，我秦良玉保准叫他们有来无回！干脆从今天起，我就安排白杆兵日夜巡防，一旦探到那伙追兵的踪迹，便将他们当场歼灭，也好替你们绝了后顾之忧。好了，徐公子，其他的事交给我秦良玉，你赶紧上船，早去早回，莫让我们久等！”

说着，秦良玉便把徐振之往船上推。竹船上有帆有橹，船尾还备着数根长长的撑篙。又互道了一番珍重，五人便拔锚欲行。

竹船刚刚开动，岸上马千乘抬头看看天色，突然大叫一声："等！"

五人齐齐转头望去："马大哥，你还有何嘱咐？"

马千乘伸出胳膊朝西南一指："雷公岭！遇雨当心！"

听他这话没头没脑，五人皆是不解，都面面相觑："雷公岭？当心什么？"

秦良玉仰起头，见西南方阴云堆积，似有雨意，登时明白了马千乘的意思："徐公子，这天色怕是要下大雨，五十里之外，有座叫雷公岭的滩崖，那里每逢暴雨，皆是落雷不绝，你们行至雷公岭时，千万要多加小心。"

徐振之朗声道："多谢二位提醒了，我们自当留神。马大哥、马夫人，快与众位兄弟回寨吧，后会有期！"

"一路平安！"

秦良玉祝音方落，岸上的土人们便开始击掌顿足，踏歌相送。在那雄浑激昂的歌声中，竹船缓缓前航，转过了一道水汊，继续溯流而行。

又行出一段，两岸的危崖相拢欲合，令江水变得急湍。好在郭鲸、薛鳄颇有两膀子力气，一个拼命摇橹，一个奋力撑篙，直驱着那竹船乘风破浪。

驶出峡口后，江面豁然开阔，水势也渐渐缓和下来。放眼眺去，江天一线，叠翠层峦。那傲然屹立的巨石巉岩，好似刀斫斧劈一般，如剑如戟、刺空探水，崔嵬峥嵘，嵯峨壮观。

许蝉立在甲板上看了会儿风景，又向身旁的徐振之问道："对了振之哥，方才开船前，我瞧你跟秦姐姐在岸边嘀嘀咕咕的，在聊些什么呢？"

徐振之见问，便将那番对话道出。

许蝉听后大喜："既然有白杆兵帮咱们断后，那接下来的日子，便可安心睡大觉了。"

不远处的常鲤闻言，微微皱起了眉头。徐振之也摇了摇头，苦笑道："哪有那么容易？那伙追兵又不傻，犯不上非要去硬碰硬，他们只需绕过石硅，照样能对咱们穷追不舍。小知了你记住，咱们离目的地越近，风险便也越大，所以之后的路，更不可放松警惕，小心才能驶得万年船。"

许蝉正要再说，却突然指着一侧的悬崖叫道："咦？你们快看，那上面是些什么？"

其他人顺指望去，只见那千仞高的绝壁上，竟悬着不少木制的长匣。

郭鲸眯眼打量了好一阵："那到底是些什么，怎么瞧着像棺材？"

徐振之博闻强记，一见那些长匣，便道出了来历："不错，那正是古时巴人的悬棺。"

"悬棺？"

"对。这悬棺属于崖葬一种，除去巴蜀外，云南、福建等地同样有类似葬法。宋人邵伯温在他的《闻见录》中写道：'峡中石壁千万仞，飞鸟悬猿不可及之处，有洞穴，累棺椁，或大或小，历历可数，谓之仙人棺椁。'所谓的仙人棺椁，指的就是这种悬棺。"

许蝉又看了看那些高悬着的棺材，讶然道："悬崖那么高，光爬上去都极为艰难，他们又怎么把棺木弄上去的？"

徐振之接着道："《水经注》里曾说，是昔时发大洪水之时，人们趁着水涨船高，便在石壁上凿柱置棺，待得水退之后，就成了如今这样；还有人说，是先抬棺攀至山顶，再设辘轳长绳缒棺而下……众说纷纭、莫衷一是，究竟是用了什么法子，却是不得而知。然现在虽不明其法，但这些悬棺经历千百年的风吹日晒，仍然稳立于这悬崖峭壁上，不得不让人敬佩古人之能。”

郭鲸、薛鳄啧啧称奇，许蝉也是连声赞叹，直至行出很远，依旧忍不住频频回望。

约莫一炷香的光景，头顶的乌云越来越密，半空中隐隐传来几声雷鸣，紧跟着落下了豆大的雨滴。

这倾盆暴雨一下，江面上顿时沸腾，雨飞水溅、迷濛一片。五人见状，忙披了苇笠蓑衣，各持了长篙立于四面，稳驾竹船。

又行出数里水道，骤雨仍是未停，透过晦暗的雨幕，前方赫然出现了一座高岭。远远望去，那高岭上平下窄，竟如一把雷神所持的楔锥。一层层如墨的浓云堆压在高岭上，不光泻下滂沱的大雨，还将一道道落雷不断地击于岭顶。

雷声轰鸣、闪电刺目，岭上炸起了一团接着一团的火光，直叫那泥石飞溅、草木断斜。

五人心下愕然，知那必是马千乘所说的雷公岭，赶紧齐撑起长篙，将竹船远避。

再听一声震耳欲聋的巨响，整个江面都颤了几颤，岭顶突然垮塌了一面，“哗”地奔泻下一股汹涌的洪流。

那洪流竟带着血色，咆哮着涌入江中，不止掀起了狂波大浪，又将半个江面染得赤红。五人也顾不上去瞧这等奇观，继续奋力地驾船，唯恐那肆虐的霹雳和激溅的碎石落在跟前……

待那雷公岭被远远抛在身后，五人这才稍稍心安。回头望去，浓云如怒海翻腾，岭上依旧是雷电交加、金蛇狂舞。

薛鳄抹了把脸：“那雷公岭的确邪门！”

郭鲸也不解道："是啊，怎会招来那么多闪电？"

许蝉惊魂未定："不光有闪电，那岭上还流血了呢！"

徐振之洞若观火，稍加推敲，便猜了个八九不离十："大伙不必慌张，那不是血。之所以会引来这么多闪电，是因为岭下埋着赤铁矿。"

"赤铁矿？"

"对。初见那落雷奇观，我也是大惑不解。可瞧到那股血色的洪流后，我就差不多明白了。那雷公岭应该是座赤铁矿山，每逢暴雨，就会引来闪电落雷。赤铁又是红色，大量混入泥水中，不就瞧着跟血色一样吗？"

"原来是这样，"许蝉拍了拍胸口，"只要不是妖怪作祟，那也没啥可怕的……"

话音未落，一道火光陡然从半空中劈下，正好落在竹船边，炸起了数丈高的水柱。

"啊！"

许蝉打个激灵，其他人也是皤然变色。

还没等五人反应过来，又是两条闪电袭到。"轰轰"两声巨响，船上竹舱的檐翘各被炸去了一角。

"怎么回事？快接着撑船！"

郭鲸、薛鳄忙把长篙疾点疾撑，可那霹雳却好似生着眼一般，依旧不停地追击在竹舱周围。

徐振之目光如炬，当即便察觉到了端倪。他一言不发，抬脚冲进了舱中，打眼急急一瞧，就见那把玄铁尺端端落在了一侧的舱角。

原来受到波涛撞击，竹船一直颠簸不停，那玄铁尺不但从桌上滚落下来，还从包裹它的竹管里探出了好大一截。

见探出的玄铁尺隐隐闪出幽蓝的光芒，徐振之心下顿时明了。他赶紧将玄铁尺纳入竹管中，又抱来几床被褥，在那竹管外连裹了数层。

待竹管裹好，外头的落雷登时平息。徐振之大松一口气，擦了擦额头冷汗，这才缓步回到舱外。

其他人围了过来，纷纷问道："方才是怎么了？那几个炸雷像在追着咱们打啊！"

徐振之点了点头，道："这船上有引雷的东西，所以才招来了霹雳。"

"引雷的东西？"许蝉怔道，"难不成过那雷公岭时，有赤铁矿石落在了咱们的船上？"

徐振之摆了摆手："不是赤铁矿，而是'镇厄'。铸造'镇厄'所用的玄铁，是由天外的陨铁炼化。刚才我进入舱中，便见它从竹筒里掉出，周身还亮起蓝光，似在与那些闪电呼应，显然是极易引雷。"

许蝉不由得一惊："万幸你没将它佩在身上，以后可不能再拿了，咱们回去后，就将它供起来。"

徐振之一想，心下也有几分后怕，嘴里却道："其实也不打紧，回头我弄些油纸、棉絮什么的塞在竹管里面，只要不将它暴露在雨中，料想也无大碍。好了，这雨仍下个不停，咱们还是小心驾船吧。"

余人点了点头，各自掌舵操篙。

雨越下越大，也越下越急，此起彼伏的闪电，就像一条条狂挥猛舞的长鞭，不住笞打着浓密的黑云。两岸的悬崖，受暴雨剧烈冲刷，时不时地塌圮崩陷，落树坠石、泥沙俱下。

与那些断木碎岩同掉落江中的，还有一团团蠕动的黑影。起初，五人谁也没有在意，岂料那些黑影一入江，居然全都展成了长条，争先恐后地在江面上游了起来。

当它们游到近前，五人这才发觉，原来那竟是无数条蛇。那些蛇有大有小、层层叠叠，直看得人头皮发麻。

郭鲸、薛鳄大骇，也不管三七二十一，操起长篙便想去打。徐振之时常涉足荒山野岭，自然也见识过各色毒虫，对蛇群的习性十分了解，一瞧二人要捅娄子，赶紧眼疾手快地将他们拦下：“不可！它们不是冲咱们来的，千万不可惊动！”

许蝉早吓得花容失色，拼命地捂住嘴巴，这才没有叫出声来。

果如徐振之所言，江中的游蛇虽然可怖，但没有攻击竹船的意思，只是“唰唰”急扭着身子，纷纷朝着下游方向游去。

足足一盏茶的光景，蛇群总算都游走了。其他人刚要把提着的心放下，却见徐振之仍然是眉头紧皱、忧心忡忡。

常鲤见状，心知有异：“徐兄，还有何不对劲？”

徐振之极力睁大了眼睛，警惕地在江面上扫来扫去：“方才群蛇乱入江中，却无一例外地朝同个方向争游，那副疲于奔命的样子，似乎身后有天敌追赶。咱们万不可大意，只怕水下有更厉害的……”

谁知话未说完，那竹船便猛地一颠，船头被顶得生生翘起数尺，又重重地砸落江面。

五人没有防备，皆被震倒在甲板上。还没等他们爬起来，又听“哗啦”一声，水花激溅，江中竟探出了一条斑斓的巨蟒。

那巨蟒的身子比成人的腰肢还粗，单是探出水面的部分，就有数丈之长，两只铜铃般的怪眼，射着绿油油的冷光，一张血盆大口，亮出一根根尖利的獠牙。

郭鲸目瞪口呆：“这么大一条……该不会碰上蛟龙了吧？”

那巨蟒察觉，身子猛然一扭，那粗大的尾巴便从竹船一侧破水而出，朝着郭鲸横扫而来。

“小心！”徐振之顾不上别的，急忙飞身一跃，将郭鲸扑倒在甲板上。与此同时，那蟒尾也堪堪而至，贴着二人头顶，呼啸着掠过。

“这畜生想把咱们扫下江去！”薛鳄暴喝一声，抄起一条长篙，朝那巨蟒打去。

那巨蟒尾巴又一甩，那长篙登时折断。薛鳄也不管虎口被震得流血，将手中的断篙用力地掷向那巨蟒的眼睛。那巨蟒脑袋一偏，一头钻入江水之下。

仅是一眨眼工夫，那巨蟒再度跃出江面，“轰”的一下缠住了船头，用那长长的身子使劲盘卷。

巨蟒怪力无穷，让它这一盘，竹船陡然前倾，船缘的竹节也被“噼里啪啦”地挤裂了好几根，带动得整条船都吱咯作响。

若这竹船一毁，五人必会跌入江心、葬身蟒腹。情急之下，郭鲸、薛鳄合抱起一支长篙，死命地戳在了巨蟒身上。

那巨蟒吃疼，怪叫一声，张着大口便朝郭鲸、薛鳄咬来。就在这时，斜刺里又探出一支长篙，冲着那蟒头骤然挥下。

见那长篙使得凌厉，郭、薛二人便知是常鲤出手，赶紧另抄了竹篙，与常鲤合斗巨蟒。

三人三篙，不断朝巨蟒身上乱砸疾刺。那巨蟒挨了几下，突然转头张嘴，竟将三支长篙同时咬住。

再听“咔嚓咔嚓”几声脆响，三篙便断成了数截落下，三人手上一空，没了还击之力。

巨蟒将身子猛然收紧，竹船又是剧烈一颤。薛鳄脚下一滑，整个人跌入了江中。

万幸郭鲸反应快，还没等薛鳄漂出太远，便把猿臂一伸，抓住其后心将他拉回船上。如此一来，二人破绽大开，那巨蟒将脖子一弓，紧接着张口就要咬下。

眼见那大口就要将二人罩住，常鲤疾疾拾起一截断篙，竖着塞入了疾合的蟒嘴。

被这断篙一撑，那巨蟒的双颚顿时无法合拢。借这机会，常鲤趁机伸手，将郭鲸、薛鳄拽离了险境。

常鲤抹去脸上的雨水，又向着许蝉大叫："秋水剑！"

许蝉急忙抽剑出鞘，将秋水抛向常鲤："接着！"

常鲤抓剑在手，身子急急高跃。秋水剑划了一道银弧，斫在了那巨蟒身上。趁着下落，常鲤又连连砍出数剑，每一剑都削穿了那厚厚的鳞皮，在那巨蟒上斩出道道血花。

然那巨蟒皮糙肉厚，单凭一把秋水剑，根本无法将它重创。

剧痛之下，巨蟒发了狂，双颚狠命一合，咬碎了口中断篙。不等那竹屑吐出，巨蟒又探身咬来。常鲤且避且退，眼前只见毒牙频张，迎面但闻腥膻撞脑，真真险到了极处。

又是一道闪电划过，徐振之脑中也跟着灵光一闪。他三步并作两步，冲入舱中取出玄铁尺，又急急奔回了船头。

见常鲤还在与巨蟒奋力周旋，徐振之赶紧在那尺底一按。"啪"的一声，玄铁尺前陡然弹出一截长尖，变成把长矛的模样。

"振之哥你要干吗？"

"前面太危险，徐公子万不可过去……"

"我自有分寸！你们不要拦着，全部退到船尾去！"徐振之顾不上解释，大喝一声，急向巨蟒冲去。

那巨蟒见又有人来，便撇开了常鲤，反朝着徐振之扑咬而来。

徐振之就地一滚，使得巨蟒咬空。趁那蟒头尚未抬起，他竟纵身跃在蟒颈上，挺起尺前长尖，直直奔巨蟒的顶门刺去！

铁尺钎脑，把那巨蟒疼得连声哀嘶，半条身子也登时仰起。徐振之刚一松手，整个人便被甩飞出去。

在许蝉的惊呼声中，郭鲸、薛鳄双双跃起，各自抓住徐振之的一条胳膊，将他牢牢接住，平安落回甲板上。

五人方站稳身形，巨蟒头顶的玄铁尺就闪出一抹蓝光。紧接着，半空中爆出一声怒响，一道奔雷急泻而下，堪堪劈中了巨蟒。

那巨蟒哆嗦了一下，还未及扭动，又有三道霹雳接连击来！仅是电光石火间，巨蟒便皮焦肉烂，身子一瘫，脑袋软塌塌地坠在船头。

见那落雷不绝，五人一时也无法上前，都聚在船尾，瞧着那巨蟒被一道接一道的霹雳炸得血肉模糊。好在有那蟒尸遮挡，船头倒没怎么受损，只是那隆隆的雷鸣、频频的电光，着实让人心惊胆战。

也不知过了多久，那骇人的闪电总算停了下来。须臾之后，云销雨霁，一抹明亮的阳光照下，重归宁静的江面上，又倒映起万里碧空。

五人虽受了些惊吓，但好在各自无伤，回想起方才的那幕凶险，皆觉得恍如隔世。

徐振之来到蟒尸边，将玄铁尺用力拔出，收在了那只竹管里。

郭鲸、薛鳄也走上前，朝那蟒尸各踢了一脚。

“真悬啊！若非徐公子急中生智，咱们只怕都得进它肚里了。”

“瞧这张巨嘴，咱们五个人加起来，都不够它塞牙缝的。”

徐振之蹲下身来，在蟒尸边仔细打量了一番：“蜀地有走蛟的传闻，说是每逢暴雨，便会有修炼多年的水蛟顺江入海去化龙……这种巨蟒，应该就是那‘蛟龙’的真身了。”

“说它是真龙，估计也会有人信。”郭鲸拍了拍蟒尸，“这么大一条，起码得上千斤啊！”

薛鳄也在蟒尸上戳了戳：“肉这么厚，也不知能不能吃？”

许蝉本来吓得够呛，可一听薛鳄喊出个“吃”字，顿时将那恐惧抛到了九霄云外。那蟒尸经过雷火灼烤，焦熟的地方居然散出了时有时无的香气，许蝉再提着鼻子嗅了嗅，忍不住说道：“闻着味道倒是挺香……要不，咱们割两块肉来尝尝？”

薛鳄瞪大了眼，满脸的不可思议：“徐夫人，我就是随口一说……这样的怪物，你都下得去嘴？”

郭鲸也劝道：“算了吧徐夫人，万一有毒呢？”

许蝉又看了眼那蟒尸，竟有些依依不舍：“那你们快把它弄下船吧，要不那香味老是往我鼻子里钻……”

见许蝉目光中带着留恋，徐振之生怕动作稍迟，她再起那吃蟒的念头，慌不迭地招呼起郭鲸、薛鳄，一并动手去抬那蟒尸。可那蟒尸实在太沉，几人费了半天力也没怎么抬动，无奈之下，又借来秋水剑，将蟒尸上未断的皮肉割开，再一截截地推下船去。

等船上收拾干净，五人又选了一处浅滩泊靠。经过那巨蟒的箍缠，船头边缘的几处地方已然碎裂，但稍事修补，应该无甚大碍。

看着这艘饱经风霜的大竹船，五人对马千乘夫妇好生感激，若非他们将船造得如此结实，恐怕这船早在那江流中散了架。

又待了一会儿，五人才觉身上凉飕飕的。在与恶蟒的激斗中，他们所着的衣裳不光湿透，还被撕扯出好多口子。

薛鳄一把扯下身上湿衣，露出了结实的光膀子：“这湿漉漉的，穿着可真难受！郭二哥，咱还有干净衣裳吧？”

“有是有，”郭鲸笑着道，“不过老三你也太不讲究了，打赤膊得分个场合，别忘了还当着徐夫人的面呢！”

“哦？哦！”薛鳄回过神来，急忙用湿衣挡在自己胸前。

许蝉脸上一红，赶紧跑回船上。其他人笑笑，也慢慢跟在后面，打算另取衣物替换。

回到舱中，徐振之似有心事，匆匆换过了干衣，又急急来到郭鲸、薛鳄的房间。此时，常鲤也在内，正与郭薛二人一起，光着上身，各自擦拭着身上的水珠。

见是徐振之，三人自然无需避讳，一面笑着打招呼，一面不紧不慢地拭体更衣。

徐振之打量一眼，见常鲤身上皮肉白净，郭、薛二人的后心处，却都有一枚赤红的烙印。那烙印巴掌大小，外面是两个圆圈，中间烫了个“罪”字。

发觉徐振之盯着自己背后，郭鲸不由得一怔：“徐公子，你在瞧什么？”

徐振之赶紧拱手：“恕小弟失礼了。方才在岸上，我无意中瞥见薛三哥背上有枚奇怪的烙痕，不想郭二哥身上，也有枚一模一样的。”

郭鲸与薛鳄互视一眼，神色登时有些不太自然：“这个……”

常鲤慢慢披上外衣，插言道：“徐兄不是外人，你们的身世，无需向他隐瞒。”

“是。”郭鲸点点头，“实不相瞒，我与薛三弟皆为犯官之后。”

“犯官之后？”

“不错。”郭鲸苦涩一笑，向徐振之道出因果。

原来，大明律法严酷。若有那官宦犯了大罪，不单本人遭刑，家人也要连坐。男丁或是刺配，或是流放；女眷则充入教坊司，年轻的沦为娼妓，年迈的罚以重役。倘使领罪前，女犯怀了身孕，那之后产下的婴儿，也要被烙上“罪章”。这种婴儿从出生那刻起，便被视为“罪奴”，一世不得翻身。

待“罪奴”长到五六岁时，就要被逼着习武。学成后便相互格斗厮杀，专供那些达官显贵观赏作乐。罪奴依照资质，分作翻江、镇山、御风三堂，相斗起来，唤作“三堂争霸”。每一堂的佼佼者，会冠以凶兽猛禽之名。如镇山堂的，无外乎虎、豹、狼、熊；御风堂的，就称为鹰、隼、雕、鹫。而郭鲸、薛鳄，则为翻江堂中出类拔萃的人物，他们的生父，俱是镇守边关的武将，二人都继承了一身神力，自打长到十岁，便开始在“三堂争霸”中崭露头角。

这“三堂争霸”是拿活人搏命，不比那斗鸡斗狗，当然不会在明面上举行。十几年前，陈矩无意间得知这事，不由得勃然大怒，当即废止了这惨无人道的勾当。之后见郭鲸、薛鳄忠厚勇武，陈矩便将他们收在身边，待成人后送到宫中，做了朱常洛的贴身侍卫。

听完郭鲸所述，徐振之不免唏嘘，刚长叹几声，许蝉却抹着眼泪闯了进来。

原来许蝉换好衣服，便来找徐振之，才至门口，就听到郭鲸在诉说过往。许蝉不便进去，躲在舱外听罢了去脉来龙，此时再也忍不住，红着眼睛冲到郭鲸、薛鳄面前：“见你们平时大大咧咧，不想身世也这般凄苦……放心吧，以后咱们就是一家人，哪怕只有一口吃的，我也绝不会让你们饿着！”

薛鳄被她弄得有些难为情，挠了挠脑袋，小声嘀咕道：“咱们也不缺吃啊……”

郭鲸悄悄踢了薛鳄一脚，笑着冲许蝉抱拳道：“多谢徐夫人美意，那今后咱哥俩可要跟着你吃香的、喝辣的了。”

“包在我身上！”许蝉一拍胸脯，又望向旁边的常鲤。

见她目露同情，常鲤大为不屑：“我早习以为常，不劳你来怜悯。”

许蝉被他这话一呛，憋了好半天，这才气呼呼道：“哼，你这酸醋闷葫芦就不值得可怜！没事了就别在这儿愣着，船头还破着几个洞呢！”

待竹船修补后，五人继续扬帆起航。接下来的几天，艳阳晴好，江面上也是水波不兴、浪静风平。竹船在两岸的猿声中，过了霞光如锦、彩云缭绕的白帝城；又听着悦耳的渔歌，到了酒香四溢的泸州。

这泸州是有名的酒城，此地自唐宋时，便以擅酿美酒著称于世。到了明代，这里的人们将酿制的大曲酒封入窖中发酵，使得酒浆尝起来更为甘醇绵厚。

前番历经过一场生死之劫，后方也暂时没发现追兵的踪影，五人一直紧绷着的心弦，此时难得地松弛了不少。于是便上得岸去，弄了几坛老窖美酒运回竹船，一路饮着佳酿、观着美景，再经几个日升月落，抵达了叙州府境。

叙州境内，水道通衢。徐振之到了这里，不免会依着阅过的典籍，来对照当地的水文地理。

见徐振之立在甲板上出神，许蝉不禁好奇：“振之哥，你都站了半个多时辰了，是在瞧什么呢？”

徐振之指着远处道：“我在观察那两条大江。”

许蝉顺指望了望：“江有什么好看的？”

徐振之缓缓道：“西南那条，叫作金沙江；西北方这条，便是岷江了。这两条大江齐汇于此处，再向东方奔流，越川蜀、过湖广、经由咱们的家乡江阴，最终从松江府入海。”

“啊？”许蝉怔道，“原来家乡那边的扬子江，竟是从这里通过去的。”

徐振之点了点头，又道：“再长的江，也会有正源。刚才我便一直琢磨，这岷江与金沙江，到底哪条才是大江之源。”

许蝉道：“你看过那么多书，难道就没有一本记载过？”

徐振之皱眉道：“《禹贡》中曾说‘岷山导江，东别为沱，又东至于澧’；《荀子》里也道‘昔者江出于岷山，其始出也，其源可以滥觞’。这两本书中，皆云大江发自岷山，正因如此，我之前一直以为岷江便是江源，可今日到了此地，才发觉似乎那条金沙江更像是源头水脉。”

许蝉挠了挠头：“可那些都是圣贤书呀，难道圣贤也会写错？”

徐振之正色道：“人谁无过？圣贤亦是人，当然也会出些差错。这次咱们身负要事，等之后有空，我打算再回此地探访，届时一定要弄清楚，究竟哪条才是大江正源。”

许蝉笑道：“振之哥，你就是太爱较真。哪条是正源，跟咱们又有多大关系？”

“这不是较真。”徐振之摆了摆手，“治学必须严谨，若是书中错了，就不能再让它一直错下去。”

二人正说着，身后传来了郭鲸的声音：“徐公子、徐夫人，你们都站稳些，咱们要转道岷江了！”

沿岷江行出不远，便进了嘉定州地界。眼见那凌云山就要到了，五人都振奋不已，皆铆足了力气，驾着竹船破流前航。

不知不觉，两个时辰过去，前方山环水抱、泱漭磅礴，又有青衣江、大渡河两条支流注入。三江交汇，浩水萦纡，江渚凝雾之间，雄山凌云高矗。

郭鲸、薛鳄急不可耐，奔至船头不停地朝前眺望。

“前面便是凌云山了吧？”

“怎还瞧不见大佛？”

许蝉眯着眼睛望了一阵，欣喜道：“哈！我倒是看到了佛影！”

“佛影？”徐振之不解道，“那凌云大佛，应坐落在东麓栖鸾峰的峭壁，此处离得尚远，又怎么能看得见？”

“你们瞧，”许蝉指着远方三座绵延的山峰道，“那里的三座大山连起来，不正是一尊卧着的睡佛吗？”

其余人再度望去，见那凌云山侧，果然还有两座大山。那两座大山，一名乌尤，一名龟城。乌尤为头、龟城为足，与中间的凌云山衔接起来，宛然就是一尊以碧江作榻、怡然酣睡的卧佛模样。

郭鲸、薛鳄纷纷道：“像！真像！”

徐振之也连连点头：“难得啊小知了，竟然能发现这等神迹！”

许蝉不好意思地道：“八成是因咱娘吃斋念经，我也跟着沾了光，多少有了些佛缘。”

造物之奇，有如鬼斧神工。五人一面赞叹，一面乘竹船朝凌云山继续靠去。

又绕过一道水汊，萦绕在山峰间的云雾顿开，一缕金光照下，那雄伟壮丽的凌云大佛，终于出现在众人眼前。

这尊大佛头与峰齐、脚踏大江，双手抚于两膝之上，临川危坐，气势恢宏。从船头仰望，大佛慈悲肃穆、宝相庄严，以祥和的目光居高而下，俯视着万物众生。

五人皆是心潮澎湃，崇敬之情油然而生。恍然间，似见那瑞雾祥云中，有飞仙在拈花纷舞；耳边也若闻梵声环绕、妙音空灵。

立在船头，徐振之不禁双手合十，虔诚地向大佛遥拜。

许蝉也学他的样子拜了几拜：“如今见了才知，这比我想象中的还要大呢……振之哥，这大佛是什么人造的？”

徐振之缓缓道：“初建此大佛者，是唐代开元年间的海通法师。”

见徐振之讲古，郭鲸、薛鳄也饶有兴趣，都竖起耳朵旁听起来。

徐振之接着道：“这凌云山上，有座凌云寺，海通法师便于那寺中出家。每逢洪汛，这三江汇流之处便是浊浪滔天，时常发生舟毁人亡的惨剧。海通法师慈悲为怀，不忍百姓再受水患之害，就发下宏愿，要‘夺天险以慈力，易暴浪为安流’，打算在这山上凿出一尊天下无双的弥勒佛像，用以安澜镇江、庇护苍生。”

许蝉道：“那这位海通法师，可真是位悲天悯人的高僧。”

“是啊，”徐振之点点头，“为了筹募建佛所需的银钱，海通法师足行千里、缘化八方，历经千辛万苦，这才化得一笔银两，请来一批工匠。谁知开凿不久，那嘉州的郡守竟打起那笔善财的主意，以海通法师擅自建佛、破坏当地风水为名，带着一大帮手下到凌云寺敲诈。”

薛鳄怒道：“这狗官好生可恶！”

许蝉也气道：“修佛的钱他都敢惦记，就不怕天打雷劈吗？振之哥，后来怎么样了？”

徐振之叹了口气：“面对赃官的勒索，海通法师自是断然拒绝。他们却不肯死心，继续威胁恫吓，海通法师无所畏惧，又斩钉截铁地说道，‘自目可剜，佛财难得！’言罢，竟毫不犹豫地剜出一只眼珠，用铜盘端了，递在那赃官面前。被海通法师的这番浩然正气所慑，那赃官直吓得屁滚尿流，急带着手下仓皇下山，从此再不敢来犯。”

听到这里，郭鲸和薛鳄一个叫着“好汉子”、一个喊着“真丈夫”，皆对海通法师的胆气肃然起敬。

徐振之继续道：“附近的百姓得知后，也被海通法师舍目护法的壮举所感动，有钱的出钱、有力的出力，纷纷来帮着修造大佛。当是时，人夫竞力、千锤齐奋，大佛的轮廓越来越明朗，江中的风浪也越来越平静。然而，等大佛凿至头胸处时，海通法师便因积劳成疾，圆寂归天了。后来，剑南节度使章仇兼琼闻听此事，深受感动，派出军民继续修建，并从自己的俸禄中拨钱二十万以济之，用时七年，将大佛从胸部修至双膝。再后来，爆发了安史之乱，时局动荡，修佛的工程一度中断了四十多年，直到唐德宗贞元年间，韦皋节度剑南西川，捐俸五十万，又历经十五年，从佛膝修到了莲座，将大佛通体着色，丹彩以章、金宝以严。另建九曲栈道、十三层大像佛阁，方得以最终竣工。”

听完这大佛修建的前因后果，其余人皆是唏嘘不已。许蝉抬头望了望，指着大佛一侧的山壁道：“振之哥，那应该就是九曲栈道吧，可那大像阁又在哪儿？”

徐振之道：“那大像阁原覆于佛身外，为大佛遮风避雨，可唐武宗在位时，下令举国灭佛，这凌云山上的大小寺庙，仅凌云寺得以保全。纵是如此，大像阁还是受到了波及，再经唐末兵乱，便塌垮朽败了。”

许蝉怅然道：“那真是可惜，后来就没人修缮吗？”

徐振之又道：“后来这大像阁几度易名，或称‘天宁阁’、或称‘宝鸿阁’，宋、元时期都曾重修过，可因战火兵燹，此阁屡建屡毁，最终不复存在，只留下佛身上那些柱础、桩洞了。”

“我说大佛身上怎么坑坑洼洼的，原来是些桩洞。”许蝉挠了挠头，“其实也好办，等太子以后当了皇帝，咱们便让他把阁楼修起来，再给这大佛镀上一层金身！”

徐振之笑了笑：“说得有些远了。你一提太子殿下，我才记起咱们此行目的。快到大佛脚下了，找个地方泊船上岸吧。”

不多时，竹船靠岸，五人攀上了石台，来到大佛脚下。从此处仰观大佛，更是极为震撼，单是一只佛足，便有近三丈宽窄，其上十分坦阔，足以容立百人。

大佛两侧的岩壁上，还凿着大大小小的神龛，临江左右，各雕着一尊高达五丈的护法天王。

郭鲸又看了一阵，向徐振之道：“徐公子，如今这凌云大佛就在眼前，可那禹王的神鼎又在哪儿？”

徐振之道：“眼下我也毫无头绪，咱们先找找看吧。”

“好！”

余人答应一声，分头探查起来。常鲤当先跃上大佛两膝间的平台，郭鲸和薛鳄则开始搜索起那些层叠的佛龛，许蝉对那山顶颇感兴趣，便拉起徐振之，沿着那条九曲栈道向上攀登。

行在九曲栈道上，徐振之忍不住再向大佛打量。在千百年的风蚀雨淋下，佛身上已然是坑洼斑驳，不少地方还生出了野草青苔。然而大佛虽历经沧桑，眉目却依旧慈祥，就那样安之若素，看惯了冬去春来、观尽了世代兴衰。

等二人到了山顶，那萧条的凌云古刹便映入眼帘。此时寺内久无香火，早已破败不堪。院中荒草齐膝，殿上也是蛛网遍结，几尊佛像都歪倒在神台上，覆盖了厚厚一层灰尘。

在寺中寻找半天，二人皆没什么发现，于是便退至寺外，回到了栖鸾峰畔。

此时常鲤仗着轻功，已攀在了大佛的肩头上。徐振之见状，忙问道："常兄，你可寻到些头绪？"

"没有。"常鲤摇了摇头，又拍了拍大佛的耳朵，"不过我发现这佛耳，貌似是木头所制。"

徐振之一怔："木制？"

"对，"常鲤又道，"那鼻梁也是一样，都以实木雕就，表面不过是刷了层锤灰。"

"这倒奇了……"徐振之稍作沉思，又道，"常兄，你再探探那耳鼻等处，可有什么暗道入口？"

常鲤道："我已探过，并无什么异样。"

徐振之"哦"了一声，又朝下方的郭鲸、薛鳄喊道："二位大哥，你们可有发现？"

郭鲸摊了摊手："咱哥俩快把这些佛龛摸遍了，可还是一无所获！"

徐振之有些失落，但依然向几人宽慰道："不要紧，既然那密图说禹王鼎存于此处，那咱们再仔细找找便是……"

话音未落，不远处突然传来许蝉的声音："都过来呀，我发现了一个山洞！"

"山洞？"徐振之精神一振，急忙奔向许蝉所在。

常鲤纵身一跃，从佛肩跃至栈道上。底下的郭鲸、薛鳄也怔了怔，双双赶上山顶。

没出一会儿，四人便都赶到许蝉面前。

"那山洞呢？山洞在哪儿？"

许蝉指了指身旁的山岩："在那里！洞口被藤蔓给遮住了。"

几人上前拨了两下，果见那厚厚的藤蔓后，掩着一方洞口。

“哈哈，说不定是条暗道！”薛鳄大喜，几下将洞口的藤蔓全然扯掉。郭鲸也摸出了火折子吹亮，借着火光照明。

当五人满怀欣喜地走进洞后，皆是大失所望。这洞约莫三丈多深，里面却空空如也，山洞尽头，仅有一张铺着烂竹席的石床，除此之外，别无长物。

许蝉一跺脚，沮丧道：“还以为找到了机关密室，原来什么都没有。”

见这洞四四方方，似是人工开凿，徐振之恍然大悟：“这里八成是那‘海师洞’了。”

“海师洞？”

“没错，”徐振之又道，“相传海通法师在建佛伊始，便请人凿了这方岩洞，此后就居于其中，日夜伴佛，直至圆寂。”

许蝉还是提不起精神：“可咱们要找的是九鼎，又不是这海师洞呀……”

徐振之没有灰心：“或许这里有线索，咱们再向四壁上找找看。”

说完，徐振之又在洞中摸索起来。然而瞧来看去，四壁上只有些凿痕斧迹，连个记号都不曾寻见。

常鲤在石床前踱了几步，将那张破烂的竹席陡然揭开。

竹席一掀，尘土飞扬，许蝉离得太近，被呛得连声咳嗽：“你干吗呀？突然间抖人家一身灰尘……咳咳……”

常鲤眼睛一眯，指着石床道：“这上面有字迹。”

其他人闻言，赶紧将火折子移来，只见那平整的床面上，果然刻着四句话。每个字都是铁划银钩，似是用极为坚硬的兵刃所刻。

许蝉凑上前，手指床面，逐字念道：“护法两天王，各持伏魔桩。桩旋莲台出，再敬一炷香……振之哥，这是什么意思？”

徐振之沉吟道："这四句话不像诗，也不似偈语，当真是有些莫名其妙……"

常鲤伸出手指，沿着那字迹的刻痕比了比："徐兄，你那玄铁尺可在身旁？"

"在。"徐振之点点头，从背后取下竹管，拿出玄铁尺递给常鲤。

常鲤接来，把玄铁尺的长尖按出，以尖头探入字痕中，缓缓比画了几下。

经这一比画，余人惊奇地发现，那尖头与每笔的痕迹，居然全都严丝合缝。

徐振之急问道："常兄的意思是说，这些字迹，皆由这把玄铁尺所刻？"

常鲤点头道："不错！"

徐振之望了常鲤一眼，对他有些刮目相看。平素里，玄铁尺一直被自己收在竹管中，轻易不拿出来，常鲤无非是见过几眼，竟能观察得这般细致入微，全然不似寻常的侍卫。然他又一转念，暗忖道："这玄铁尺乃地师代代相传的圣物，也就说明，石床上的字迹必是先辈地师所留……护法两天王……"

想到这儿，徐振之忙向着郭鲸、薛鳄问道："两位大哥，那两尊护法你们是否仔细验过？"

不光薛鳄，连郭鲸也是一愣。

"护法？什么护法？"

徐振之又道："山脚下大佛的两侧，不是各凿着一尊护法天王像吗？"

郭鲸恍然道："原来徐公子是指那里，上岸时我瞥过一眼，但方才光顾着瞧那些佛龛，天王像倒不曾留意。"

见徐振之望来，薛鳄也摆了摆手："我也没细看。"

徐振之道："这前面两句话，貌似说的就是那两尊天王像，走，咱们这便过去，看看那天王手中是否有什么'伏魔桩'。"

好不容易寻找到一丝线索，五人自是要雷厉风行，当即匆匆出洞，下到了山脚的石台上。

然那两尊护法天王像皆是正面临江，站在石台上无法瞧见全貌。郭鲸、薛鳄自告奋勇，打算顺着石台岩壁，直接攀到天王像上瞧个究竟。

他二人各选一边，朝掌心吐口唾沫，手脚并用地向两侧爬去。

不一会儿，左侧便传来了郭鲸声音："这石像掌中，还真有一把奇怪的铜法器！"

徐振之急急追问道："是什么样子？"

郭鲸道："一尺多长，中间窄，两端像是镂空的小锤。"

"降魔杵？"徐振之喜道，"莫非那'伏魔桩'，指的就是降魔杵？"

此时，右侧的薛鳄也扯着嗓子叫了起来："我这边也有类似的玩意儿！"

"太好了，"徐振之一拍巴掌，"这便能对上了！二位大哥，你们试着拧一下那铜法器，看看能不能转动它们！"

郭鲸、薛鳄齐应，开始用力去扭那铜杵。

"嘿！松啦！徐公子，确实能拧动！"

"将它们拧到底！"

"好嘞！"

二人齐齐运劲，同时将那小杵拧得左右对调。紧接着石台下"咔嚓咔嚓"响了起来，机关运转声大作。

等到声音停歇，郭鲸和薛鳄也回到了大佛脚下。五人在附近稍微一寻，便发现大佛膝间的平台上，已不知什么时候，升起了一根琢刻精美的石柱。

那石柱上端，雕着一朵盛开的莲花，层层花瓣簇拥着中央的莲房。那莲房上，仅有一个孔洞，洞缘凹凸交错，里面黑漆漆的不知有多深。

许蝉绕着那石柱转了几圈，向郭鲸、薛鳄道：“这肯定是机关，你俩力气大，要不再抱着柱子拧几下试试？”

“成！”郭鲸、薛鳄一撩袖子，就要动手。

“先不忙，”徐振之怕他们毛手毛脚的再生出枝节，赶紧拦住二人，“这根莲花柱，应该不是用来拧的。”

许蝉喜道：“振之哥，瞧这样子，你已经琢磨出门道了？”

“八九不离十，”徐振之伸出手来，先比了比那莲台孔洞的大小，又在洞边摸了几下，“桩旋莲台出，再敬一炷香……既然莲台已现，那接下来，咱们理当‘敬香’了。”

许蝉蹙额道：“可咱们也没带什么香烛呀……”

徐振之狡黠地笑笑，取出了玄铁尺：“若我所料不错，这把‘镇厄’，就是要敬的那炷香。”

说完，徐振之便将玄铁尺抵在莲房上，凑向了莲台中央的孔洞。余人欣喜地发现，尺身的纹路和粗细，恰好能探入洞中。

徐振之刚松开手，玄铁尺便一面轻旋，一面缓缓沉入那孔洞中，直至尾端与莲台齐平。

然五人又等了好久，周围却始终没再出现什么异样。

郭鲸有些焦急：“徐公子，怎么不见动静？”

薛鳄膀子一晃：“要不还是拧柱子吧！”

“不急，让我再想想看！”徐振之原以为十拿九稳，不料却事与愿违，不免有些心焦，绕着柱子匆匆踱了几步后，突然若有所思，当即抬起手来，在那玄铁尺的尾端用力一按。

“噗”的一声闷响，尺前长尖探出。紧接着地面下传来齿轮运转之音，与此同时，大佛的腹部也探出一条石板。

那石板从大佛的丹田处，自下而上，一条接一条探出，一直延伸到大佛的胸口，连成了一道“之”字形台阶。待这道台阶连好，大佛胸前所缀的吉祥海云“卍”字印也开始转动起来。随着“卍”字印慢慢转动，一扇厚厚的石门缓缓升起，原本平整的佛胸上，赫然露出了一个丈余高的洞口。

第八章 庙堂惊

精诚所至，金石为开。见大佛胸前终于露出了暗洞，五人皆喜不自禁，忍不住欢呼雀跃起来。

薛鳄摩拳擦掌、拔腿欲奔：“咱们还等什么？赶紧到那暗室里瞧瞧去！”

“且慢，”徐振之朝那暗室望了望，又回头看了看莲花柱，“二位大哥，我有个不情之请。”

郭鲸道：“什么请不请的？徐公子有事只管吩咐。”

徐振之点了点头：“是这样，眼下虽无外人，可也得留神有变，咱们至今为止，仍不能断定是否已将身后的‘尾巴’甩掉，若五人都进去，一旦来人从外面动了这莲柱，那咱们便会困于暗室。所以为保万无一失，我想请二位大哥留在此处把守。”

常鲤也道：“不错，郭鲸、薛鳄，你们就守在此处，我陪他们进去。”

“好！”郭鲸、薛鳄不再强求，“那里面说不定还有机关，你们也多加小心。”

“不碍事。”常鲤说完，当先朝那一条条石板上踏去。

徐振之和许蝉也快赶几步，随后跟上。

三人沿着石板越登越高，不一会儿便到了那佛胸暗室。刚进洞口，一股湿乎乎的潮气扑面而来，许蝉只觉脊背发凉，不禁打了个寒战。

徐振之见状，忙吹亮了火折子。火光燃起，周围逐渐变得亮堂，三人心下也顿觉温暖。这暗室几丈见方，挤在里面稍嫌逼仄。四壁上攀附着厚厚的苔藓，一直延伸至前方的黑暗中。

许蝉四下打量了一气：“振之哥，那禹王的九鼎应该都挺大吧？可这里瞧着并不怎么宽敞，能装下那些大鼎吗？”

“我也不知。”徐振之摇了摇头，“朝深处探探再说。”

又走了一阵，前方已到尽头。出乎三人意料，这暗室并不深邃，一路过来也没见什么鼎器，只有一座大石碑孤零零立在那里。

石碑下面，有个小石台，石台正中，置着一只四四方方的青铜印玺，玺边环列着九只酒盅大小的物什。

“这是些什么？”许蝉说着，拿起了一只酒盅形状的东西放在眼前。

徐振之与常鲤也来到石台边，各自取起那物什瞧看。

那些物什同样是青铜所制，皆铸成了小鼎模样，鼎上通体云雷密纹，鼎腹四面，还镶嵌着暗红色的宝石。

许蝉将小鼎左看右看，大失所望：“这难道就是九鼎？虽然铸得挺精巧，可也太小了些吧？”

徐振之没说话，又端起了那方青铜玺。这方青铜玺顶上铸着一条威武的盘龙，四面雕满了山川河流，底部刻着几排古篆。

许蝉不认得篆书，忙问道：“振之哥，这上面刻的什么？”

徐振之手指着古篆，一字一顿道：“大明朝洪武皇帝敕制传国宝玺。”

常鲤一怔：“这……这就是我大明的传国宝玺？”

“不错，”徐振之道，“相传太祖皇帝曾铸宝玺传世，当年燕王攻破南京城后，在宫中苦寻却不得。原来传国宝玺，竟藏在这凌云大佛之中。不过历代国玺，多为金、玉所制，这枚为何以青铜铸就？”

许蝉一指那石碑：“这碑上或许铭记着这宝玺来历，咱们看看再说。”

“是了。”徐振之忙将火折子移向石碑，对着上面的铭文，仔细瞧了起来。

待碑文看完，徐振之心下了然。据此碑记载，明初洪武年间，在泗水之滨，发现了一件青铜残块。经朝中博古之士再三鉴定，此件残块乃夏禹所铸九鼎其一的鼎耳。朱元璋闻听大悦，又派人在泗水中打捞。然寻了数年，终未能再找到禹鼎的其他部分。

仅有的鼎耳虽小，但毕竟是禹王所铸的神器，所以朱元璋思来想去，便命人将残件重熔另炼，铸成此玺传国，而后再把铸玺所剩的青铜，造成了九只小鼎相配。

许蝉挠了挠头：“图中那‘禹王神器’，指的是宝玺和这些小鼎呀，原来咱们之前都想错了……”

“虽然有些出入，却无伤大体。”徐振之倒不以为意，兴致勃勃地拿起那青铜玺来，“你们看，这玺的前面，还雕刻着大明的疆域图。”

“不错，”常鲤看罢，又指着图上九处凹陷的圆坑，道，“可这些是什么？”

许蝉想了想，道：“九鼎对应着九州，那上面的圆坑，会不会是代表九州所在？”

或许是心中高兴，平日里冷言少语的常鲤也一改前态，渐渐打开了话匣子：“所谓九州，是指豫、青、徐、扬、荆、梁、雍、冀、兖等地。那九处地方在舆图上或聚或疏，不会排布得如此匀称。”

徐振之点了点头：“常兄之言甚是。这玺上九点，三排三列，连起来恰好是个四四方方的‘田’字，并非全是《禹贡》中所载的九州。小知了，其实那上面都标着呢，你再凑近些瞧瞧。”

许蝉依言近看，果然发现每个圆坑处，都以极细的刻痕，标注着地名。上排三处，从左至右依次是夏州、朔州、北平；中排刻着西安、洛阳、徐州；下排则为达州、荆州和京师。

常鲤道：“将这九处地方标出又是何意？”

徐振之道：“碑文中曾有提及，说是经洪武朝时的一位高人推演，图中这九处地方，皆暗含着帝王之气。所以才会在青铜玺上，凿出了‘九宫孔脉’，将这九地通纳贯导，使得九股王气循环转运，佑我大明基业生生不息。”

常鲤蹙额道：“这种风水势运之说，多半是方士信口开河。随便圈出几个地方，就说有什么王气，未免太过儿戏了。”

徐振之将手一摆：“常兄此言差矣，单从这玺上九点来看，那番推演，还是十分精确的。”

常鲤道：“何以见得？”

徐振之指着玺上两点道：“这里的京师，所指的是当时的国都应天，也就是现在的南京；而此处的北平，方是如今的北京城。这南京、西安、洛阳自不必说，北平在永乐朝便成了大明国都，这不正应了洪武朝那番推演吗？”

常鲤不置可否，又问道：“那剩下五地呢？”

徐振之指着其余地名，依次道：“徐州乃九朝帝王之乡；夏州的统万城，为大夏单于赫连勃勃的国都所在；朔州李存勖，南击后梁、北却契丹，终成了后唐的开国之君。”

许蝉道：“原来这些地方都出过皇帝，那真算是有王气了。”

徐振之又一指荆州：“这荆州境内的安陆，是为本朝兴献王朱祐杬的藩地。他生前虽是藩王，可逝后却被追谥为帝，得庙号睿宗。并且这睿宗，便是世宗嘉靖帝的生父。嘉靖帝即位后，为尊父号，在安陆建显陵，置承天府。当今的万历皇帝，也是这一支皇脉的嫡传。”

常鲤一指玺上：“那这达州呢？据我所知，达州从古至今，未曾出过帝王。”

徐振之笑道：“达州虽未出过帝王，却是本朝一位天子的归隐之地。”

“哪位天子？”

“建文帝朱允炆！”

“是建文帝？”许蝉讶然，“可传闻中，他在燕王破城后就下落不明了。”

徐振之道：“关于建文帝的具体下落，民间虽不知晓，但在大明皇室中，应该早就不是什么秘密了。城破后，建文帝辗转各处，最终便到了达州，在那里的中山寺落发为僧。”

常鲤反问道：“既是皇室中的不宣之秘，徐兄又是如何得知？”

“我之所以能够得知，全仗平日里喜欢搜集些杂书闲册来读。”徐振之笑笑，慢慢道出原委。原来在他少时，曾读过一本由唐瑜所著的笔记。而这唐瑜，任过东宫教谕，是为明成祖朱棣的帝师。

永乐三年，唐瑜因年迈要告老还乡，朱棣苦劝未果，只得放行。然到了永乐十二年，一直待在浙江颐养天年的唐瑜，却举家迁往了达州宣汉。赴川的具体原因，唐瑜并未在笔记中明言，却记下了“以游宦入蜀之名”“行钦差大臣之命”数句。据徐振之猜测，这位辞官多年的老臣，之所以会千里迢迢前往蜀地，恐怕就是得了密诏，奉旨去监视在中山寺存身的建文帝。

当年除唐瑜外，三宝太监郑和、户科都给事中胡濙，也曾受朱棣暗命，四处寻找建文帝的下落。据史料记载，在唐瑜入川一年后，胡濙便从一名七品的都给事中，骤然升任为正三品的礼部左侍郎。将这两件事一对照，便能说明是胡濙先行探到了建文帝下落，然后唐瑜再加以确认，朱棣因胡濙探访有功，才将他官升数级。故而徐振之推断出，明成祖在世之时，就已经知道了建文帝所在。

再者景泰年间，代宗朱祁钰曾派高僧印秀，亲赴达州为一名神秘人治丧，并下旨在寺东，以帝陵规制建设地宫；本朝万历年间，圣上朱翊钧也曾遣吏部尚书卫承芳督工，重修过中山寺地宫，又在其上加筑了惠庙。这地宫所葬之人，朝廷虽未明言，但能以帝陵规制入葬的，恐怕除建文帝外，再无旁人。

听完了徐振之的分析，常鲤缓缓地点了点头：“建文帝的归宿，一直是皇室中秘不外传的要事，想不到徐兄竟能举一反三，将其推断出来。徐兄之智，常某着实佩服。”

“常兄过奖。”徐振之拱了拱手，又冲着常鲤微微一笑，“方才说得有些远了，咱们再研究下这青铜玺和九只小鼎吧。”

说完，徐振之拿起一只小鼎，将鼎口处，合于那玺上的小圆坑中。只听“啪嗒”一声轻响，小鼎的两耳正好被圆坑中的机栝衔住。

见那小鼎可嵌于玺上，许蝉颇觉有趣，也随手拿起另一只小鼎，学着徐振之的样子，要朝那青铜玺上嵌。

“且慢，”徐振之赶紧拦住，“小知了，这每只小鼎，都有所对应的圆坑，不可胡乱去嵌。”

“还有顺序？”许蝉将手里小鼎凑到眼前，又望了望石台上其他小鼎，“我瞧它们都差不多啊。”

徐振之一指小鼎腹中：“你仔细看看，里面是不是还刻着卦象？”

许蝉一瞧：“还真是。振之哥，这是什么卦？”

徐振之看了看：“是个震卦。”

许蝉又拿起一只小鼎：“那这个呢？”

“是个坎。”徐振之见许蝉饶有兴趣，遂道，“我教你个简单的认卦口诀，你听好，那口诀是‘乾三连、坤六断、震仰盂、艮覆碗、离中虚、坎中满、兑上缺、巽下断’。记住了没有？”

许蝉自念几遍：“记得倒是差不多，可那什么‘三连’‘六断’的，我还是不大明白。”

难得许蝉会“学而不厌”，徐振之手指小鼎，耐下性子解释道：“每个卦象，都是由爻组成，连者为阳，断者为阴。像这上面的乾卦，便是由三条连而未断的阳爻组成，故而称‘乾三连’。”

“我懂了，”许蝉看了看自己手中小鼎，“那我手上这只，必是坤鼎了。不过这只坤鼎，该放在哪个点上呢？”

“坤为二，应居九宫右肩……算了，时间紧迫，还是我自己来吧！”说完，徐振之要过坤鼎，将其置于玺上疆域图“北平”的位置。

由徐振之亲自出马，速度自然快了许多。不一会儿，他便依着九宫方位，将小鼎全然嵌入九地所连成的田字格上。

“还挺好看的，”许蝉说着，伸出手指在一只小鼎上拨了几下，“咦，还能转？”

话音刚落，那小鼎恰好旋了半圈，腹间所镶的暗红宝石闪了几闪，居然射出一道鲜艳的红光。受这道红光所照，旁边一鼎上的宝石也开始呼应，亦发出红色的光芒，反射在最初那块宝石上。

“竟有这等玄机？”徐振之怔了一下，又试着去拨转其他小鼎，刚旋了几下，再有一道红光显于两鼎之间，“嘿，还挺有意思的。”

“是好玩！”许蝉瞧得眼热，便下手去拨弄，然她再转动两下，原本亮着的一道红光，却突然暗了下去，“坏了，怎么不亮了？该不是被我弄坏了吧？”

徐振之摆了摆手，不似许蝉那般慌张：“想来这九只小鼎，不是随意旋转的。若要将鼎身上的宝石全部弄亮，则需把小鼎都旋至对应的角度……小知了你且退开，让我来试试看。”

许蝉点了点头，退至一边，与常鲤从旁瞧了起来。

徐振之全神贯注，将那九只小鼎比对了好一番工夫，这才动手去旋转。

随着他的拨动，两鼎间出现的红光越来越多，昏暗的石室中，也被映得越来越亮。

等到九鼎全都旋完，青铜玺上已是赤红大炽，宝石纷耀中，那“田字格”上显出了三横一竖，赫然拼成了一个“王”字。

见到这等奇景，徐振之不由得赞叹：“王气现，天命归，这方传国宝玺果然神异。”

常鲤胸口起伏，显然也是十分激动：“既然弄清了玺上玄机，那咱们这便返程吧。早些回到京师，也好早些将此玺交到太子手上。”

“常兄所言甚是，那咱们出去吧。”徐振之笑笑，便想取玺离开。

许蝉眼疾手快，一把将青铜玺抱入怀里：“我来！”

徐振之欣然应允：“记得要抱稳，留神别磕碰。”

“放心吧。”

三人按原路折回，刚退出石室，迎面便扑来一个高大的身影。许蝉收脚不迭，差点儿与他撞个满怀。

待看清来人模样，常鲤不禁一皱眉头:“郭鲸？你怎么上来了？”

“见你们迟迟没出来，我有点儿放心不下，所以就让薛鳄守在下面，自己上来瞧瞧……”郭鲸拭了拭汗，突然瞥见了许蝉怀抱的青铜玺，“这是？”

许蝉朝那青铜玺上轻拍一下，笑道：“禹王的神器！”

“真找到了？”郭鲸大喜，忽而又不解道，“可那禹王的神器，不是九鼎吗？怎么成了这方青铜印？”

“先下去再说！”

“好！”

几人不再多言，又顺着一条条青石板，降到了大佛双膝间的平台上。

当那青铜玺上，再度显出红艳的“王”字，郭鲸和薛鳄少不得啧啧称奇。见那些宝石发出的红光太过惹眼，二人又打算将小鼎逐一取下，收入包袱中妥存。

趁他们取鼎，徐振之走到那莲柱旁，伸手在玄铁尺尾一按。又是“唰”的一声轻响，尺端的长尖缩回。伴着阵阵机栝之音，玄铁尺倒转着，从莲台孔洞里慢慢升出。

徐振之把玄铁尺纳还竹管，佛身上探出的条条石阶，便开始陆续收回。与此同时，佛胸处的石门也缓缓降下，最终将暗室重新掩合。

收拾完毕，五人再向着凌云大佛拜了几拜，便沿着来路，返回到竹船之上。

长篙一点，竹船离岸。五人立在甲板上，直到行出了很远，依然忍不住朝那尊巍峨的大佛回望。

自此返回石砫，一路上尽是顺风顺水，再加上徐振之早已将沿途遇到的险滩、暗流记下，故而回程所用的时日，比来时着实缩短了不少。

竹船鼓足了风帆，顺着江流翩然而下。为赶行程，五人中途也不轻易靠岸，昼夜航船，风雨无阻。

再行出几日，船过重庆府。眼见着与石砫的距离越来越近，五人一直绷紧的神经，也稍稍放松下来。

此时，蜀地已入了汛季，隔三岔五便会降下几场急雨。急雨入江，使得江水暴涨湍急。好在五人皆积累了不少驾舟经验，仍能将竹船操控得稳稳当当。

入夜后，雨水未歇。徐振之坐在竹舱中，对着桌上的青铜玺怔怔出神。

许蝉见他发呆，便走到桌前，悄悄朝着烛火吹了一口气。

被她这一吹，烛焰陡然摇曳，徐振之只觉眼前烛影乱晃，不由得回过神来："小知了，你做什么？"

许蝉将两手一背，摇头晃脑道："何当共剪西窗烛，却话巴山夜雨时……振之哥，你快别瞧宝玺了，呆坐着也无聊，陪我说说话。"

"好。"徐振之点点头，将青铜玺和九只小鼎重新收在了包袱里，"现在什么时辰？"

许蝉想了想："差不多亥正了。"

徐振之再想说些什么，突然听到舱外雷鸣阵阵，他赶紧将头探出竹窗，却见身披蓑衣的郭鲸、薛鳄，正立在甲板上。

"两位大哥，咱们到什么地方了？"

薛鳄朝周围望望："这四下都黑漆漆的，说不好是到了哪儿。"

郭鲸掰着指头算了算，接言道："不过照这速度看，咱们不用到天亮，就能抵达那鱼木寨了。"

许蝉伸了个懒腰："太好了！到了鱼木寨后，不光能见着秦姐姐，还能美美睡上一觉呢……"

郭鲸笑道："我还当徐夫人要说大吃一顿，原来是要歇息啊？"

许蝉抬起手来，捶了捶后颈："这些日子早晚都急着赶路，我一直睡不踏实，总感觉腰酸背痛的。得先养好了精神，才能有力气大吃一顿么。"

郭鲸闻言，笑得更欢了："不愧是徐夫人，言之有理、言之有理啊！"

"那是！"许蝉得意地笑笑，一转脸，却见徐振之仍皱着眉头望向窗外，"振之哥，你又在发什么呆？"

徐振之道："我听这雷声越来越密，前方不远处，应该就是雷公岭了。"

"雷公岭？"郭鲸眯起眼来，再朝左右望了望，"可不是么！前面若是雷公岭，那咱们现在所处的位置，八成就是去时遇蟒的地方了。"

"还真是！"薛鳄点点头，看着黑乎乎的江面道，"去的时候遇上一条，回来该不会还有一条在等着咱们吧？"

"快别乌鸦嘴！"许蝉打个哆嗦，赶紧连啐了三下，"童言无忌，呸呸呸！"

薛鳄摸了摸颔下的胡须，苦笑道："咱这童子，生得老成了些……"

那次遭遇怪蟒，令许蝉心有余悸，她索性不去瞧窗外，生怕江中再有什么奇怪的东西蹿出。

再行一段，竹船已驶出了之前遇蟒的江面。见平安无事，许蝉悬着的心总算是放下了。

渐渐的，那雷公岭已近在二里之内，电光频闪中，那锥状高崖的轮廓，也慢慢清晰起来。

“真见鬼，落雷还是那么多！”郭鲸骂了一声，又朝舱中高喊道：“都坐稳了！待会儿到了岭下，咱哥俩要一鼓作气冲过去！”

还没等舱中三人应声，竹船却猛然间一震，头尾急打个横，竟慢慢向岸边靠去。

郭鲸、薛鳄险些跌倒，刚站稳了脚跟，徐振之等人也急急从舱中奔出。

“怎么回事？”

常鲤一言不发，几个起纵，跃至船尾。其他人见状，也忙跟了过去。

五人打眼一瞧，脸色皆是大变。只见那尾舷上精光闪闪，竟不知何时扣住一只钢钩，钩后连着条绷得紧紧的索绳，一直通到岸上。

风雨混沌中，还裹挟着些清脆的“叮当”声，徐振之心里打了个突，陡然回想起先前在风暴之中，所听到的诡异“铃音”。

再借着一道急划而过的电光，五人已瞧得清清楚楚，岸边正立着十来号人，手持戒刀锡杖，头上皆戴着蒙脸草笠。所谓的“铃音”，正是那杖端的银环，相互击撞而发。

一瞧他们这副怪异的打扮，徐振之心中又是一颤，顿时记起了陈矩所言：“难道是那虚无僧兵？”

常鲤将拳头一捏：“不错，看来这一路上跟踪我们的，就是他们这伙人了。”

几名虚无僧扯住钩索的另一端，把竹船拼命地往岸边拖拽。与此同时，另外几名虚无僧也将其他的钩索抡圆，接二连三地朝竹船上抛来。

许蝉抽出秋水剑，向郭鲸、薛鳄急喊道：“我将这些钩索砍断，你们快去撑船离开！”

“不必，”常鲤横臂一拦，“就算能暂时甩开，他们照样会追上来。索性上得岸去，与这伙虚无僧兵就地做个了断。”

“正合我意！”薛鳄怒瞪着通红的双目，“咱们找这帮蒙脸和尚好久了！”

郭鲸也将拳头攥得咯咯作响，咬牙切齿道：“真是踏破铁鞋无觅处，难得他们送上门来！就于今夜，为死去的兄弟们报仇吧！”

原来，当年“三堂争霸”被取缔后，陈矩便将那些“罪奴”收入麾下，组成“净武堂”。三年前，净武堂抽调的高手为虚无僧暗算，尽数死在乱葬岗上。郭鲸、薛鳄打小就和他们相依为命，焉能不悲不痛？如今仇人相见，自然分外眼红。

常鲤想了想，又转向徐振之道：“徐兄，待会我们动上手后，你要将那方宝玺护好。”

“常兄放心，宝玺寸步未离。”徐振之心思缜密，打出舱之时，便急做了准备。不但将裹着鼎、玺的包袱牢系肩头，还把盛有玄铁尺的竹管斜背在身后。

此时，竹船已在那些虚无僧兵拉拽下，离岸仅有几丈远近。

许蝉摘下秋水剑，递向常鲤：“这剑厉害，给你拿去使！”

常鲤淡淡一笑：“此剑锋利无比，还是留于你护身吧。”

听他语气中竟带着一丝关切，许蝉不禁心头一暖，刚想再说些什么，常鲤却笑意顿敛，恢复了平时那冷冰冰的腔调。

“记住！上岸之后，你即刻带徐兄躲远一些，别来碍手碍脚！”

“哼！”许蝉气得扭过头去，又朝郭鲸、薛鳄道，“那你们要不要用？”

薛鳄摆摆手：“这秋水剑太过小巧，咱哥俩更使不习惯。”

许蝉忧心道：“难不成你们要空着手跟他们打？”

郭鲸拖过两支竹篙，一支自握，一支抛给薛鳄：“岸上兵刃现成，先用这长篙对付一气，再从他们手里抢几把来用。”

“那你们可一定要小心！”

“徐夫人不用担心，你护好了徐公子便是！”

说话间，竹船离岸越来越近。郭鲸、薛鳄各挺长篙，常鲤负手傲立，三人威风凛凛，六目如剑，直逼岸上的虚无僧兵。

当竹船靠岸后，虚无僧兵将钩索一扔，换持了兵刃，展开包围之势。

常鲤足尖一点，翩然落在岸上。郭鲸和薛鳄也齐齐一纵，跃至常鲤左右。

似是被他们这股豪气所慑，虚无僧兵皆朝后退了半步。一时间，岸上竟无人语，只听见“哗哗”的雨声。

“直娘贼！”薛鳄抹了把脸上的雨水，“你们这帮贼和尚拉船过来，是想让咱们陪着淋雨吗？动手啊！”

“别跟他们啰唆，先下手为强！”郭鲸大吼一声，长篙贴地一抡，使了招横扫千军。

趁虚无僧齐齐跃避，薛鳄也挺篙而出，左右急急一摆，将篙身猛然甩震。

两条长篙，有如两条竹龙，在敌群中长驱直捣、呼啸生风。虚无僧兵纷纷躲闪，竟被逼得一退再退。

见虚无僧兵一味退避，郭鲸与薛鳄互视一眼，又向着他们大喝道："当什么缩头王八，连还手都不敢吗？"

话音方落，那些虚无僧后便传来一阵怪笑："他们不肯出手，那是因为还没有得到我的命令！"

此人刚开口时，半空中便响起了一声雷鸣。然在那隆隆的巨响下，那人说的话，依旧清清楚楚地传了过来，足见其内力高深。

常鲤心中一凛，知是劲敌到了，也催起中气，厉声喝道："既然来了，那就现身吧！"

那些虚无僧兵左右一分，让出一道缝隙。五人抬眼瞧去，见那缝隙中，一僧大踏步走上前来。那人撑着一把油纸伞，颈上挂着一串赤红的佛珠，步子看似迈得极重，却未在那泥泞地面上留下明显的脚印。

那串红珠如血般刺目，直激得徐振之浑身一颤："莫非……他就是那个红珠僧？"

常鲤眉头紧皱："好像是。不过据陈矩所言，那红珠僧应该死于三年前了。"

红珠僧仰天笑毕，又道："想不到你们居然听说过我。不错，三年之前，我的确死过一回，但如今，我又活过来了！"

见杀父仇人就在面前，徐振之直恨得满眼通红，他极力抑着胸中怒气，压低了声音向常鲤道："此人掌间暗藏剧毒，还能吹奏怪箫乱人心魄，常兄千万要当心。"

谁知徐振之的声音虽轻，仍被那红珠僧听进了耳朵："哼哼，那尺八我早已不吹，掌毒也早已不用。自从三年前死里逃生，我便躲起来苦修武功，可谓日夜不歇、寒暑无休。如今神功已成，这世上再没有人能杀得了我。"

听他口出狂言，薛鳄已然按捺不住，他猛然运起那数丈长的竹篙，使长枪一般，直直刺向红珠僧胸前：“老倭狗少胡吹大气，吃你爷爷一篙！”

见那长篙刺到，红珠僧避也没避，右手依然撑着油纸伞，只是伸出左掌，抵在了篙头之上。

以薛鳄的力气，寻常武夫就算不被戳个透心凉，也会被顶得飞跌出去。可那红珠僧足下似生了根，拿左掌轻巧地抵住长篙，居然纹丝不动。

没等薛鳄再度发力，红珠僧便将掌劲微微一吐。薛鳄只觉从长篙上导来一股大力，身子急急晃了几下，反被推得连连倒退。

郭鲸一惊，急忙出掌抵在薛鳄背上，这才堪堪止住退势。二人随即一声大吼，四臂同时运力，顶得长篙又向红珠僧移去。

那长篙虽是巨龙竹所制，但受这两股力道一挤，坚韧的竹身也慢慢弓了起来。红珠僧见状，不再与二人较力，陡然间变掌为爪，一把攥住了篙头。

还没等郭鲸、薛鳄反应过来，红珠僧左腕一拧，那支长篙登时被拧得卷转，篙身上发出“噼里啪啦”的响声，从篙头一路碎裂急旋，直向篙尾的二人击去。

薛鳄松手不及，虎口顿时被那急卷的长篙震裂。红珠僧借机夺下长篙一甩一送，那拧成麻花的残篙，便伴着无数条碎竹片，朝二人狠狠打来。

常鲤疾跃到二人面前，飞脚踢开击来的残篙：“老匹夫放马过来，我陪你斗斗！”

“你？”红珠僧蔑笑道，“想要跟我过招，胜了我这帮手下再说。”

郭鲸和薛鳄齐怒。

“常老大，不用你出手，让咱哥俩先会会他们！”

“对，这帮小喽啰，单凭咱哥俩就能全部打发！”

“哼，当他们还是三年前的那伙人吗？这些手下，皆是我千挑万选，又亲自为他们传授武功。如今的虚无僧兵，每个人的心里都是无所畏惧，他们只懂得嗜血杀戮、至死不休！哼哼，瞧你们身手还算不错，那就让我的手下，拿你们练练招吧！”

红珠僧说完，又以倭语向那些僧兵道：“杀光他们，一个不留！”

虚无僧兵齐喝一声，操着锡杖、戒刀冲杀而来。

“阵势不小，”郭鲸看一眼薛鳄，“老三，咱哥俩赌一把？”

薛鳄一捏拳头：“赌什么？”

郭鲸笑道：“比比看谁杀的倭狗多！输的人，赔上好酒十缸！”

“赌就赌！等打完后，郭二哥就赶紧给我备酒去吧！”薛鳄话刚说完，人已迎着虚无僧兵冲去。

“你备的酒才好喝！”

郭鲸不甘其后，疾奔数步，反越在薛鳄身前。让过搠来的两柄锡杖，郭鲸便提起如钵大拳，狠狠击在一名手持戒刀的僧兵胸口。

那僧兵也当真凶悍，仅是退了几步，抹去嘴角鲜血，又操着戒刀来砍郭鲸。没等他杀到跟前，薛鳄飞身一脚，将其踹出数丈。待那僧兵爬起，其他僧兵也各挥着兵刃涌上。

郭鲸、薛鳄拳脚齐出，使出浑身解数，如二虎搏群狼般，跟那前仆后继的虚无僧兵杀作一团。常鲤从岸边抄起一把碎砾，于战阵外疾疾游走。

见薛鳄背后露出破绽，一名僧兵陡然挺杖，亮起杖尾的长尖就想刺下。常鲤屈指一弹，手中射出一粒小石子，“噗”的一声，击中了那僧胁下穴位。

那僧身形顿滞，手脚再不能动。郭鲸回头察觉，一把夺过锡杖抡圆，朝他头顶猛然砸去。

不料那锡杖还未落下，杖身上就爆出了一溜子火星。郭鲸只觉掌中剧震，锡杖险些脱手。

原来常鲤飞石打穴后，立即被那红珠僧瞧个满眼。红珠僧有样学样，也抄了两枚石子接连弹出。一枚疾射，撞开了郭鲸锡杖；一枚轻发，解开了手下穴道。

见红珠僧竟有这般准头，常鲤不由得一怔，他不及多想，手中石砾连发，分打数名虚无僧兵。

再听“嗖嗖”数声闷响，又有五六名僧兵被击中穴位，身子如定、手足顿僵。

那红珠僧却不慌不忙，随手一扬，也掷出一把石砾，轻而易举的，便令那些僧兵行动如常。

常鲤大惊，再运指力猛发一石，想要借这一石之力，将一名僧兵的后颈击穿。

那石子刚飞到半途，红珠僧所射来的石子也后发而至。“啪”的一声，二石激撞，皆碎成了齑粉。

这红珠僧的武功深不可测，常鲤知再耗下去也是徒劳，遂将剩余的碎砾一抛，挥掌转攻向虚无僧兵。

见常鲤也入了战阵，红珠僧便负手观战，气定神闲，好似稳操胜券。

有了常鲤近身相助，郭鲸、薛鳄大觉轻松。常鲤再攻几招，一掌砍中了一僧手腕，顺势一抓一夺，抢过其手中锡杖掷向薛鳄：“接着！”

薛鳄猛挥一拳，逼开身旁三僧，猿臂一伸，将那锡杖抓牢。

锡杖在握，总好过赤手空拳。待薛鳄接连格开了三把戒刀，又有五杖兜头盖脸地砸下。

薛鳄挺腰举杖，赶紧挡架。不料“咣”的一声大响后，他竟被那五柄重杖压得单膝跪地，另一只脚也陷入泥中数寸。

边上一僧瞧出便宜，忙抡起戒刀来斫。还没等刀尖靠近，薛鳄已虎吼一声，两臂上青筋暴起，运足力气猛然荡开了压在肩头的五柄锡杖。

受他这股巨力冲顶，一僧只觉腕间酸麻，锡杖脱手而飞。常鲤抬脚踢开一僧，借力跃至半空，探手抄过那柄锡杖一甩，又将一名虚无僧兵连人带刀撞飞数丈。

然正如红珠僧所言，这伙虚无僧兵浑不惧死，任凭被击倒多少次，皆会爬起来继续冲杀。并且，他们不光习过横练功夫，胸前也都覆着一片藤甲，受了几拳几杖，仍未伤及筋骨。

锡杖不停地激撞，戒刀也不住地砍来。在虚无僧兵一波波狂攻滥打下，三人护着徐振之夫妇且战且退，不知不觉，已到了雷公岭下。

岭上电光石火，那些虚无僧兵却浑然不觉，高举着崩刃的戒刀、撞弯的锡杖，向着三人疯狂砍砸。

三人又全力拼斗一阵，这才将二名虚无僧兵击成重伤。谁知那二僧身子虽然倒地，却仍不肯舍掉手中兵刃，全然不顾腿上鲜血淋漓，依旧奋力前爬，一心只想挺杖伤人。

再抵挡了几合，郭鲸的肩头已被杖尖刺中，薛鳄的后背上也挨了一刀，常鲤虽说无伤，但呼吸声越来越重，显然是十分疲惫。

见一僧又露出破绽，郭鲸便挥杖去打。还没等杖头击在那僧背后，旁边二僧急忙来护。无奈之下，郭鲸只得撤招，不想方退出两步，就瞥见斜刺里袭来一柄戒刀，直砍向自己的脚踝。

郭鲸刚刚跃起，那锋利的刀刃便贴着他脚底险险削过。虚无僧不待他站稳，“呼呼”又是两杖砸来，郭鲸拼力挡下后，却被震得脚下踉跄，一个站立不住，人已跌在地上。

趁他尚未爬起，一僧猛扑上前，亮出杖尾的尖刺，便冲着郭鲸戳下。情急之中，郭鲸一把攥实了刺来的尖头。那僧穷凶极恶，双臂运劲，将刺尖拼命压下，慢慢向郭鲸咽喉逼去。

见郭鲸陷入困境，薛鳄、常鲤有心来助，可周遭皆围了数名虚无僧兵，一时无法脱身。

当刺尖抵在郭鲸喉头时，另外一僧也操着戒刀砍至。单与持杖僧相拒，郭鲸已是用尽全力，哪还能腾出手来与操刀僧相抗？

眼瞅那刀刃就要斩落，许蝉再顾不上什么，挥起秋水剑疾步奔来，“唰”的一声砍在那操刀僧的后背上。

那操刀僧一心要砍断郭鲸头颅，何承想背后会有人来袭？回头一瞧，见是个小丫头，竟气得不顾背上鲜血喷溅，扬着戒刀便要对许蝉痛下杀手。

重伤之下，那操刀僧凶悍未减。许蝉慌忙刺出一剑，但被他轻松避开。操刀僧再几个进步，已冲至近前，晃开许蝉的秋水剑，便亮起戒刀狠狠斫下。

千钧一发间，郭鲸陡然生出一股神力，左手牢牢攥着持杖僧刺来的杖尖，右臂猛挥，将那夺来的锡杖掷向操刀僧。

“噗”的一声，那操刀僧从后至前，被戳个对穿，身子摇了几摇，倒在许蝉脚下。与此同时，郭鲸空出的右手也握住了持杖僧的杖头，两臂一推一拉，把那持杖僧拽得头重脚轻。

再听一声怒吼，郭鲸挺颈举头，朝那持杖僧的脸面上猛然撞去。吃这一撞，持杖僧的草笠登时碎裂，人也滚在一边，昏迷不醒。

郭鲸爬起身来，连额前的鲜血也未擦，拾起他的锡杖一抡，便将那持杖僧砸得面糊脸烂。

地上又多了两具僧尸，其他虚无僧兵却视若无睹，有的竟嫌同伴尸身碍事，抬脚踢向一旁，继续朝着垓心的三人冲杀。

徐振之急急将许蝉拉回身边，见一名死僧腰间挂着钩索，便悄悄顺手取来，以备不时之需。

郭鲸、薛鳄苦撑死挡了一阵，身上又挨了几杖几刀，满身是伤、遍体挂血，体力也逐渐不支。

“常老大……别硬耗了！你带着他们快走，咱哥俩帮你们断后！”

常鲤还没接话，那红珠僧已然喝道：“想逃？那我先废了他的腿！”

话音未落，红珠僧骤然贴近，举起一掌，朝着常鲤拍落。

常鲤赶紧沉腰下马，横起锡杖来架挡。

红珠僧手腕疾翻，铁掌如灵蛇般从杖下钻出，照样冲着常鲤的胸前印去。

常鲤一惊，右手撤杖为掌，急急运起周身全力，迎着红珠僧的铁掌对上。

二掌方接，轰然大响。红珠僧身形未晃，常鲤却被击得连退数步，待勉强站稳后，嘴角紧跟着流出一条血线。

薛鳄心头剧颤，一边歇斯底里地怒吼着，一边要找红珠僧拼命。

郭鲸一杖逼开两名僧兵，也朝着常鲤大喊：“常老大！走，快走啊！”

“你们谁也逃不掉！”红珠僧说着，又想暴起伤人。

就在这时，徐振之突然叫道：“老匹夫！你不是在打传国宝玺的主意吗？宝玺就在我身上，有本事就来拿！”

“传国宝玺？”红珠僧猛然停下脚步，恶狠狠地望向徐振之，“嘿嘿，那倒也不急。先将你们一个个都杀光，再从尸体上取就是。”

“小知了，你保护好自己，千万别跟来。”徐振之对许蝉低声说完，便撇下红珠僧，朝着雷公岭的方向舍命飞奔。

“我说过，没人能从我手中逃掉！”红珠僧冷哼一声，将手里的油纸伞一抛。那油纸伞便一面急旋着，一面冲前飘去。

红珠僧足尖一点，身子便越过众人头顶，翩翩落至急飞的油纸伞上。再借这一踏之力，红珠僧又高高跃起，如同一只巨大的枭鸟，朝着徐振之身后扑追而去。

常鲤想也未想，举起手中锡杖，用力掷向红珠僧。听到身后有破空之音，红珠僧也未回头，只将大袖一卷，就把那激射而来的锡杖裹住；大袖再一扬，那锡杖陡然发出，竟直直戳向徐振之。

徐振之脚步不停，赶紧将身子伏低，险险避开了射来的锡杖。那锡杖劲力十足，越过徐振之后余势不减，“砰”的一声，插入了岭下那坚硬的岩壁中。

红珠僧再追几步，郭鲸、薛鳄的锡杖也先后掷来。红珠僧一个高纵，身子急速旋转，双足接连踢出，又将飞来的两杖，一上一下地钉入了岩壁。

当红珠僧落地，徐振之也奔到了岭底。见岩壁上三杖高插，徐振之不及思索，抬脚一跃，向那最下方的锡杖踏去。

那锡杖颇为坚韧，经这一踏，顿时托着徐振之朝上弹起。徐振之纵起一丈多高，又牢牢抓住了第二根锡杖，腰腹紧接着发力，将身子猛旋了几圈，顺势往高处飞出，抓在了第三根锡杖上。

那第三根锡杖插得虽高，可距离崖顶尚有数丈远，像徐振之这种不谙轻功之人，无论如何也弹不上去。

“看你还能怎么逃？”红珠僧将僧袍一撩，双足连点，竟踩着岩壁上微凸处登高直上，转眼就到了徐振之身边。

眼瞅那红珠僧的大手就要抓来，徐振之连忙借着锡杖一弹，朝着另一侧急跃。然这崖壁上陡平如镜，根本无从借力，徐振之两脚踏空，身子便直直坠向崖底。

红珠僧一瞥，心里暗笑，这小子不会武功，从这儿摔下去与跳崖何异？就算不死也必重伤，倒省了我的力气！

想到这儿，红珠僧便不再攀爬，身子一转，轻轻朝崖下跃去。谁知在他跃下的同时，半空中的徐振之身上却“唰”的一声，飞出了一条长长的钩索。那钩索急冲而上，在崖顶的一株枯树上缠了几圈，登时阻住了徐振之的下落之势。

身子刚停稳，徐振之又手脚并运，借着那条钩索拼命地攀向了崖顶。

雨水不断地冲刷、雷声不绝地轰鸣，徐振之全然不顾，只是仗着登峰练就出的身手，飞快地朝上攀爬。

徐振之好不容易登上崖顶，还没来得及喘口气，就觉眼前人影一晃，原来是红珠僧阴魂不散，堪堪追了上来。

红珠僧左右一顾，见四下皆是绝壁悬崖，怪笑着上前道：“宝玺交出来，留你个全尸。”

“站住！”徐振之临危不乱，早退至濒江的悬崖边，解下了裹有青铜玺的包袱，“你再上前一步，我就把它扔到江里，谁都别想得到！”

红珠僧恶狠狠地喝道：“我最恨别人要挟，小子，你就不怕我将你碎尸万段？”

“我让你站住，听不懂吗？”徐振之松开三只手指，包袱顿时朝下一沉。

红珠僧怕他真扔，赶紧停下脚步："你想怎么样？"

徐振之抬眼看看天色，见乌云转淡、雨水变缓，不敢再耽搁下去："我要跟你斗一场！"

"什么？"红珠僧一怔，继而大笑，"你要跟我斗？我没有听错吧？哈哈哈……"

趁他狂笑，徐振之右臂一甩，将暗藏在袖间的竹管，狠狠朝红珠僧掷去。

与徐振之所料无差，那红珠僧只用二指，便把那掷来的竹管夹住。一上手，红珠僧就觉分量不对，二指再一用力，将指间的竹管登时夹裂。

那竹管被徐振之改动过，里面除去塞了隔潮的油纸外，还设着一只小机栝。一旦那竹管受外力毁去，那机栝便会猛撞玄铁尺底端，使得尺前长尖迅速弹出。

还没等红珠僧细瞧，那长尖已"嗖"地戳向他胸口。饶是他反应快，那长尖还是在他肩头一掠，刮出一道血痕。

吃这一惊，红珠僧冷汗立即下来，再一打量，不由得浑身一颤："难怪我感觉这招有些似曾相识，果然是同一把兵器！"

见红珠僧握着玄铁尺不放，徐振之暗松口气，只待玄铁尺引下万钧雷霆，好将他炸个血溅肉崩。不想等了半晌，空中仍无异动，不光雨水稀稀拉拉地停将下来，一抹瘦月，居然也从云层里探出。

徐振之心焦急如焚，面色却强撑着未改："你这老倭狗记性不错，竟还认得这把'镇厄'。"

"我当然认得！"红珠僧咬牙切齿道，"小子，它怎么会在你手上？你与那老东西是什么关系？"

“嘴里放干净些，豫庵公乃我先父！”徐振之闻听此言，更是咬牙切齿。

“你是他儿子？”红珠僧连道三个“好”，摸着自己胸口的创疤恨道，“三年来，这块伤痕就像烙在我身上的耻辱，洗都洗不掉！只恨那老东西死得太早，让我无法一雪前耻。也好，今日就用他的兵刃，来杀掉他的儿子，也算能让我出一口恶气！”

此时，月色愈发明亮，旁边的乌云也愈发淡去。半空中仍无异样，似乎天地都渐渐安静了下来。徐振之清楚得很，一旦云尽雨消，引雷伤敌的计划便会全然泡汤，眼瞅着就要功亏一篑，他一颗心早已跳到了嗓子眼，但为了拖延时间，争取一线希望，只得故作镇定，不断拿话去激那红珠僧：“还什么一雪前耻，真是大言不惭！当年你要不使那下三烂的诡计，怎会是先父对手？若先父此时尚在，你只怕早已吓得屁滚尿流了！”

红珠僧素来自负，一听这话，果然怒极：“你说什么？有胆你再说一遍？”

徐振之刚要开口，却见那玄铁尺尖，突然闪出一星微弱的蓝光，他顾不上别的，急忙屈腿一扫，将脚下积着的雨水溅向了红珠僧。

被雨水一溅，那玄铁尺顿时被淋湿。红珠僧勃然暴怒，扬起玄铁尺就朝徐振之扑来：“你小子找死！”

红珠僧越来越近，可那尺上蓝光也越来越炽，徐振之急急撤身，心下却大舒口气，总算赶上了！

话音方落，一道闪电从空中呼啸而下，有如金龙扑海，直炸得崖顶岩裂石开！

待这声响彻云霄的雷鸣平息后，圆月也驱散了浓云，清冷的月光骤然泻下，映得崖顶一片雪白。

红珠僧仍立在当场，胸口被雷电击出个焦烂的大洞，污血“汩汩”流下，将脚底崖面渐次染红。

“恶贯满盈者，必亡于天谴之下！”徐振之夺过玄铁尺，冲死不瞑目的红珠僧道，“只可惜，你明白得太迟了！”

红珠僧晃了几晃，轰然倒地。紧接着又一声轻响，一只小金盒从尸身怀中滚落出来。

徐振之眉额一蹙，捡起那金盒打开，见盒中盛着一个油纸包，里面还裹着一方绢书。

这方绢书，正是那朱常洵之前所签的契约，红珠僧为保险起见，一直将它贴身收藏。

崖底还在血战不休，徐振之无暇细瞧，赶忙把绢书收好，又抓起红珠僧的尸身，向着崖下奋力抛去。

“轰”的一声，红珠僧的尸身重重坠落。崖底众人皆是一怔，又闻雷公岭上传下了徐振之的大喝：“贼首已然伏诛！尔等鼠辈还不引颈受戮？”

这声洪亮的呼喝，在山谷中不停回荡，经久不绝。常鲤等人本陷入了苦战，一听这话，士气猛然大振，再度挥刀抡杖，如砍瓜切菜一般，将剩下的虚无僧兵杀得血肉横飞。

当最后一名虚无僧倒下，郭鲸、薛鳄已累脱了力，双双栽倒在尸身上，晕迷不醒。常鲤抬起头，朝崖顶望了一眼，嘴角露出一抹笑意，也跟着仰倒在地，不省人事。

等从雷公岭上下来，徐振之顾不上喘息，与许蝉急急拖来竹船，将常鲤等人一个接一个地背到船上。

还没等船开，尸堆里突然爬起一名虚无僧兵，跌跌撞撞地疾奔几步，一头扎入了江中。

“还活着一个！”

许蝉拔剑欲追，徐振之却一把将她拦住：“别追了！先将他们运至鱼木寨要紧。那僧兵奄奄一息，少不得要溺死在江中！”

果不其然，那僧兵没游出多远，两条胳膊便再也挥不动，脑袋仅浮了几浮，顿时被江涛吞没。

徐振之在甲板上撑船，许蝉便到舱中为三人包扎止血。竹船顺流而下，急急朝着石砫驶去。

不知不觉，两个时辰过去，东方泛白，天色欲晓。又行出一阵，一轮红日喷薄而出，射下了金光万缕。

许蝉从舱里走出，迎着朝阳向四下一望，不禁喜极而泣：“振之哥……到了，我们终于到了！”

徐振之抬起憔悴的双眼，见前方果然是启航时的港湾，一直紧绷的神经，登时松弛下来，再也强撑不住，歪倒在甲板上。

等徐振之再睁开眼时，面前除去许蝉，还多了马千乘和秦良玉。

许蝉惊喜交集，抹着眼泪笑道：“谢天谢地，你总算是醒了！”

“小知了，让你担心了……”徐振之冲许蝉微微一笑，便挣扎着要起身，“马大哥、夫人……”

“别起来，再躺会儿吧。”秦良玉面露歉疚，不由分说地将徐振之按回了床上，“你们出了这档子事，也全都赖我。都怪我排查不严，那伙追兵就在石砫附近设下了埋伏，我竟没能提前发觉……唉！”

徐振之摆了摆手：“这不关夫人的事，是那伙虚无僧太过狡猾……更何况我们有惊无险，夫人万不可再自责了。”

“也是，只要你们平安就好！”秦良玉生性洒脱，遂不再自怨自艾，“徐公子你知道吗？这几天你一直昏迷不醒，可把蝉妹妹急疯了，菩萨、佛祖求了个遍，还在寨里的巴普神像前跪了整整一宿呢，怎么劝都不听！”

“傻丫头……”徐振之心中一暖，在许蝉手上握了握，“我又没有受伤，怎么会有事？”

“谁说你没受伤？”许蝉拭了拭眼角，“你昏倒时我才发现，你脑后被飞石划了道大口子，流了好多的血……”

“是吗？”徐振之在颅后摸了摸，果然一阵刺痛，他怕众人担忧，又强颜笑道，“既然还能认出你们，就说明脑袋还没坏。对了，常兄和二位大哥呢，他们没事吧？”

秦良玉笑道：“放心吧徐公子，他们三个呀，比你早醒了好几天呢！”

许蝉也道：“常鲤醒得最早，郭二哥、薛三哥的伤势虽说有点儿重，但敷了秦姐姐给的草药后，没出两天就活蹦乱跳了……”

“跳还不大敢跳，可走路却是无碍了。”

话音刚落，郭鲸、薛鳄大笑着走进厅来。一见徐振之，郭鲸便抢先道：“徐公子，这次可真是托你的福。说来惭愧，咱们这些当护卫的，反要受你搭救。”

徐振之连连摆手：“这话就见外了，若非你们舍命相护，徐某焉有今天？”

秦良玉笑道：“都别瞎客套了，留着力气，好好养身上的伤吧！”

马千乘没头没脑地插话道：“得摆酒！一起喝个痛快！”

秦良玉嗔道：“伤都没好利索，你拉他们喝什么酒？备些好菜佳肴庆贺下便是了！”

马千乘抓了抓脑袋：“那我自己喝！”

“独饮无趣，我陪马大哥喝！”薛鳄倒提了拳头，往自己身上砰砰砸了几下，“夫人你瞧，那点儿皮外伤早就好啦！”

秦良玉瞥一眼薛鳄胸前，哼道:“还逞能，你瞧那血都洇出来了！夫君要喝我不管，可你与郭鲸，谁也不准沾一滴酒！”

“夫人有命，安敢不从？”郭鲸苦笑一声，拍了拍薛鳄肩膀，“这样吧老三，宴会时咱哥俩挨着马大哥，不让沾酒，在边上闻闻酒味儿总成吧？”

五人又在鱼木寨歇养了几天，徐振之便欲向马氏夫妇辞行。

秦良玉一听就急了：“这怎么能行？起码再住个十天半月！”

徐振之摇了摇头：“夫人，事情你已知晓，那方宝玺关乎甚重，需尽早送到太子手中，若再耽搁下去，只怕会夜长梦多。”

秦良玉沉吟半晌，点了点头：“既然你们身负要事，那我就不留你们了。这样吧，我和夫君点上一队白杆兵，亲自护送你们回京。”

徐振之赶紧拱手：“夫人的盛情，振之心领了。然护玺回京应悄然行事，不宜大张旗鼓。人马一多，反会惹眼，招来不必要的麻烦。”

“也是，”秦良玉遂不再强求，“那我给你们准备行囊。”

“有劳夫人。”

等行李收拾好，五人寄养在寨中的马匹也牵了过来。那马都被喂得膘肥毛亮，显然是得到了精心的照料。

待下山后，马氏夫妇领着土人们又送出数里，依然是难舍难分。

徐振之停下脚，向四下长揖道:“马大哥、夫人、众位毕兹卡兄弟，你们的恩情，振之永记心中，都请回吧！”

许蝉也红着眼睛，与秦良玉相拥作别：“回吧秦姐姐，等空了我们定会再来，学那摆手舞、吃那香酥肉……”

“就知道你爱吃，”秦良玉擦了擦眼角，“那香酥肉我备了几十斤，都装在你那包袱中了……好了，上马吧，一路保重！”

“嗯！”许蝉爬上马去，冲身后挥了挥手，“那我们告辞啦！”

“去吧！”

“后会有期！”

五人将马鞭一甩，骏马便扬蹄疾驰，绝尘而去。

约莫一炷香的工夫，五人驰到一处山谷前，正欲穿谷再行，常鲤却突然勒住了坐骑。其余人见他脸色不对，也都止马停下。

“常兄，怎么了？”

“前面谷中有埋伏。”

“哈哈哈，你们倒挺谨慎！”这声话落，谷中便涌出来一队操弓持枪的兵士。那些兵士人数不少，“呼啦”一声列阵展开，将枪头箭矢对准了五人。

待队伍列好，阵前驰出一名军官。那军官顶盔贯甲，骑在马上耀武扬威。

徐振之眉头一皱，冲前喝问：“你们是什么人？”

那军官用马鞭一指身后：“这些是蜀地的戍军，老子我么，是这支戍军的指挥使！”

徐振之从容不迫道：“我等非盗非贼，为何拦住去路？”

“少废话！”那指挥使道，“你们偷了传国宝玺，还敢说不是盗贼？”

听他叫出“传国宝玺”四字，徐振之与许蝉互递个眼色，才知那逃走的虚无僧非但没死，反去告了密。

见他们不言不语，那指挥使有些不耐烦，朝手下兵士发令道：“射杀盗贼，将宝玺夺回！”

那些兵士正要拉弓搭箭，忽闻一声娇喝传来：“我看谁敢放肆？”

五人循声回望，便见一骑急急奔来，马上那人身着百花战甲、手握长天神枪，不是那英姿飒爽的秦良玉是谁？

秦良玉方至，马千乘也扛着玄铁锤纵马而来，身后旌旗蔽日、阵列森严，正是一队队披坚执锐的白杆雄兵。

瞧见白杆兵这股威武的气势，那指挥使猛打个激灵：“马千乘，秦良玉！你们……你们想干什么？”

“这话应该我问！”秦良玉抬枪一指，“此处是我石砫地界，你跑来做什么？”

那指挥使指着徐振之等人道：“我奉了上命，特来捉拿盗玺贼匪。秦良玉，劝你相识些，包庇要犯可是重罪！”

秦良玉怒道：“谁管你奉了什么狗屁上命？你听着，这五人皆是我们的贵宾。哪个敢与他们为难，那便是我们鱼木寨的敌人。”

“秦良玉！”那指挥使喝道，“你如此胆大妄为，眼里还有没有朝廷了？”

秦良玉冷笑道：“别说是朝廷，今日就算天王老子来了，也休想动他们一根毫毛。姓王的，要打就放马过来，若不把你这帮虾兵蟹将全歼，我这秦字从此倒着写！”

白杆兵能征善战、骁勇无比，那指挥使岂会不知？他心里发毛，面上却要苦撑：“秦良玉……你……你可别乱来啊！那些白杆兵若敢上前，你们就算是造反！”

马千乘一举玄铁锤，虎吼道：“反就反！来吧！”

那指挥使进也不是、退也不是，只咬得牙齿咯咯作响：“拿不到要犯，我回去也活不成……马千乘，秦良玉！你们……你们可别逼我！”

秦良玉不再发一言，从怀中摸出一支令旗高高扬起。白杆兵见状，齐喝一声，各自举起了手中兵刃。

那指挥使心里清楚，只要秦良玉手中令旗一落，那些白杆兵便会发起冲锋：“罢了……左右是死，老子跟你们拼了就是！”

双方皆剑拔弩张，眼见恶战就要一触即发。徐振之突然纵马奔至两阵之间，朗声大喊道：“都不要轻举妄动！”

秦良玉一怔：“徐公子你做什么？快回来！”

徐振之冲秦良玉一抱拳：“夫人，他说得没错，一旦与戍军开战，朝廷便视为造反，定会发来大军围剿。”

秦良玉傲然道：“若朝廷是非不分，反了又如何？咱们鱼木寨全都是顶天立地的热血儿女，宁可轰轰烈烈地战死，也决不窝窝囊囊地苟活！”

徐振之再拜：“万万不可。若因我之故，连累得合寨陷于危难，振之就算百死，也难恕其咎啊！”

“这不干你事。”秦良玉又道，“谁敢伤害鱼木寨的朋友，咱们鱼木寨就要跟他死战到底！”

徐振之急道：“他们是冲着宝玺来的，若我交出宝玺，想来他们也不会再为难。”

那指挥使闻言，赶紧借坡下驴：“对对对！只要你将宝玺交出，本指挥对天发誓，定会放你们平安离去。”

“那也不成！”秦良玉寸步不让，“徐公子，宝玺是你们千辛万苦寻来的，岂可随意交出？”

“振之心意已决，恳请夫人莫再插手此事了！”徐振之说完，驱马奔至那指挥使身旁，从容自若地解下包袱递去，“你要的宝玺就在里面，接着吧！”

见徐振之给得如此痛快，那指挥反有些狐疑，赶紧打开包袱，将青铜玺翻来覆去地打量：“这真是传国宝玺？小子，你不会用一方假的来蒙我吧？”

徐振之冷笑一声，伸手将嵌在青铜玺上的小鼎拨转了几下：“怎么样，现在知道真假了吗？”

见那鼎上的宝石相映生辉，连成个赤红的“王”字，那指挥使这才安心落意：“果然是宝物！不错不错，你小子倒算识趣……”

徐振之哼道：“既然确认无误，就让你的手下让路。”

那指挥使将宝玺掩入怀中，朝手下兵士道：“兄弟们撤了，回营讨赏去！”

那些士兵早就等着这句，急忙收了兵刃，转身要走。

秦良玉见状，拍马上前高喝道：“都给我在原地站好！”

那指挥使一愣：“你又要做什么？”

秦良玉道：“你这厮素来奸诈，眼下虽说着放行，之后恐怕还会再追。这样吧，你和这伙戍军等足两个时辰，待他们五人走远后，我自会放你们离开。”

那指挥使恨得牙根痒痒：“秦良玉，你别欺人太甚！”

秦良玉将眼睛一眯，目露杀气：“不答应也行，那咱们就战上一场。”

那指挥使权衡再三，从齿缝中挤出了几个字：“成，就依你！”

秦良玉这才点了点头，又催动胯下坐骑，驰至徐振之马前悄声道：“徐公子，你可要考虑清楚，那宝玺真要白白给了他们？现在反悔也不迟，只要你一声吩咐，我秦良玉立马发兵，当场灭了这群乌合之众。”

徐振之赶紧摆手："夫人的好意，振之心领了。就算他们有张良计，我又岂无过墙梯？宝玺暂且放在他们那里，日后我自有办法夺回来。"

"真是便宜了那伙草包。"秦良玉恨恨地望了戍军一眼，又朝着徐振之道，"那成，徐公子，这里由我们守着，你们快些走吧！"

"有劳夫人！"徐振之一揖，又向不处的马千乘道，"马大哥，告辞！"

徐振之说完，与许蝉等人拍马远去。

直到夕阳西下，马千乘和秦良玉方率领白杆兵离开。那指挥使早憋了一肚子邪火，冲着他们的背影骂了一通后，拽过一名兵丁。

"八百里加急，将这宝玺火速送往京师！"

自打从山谷中脱了身，五人便疾驰不停。一路上，常鲤始终一言不发，郭鲸、薛鳄也都神色悒悒。见胯下的坐骑都奔出了满身热汗，徐振之便道："这里应该安全了，大伙停下来歇歇马吧。"

"吁……"许蝉等人依言勒马，常鲤却似没听见，仍在疾奔未停。

徐振之一怔，急忙纵马赶上："常兄，常兄！"

岂料常鲤仍旧不睬，反在马后猛挥了一鞭："驾！"

徐振之眉头紧皱："那马已吐了白沫，常兄若再不停下，它怕是要倒毙了。"

常鲤低头一瞧，知徐振之所言不虚，便扯住缰绳，从马背上跃下。

徐振之也跳下马，来到常鲤面前："常兄这一路都不言不语，可是有什么心事？"

常鲤铁青着脸，冷冷盯着徐振之。

徐振之又跨前一步："常兄？"

常鲤一言不发，突然一把攥住了徐振之的衣领。

郭鲸、薛鳄大惊："常老大，你做什么？"

许蝉也怒道："常鲤你发什么疯？快将我振之哥放开！"

"你们都别过来！"徐振之冲三人说完，又缓缓看向常鲤，"常兄，有话就直说吧。"

常鲤二目血红，直勾勾地瞪着徐振之："为什么自作主张？"

"自作主张？"

"谁允许你把宝玺拱手让人的？"

"果然是为了这事。"徐振之淡然笑了笑，"常兄难道不知吗？在赴蜀之前，太子殿下便准我便宜行事……"

常鲤打断道："他是准你便宜行事，可没让你去帮朱常洵！你不但将宝玺送出，还主动说出了九鼎布列的玄机！徐振之，枉你之前振振有词，还口口声声喊着要效忠太子，你就这样向太子效忠的？"

徐振之问心无愧，依然自若道："我若不言明玺上玄机，那指挥使如何肯信？我若不交出宝玺，那一场战事便在所难免……"

常鲤吼道："战啊！为何不战？你徐振之贪生，也当别人怕死吗？"

徐振之见状，也抬高了声音："徐某之所以不战，一是不愿让毕兹卡兄弟无谓流血；这二来，是想保护更为重要的东西！"

"什么能比宝玺更重要？你说！"

徐振之二目一凛，直逼常鲤的双眼："你的安危！"

"我……的安危？"常鲤一愣，目光有丝闪烁，"我身经百战，用得着你来操心？"

"与虚无僧的那场恶战，关乎着咱们的存亡，只得去全力相拼；

既然与戍军的冲突能化解，那我自然要避而不战，不能让你再有任何的闪失。”徐振之深吸口气，又一字一顿道，“宝玺没了，能再夺回来。可连命都没了，还拿什么去跟福王斗？你觉得呢？太子殿下！”

郭鲸、薛鳄脸色一变，许蝉也是傻了眼。“什么……太子殿下？”

徐振之没理他们，只是望着常鲤，微微笑道：“殿下乃一国储君，还抓着我衣领不放，恐怕有失仪态吧？”

常鲤不自觉地将手松开，强作镇定道：“什么太子，我听不懂你在胡说些什么。”

“殿下还不肯承认吗？”徐振之理平了领口，接着道，“自从陈公公过世的那天起，我心里便有了一个疑团，那日‘太子殿下’就在香山小筑内，皇上和福王也与他打过好几个照面，为何都没有认出他来？”

常鲤道：“客印月精通易容乔装，你难道不知？”

“印月姑娘的易容术出神入化，经她精心打扮过的脸，几乎无人能察觉出破绽。”说到这里，徐振之话锋一转，“可她的易容术，需要极长的时间去准备。那天事出陡然，根本就来不及收拾，最后匆匆改出的面容，连我都能看出破绽，为何皇上和福王却全然不觉？对于这个疑惑，我思索了无数遍，想来想去，原因只有一个，那就是当日在小筑内的，并非真正的太子！”

常鲤冷笑道：“这不过是你的猜测。”

徐振之道：“不错，就算小筑中的不是太子，我起初也未曾怀疑你。可到了后来，我见了郭鲸、薛鳄两位大哥后心的烙印，又听他们诉说了身世……”

听到这儿，许蝉瞪了郭鲸、薛鳄一眼：“好啊，瞧你们两个老实巴交，想不到也会骗人！”

薛鳄急得脸红到脖子根：“我没有！”

郭鲸也赶忙解释道：“徐夫人，关于我们的身世，并无一句谎言。”

许蝉还要再说，徐振之已将手一摆：“我相信郭二哥的话。可正是因为那番话，才让我认定了之前的太子是他人假扮。记得初入香山小筑时，‘太子’因上香不慎，引得烛火焚衣，无意中露出了背上疤痕。”

“我也记得这事，”许蝉又道，“可当时陈公公说，那是刺客拿刀砍的……”

徐振之道：“刀疤与烫疤截然不同，他身上所留的，分明就是个烙上去的‘罪章’。”

常鲤不屑道：“别忘了，那罪章之中，可是有个‘罪’字。他身上那烙印，却没带着任何字迹！”

“没有明显的字迹，那是因为他又将罪章重新烫过。”徐振之笑笑，又向常鲤道，“可常兄若真出自三堂，为何身上却白白净净，没有烙下罪章？”

常鲤稍怔，又道：“没有罪章，最多说明不是三堂罪奴，你非要断定我是太子，不觉有些牵强吗？”

徐振之道：“我之所以认定你是太子，是因不久前在大佛暗室中的一番话。当时，我们曾谈起建文帝的下落……”

“徐兄忘性倒大，那建文帝的下落，可是由你自己推断出来的。”

“没错，我是自己推断出的，而你却不是。当时你屡屡言道，那建文帝的归宿，一直是皇室中的不传之秘。你既然能知道这不传之秘，那就说明你同样是皇室血脉。我将前后的事情一联系，心中便豁然明了，原来这武艺高超的常鲤，就是那真正的太子殿下。”

常鲤沉吟了半晌，终于长叹一声：“徐振之，你果然是个聪明人。不错，我就是朱常洛。”

“你真的是太子？”许蝉登时恼了，“那你为何要隐瞒身份？枉我们还为你千里迢迢地来寻宝，你就这样跟我们要心机？捉弄人有意思吗？”

郭鲸忙劝道：“徐夫人消消气，太子爷隐瞒身份，并不是为了捉弄你们……”

许蝉哼道：“那他干吗要弄个替身，自己又假模假样地扮成护卫？”

薛鳄叹道：“福王一党的手段你们也见识过，为确保太子安全，我们只能找个替身，引开那些明枪暗箭。”

许蝉听着有些道理，口气便软了下来：“瞒着别人也就罢了，可为何要瞒着我和振之哥？我们跟他就算不是生死之交，好歹也是患难与共，都到这份儿上了他还遮遮掩掩的，分明就是不信任我们。”

“徐夫人你听我解释……”

郭鲸还欲分辨，却被朱常洛挥手止住。朱常洛来到许蝉面前，淡淡说道：“徐夫人，你说得不错，我之所以假扮成护卫同来，的确是源自于对你们的不信任。实话实说，这世上能让我完全相信的，只有我自己。”

“你……”许蝉没想到他竟如此的直截了当，被噎得张了半天嘴，没再说出一个字来。

“好了。”徐振之拉住许蝉，又向朱常洛道，“殿下，有一点请你放心，就算宝玺落在了福王手上，咱们也没到山穷水尽的地步。再歇上一会儿就赶路吧，早些回到京师，也好早些想出法子来扭转乾坤……小知了，你随我到那边。”

许蝉又瞪了朱常洛一眼，气鼓鼓地跟徐振之走到一边:“振之哥，难道你就不气吗？咱们把他当成出生入死的朋友，可他却……哼！”

“这也不能全怪他。太子自小长在宫中，见过太多的尔虞我诈，轻易不会跟别人吐露心扉……”说到这儿，徐振之压低了声音，神秘兮兮道，“其实呀，我也有件事瞒着他。”

“哦？什么事？”

“附耳过来。”

等五人风尘仆仆地赶回京师，那青铜玺与九只小鼎，早已提前两日送到了翊坤宫内。

见传国宝玺终于到手，朱常洵笑得嘴巴都快合不拢了。郑贵妃也十分高兴，将那宝玺瞧了半天，突然记起一事:“崔文升！”

崔文升赶紧上前:“奴才在。”

郑贵妃问道:“那个幸存的虚无僧兵呢？”

崔文升抬起手掌，冲着自己的颈间比画一下:“回娘娘话，奴才自作主张，已将他给杀了。”

“会办事。”郑贵妃满意地点了点头，“如此一来，那红封教就全灭了……对了，洵儿所签的那张契约找到了没有？”

崔文升摇了摇头:“没有，许是在打斗中失落了。”

“算了，反正那红珠僧一死，就没人来揪着这事不放了。”郑贵妃说完，又扭头道，“洵儿，你父皇怎么还没来？你再去瞧瞧。”

“好！”

朱常洵答应一声，刚跨出殿门，便见万历缓步走来。

待万历入殿后，郑贵妃等人急忙行礼:“参见万岁爷。”

“都平身吧。”万历又问道，“爱妃急匆匆唤朕过来，可有什么要事？”

“不只是要事，还是一桩天大的喜事呢！”郑贵妃媚眼含笑，挽起了万历的胳膊，将他拽到了青铜玺前，“皇上，你瞧这是什么？”

万历拿起青铜玺翻了两下，见到了玺底刻字：“大明……传国宝玺？这是哪里来的？”

“是洵儿寻来的。”郑贵妃又笑道，“皇上，这宝玺可是咱们大明的传国圣物。当年连永乐爷都没能找到它，如今却被洵儿寻来，不正说明……说明朱家的老祖宗都庇佑洵儿，来暗中示意皇上，应立洵儿为正统！”

万历皱了皱眉，将手从玺上缩回：“好端端的，爱妃怎么又提起这茬儿来了？”

这机会千载难逢，郑贵妃自然不肯放过，她一咬牙，跪倒在万历脚下：“妾身斗胆提醒皇上，当年在那大高玄殿中，皇上可是亲口向上苍神明起誓，说将来要立洵儿为太子的！”

“是，这事朕没忘。爱妃放心吧，朕不会食言……”

“妾身当然知道皇上不会食言，因为皇上是九五之尊，说出的话一言九鼎。所以这些年来，无论发生了什么，妾身都始终信赖着皇上。皇上，之前你总说时机未到，可眼下洵儿找到了传国宝玺，不正是那最合适的机会吗？这可是天意啊皇上，天意不可违啊……”

万历叹了一声：“爱妃你先起来，容朕再考虑一下，改立太子是大事，需从长计议。”

“从长计议……这都等了多少年了？何时才是个头啊？皇上，你能等得，妾身却等不得了。将来太子一旦得势，他能容得下我们母子吗，那满朝文武能容得下我们母子吗？皇上你知道吗，妾身无时无刻不在害怕，无时无刻不在心惊肉跳啊！这样的日子，妾身真的受够了，既然生不如死，还活着做甚？罢罢罢，皇上，你我来世再见吧！”郑贵妃说完，竟哭哭啼啼爬起身，冲着旁边的殿柱一头撞去。

郑贵妃知道万历不好糊弄，所以这一下便撞得货真价实。“咚”的一声大响，郑贵妃额前鲜血长流，身子滚了几滚，伏在地上不知死活。

“娘！”

“娘娘！”

朱常洵和崔文升回过神来，皆哭叫着扑上前去。

万历也大惊失色，奔过去一把抱住了郑贵妃：“爱妃，爱妃！”

郑贵妃缓缓睁开眼，气若游丝：“皇上……”

“爱妃你……你这是何苦啊？”万历说着，又冲身旁急喝道，“快！你们别光愣着，快去传太医！”

朱常洵和崔文升正要起身，郑贵妃却突然伸出手来，将他们死死地扯住：“不准去……”

万历急道：“崔文升，你速去传朕口谕，让文武百官明早都到朝堂上候着！爱妃，朕什么都答应你，你快松手，让朕帮你叫太医啊！”

郑贵妃嘴角上泛起一丝不易觉察的笑意，慢慢将手松开：“谢皇上隆恩……”

自国本之争后，万历这十几年来，终日累月地怠政，几乎没迈入过朝堂半步。乍闻召宣，满朝文武都炸了锅，翌日天还没亮，便一个个穿戴整齐，早早地来到朝堂等候。

群臣等了半晌，万历终于露了面。一些上了年纪的大臣喜不自胜，居然激动得老泪纵横，颤巍巍地跪在地上山呼万岁。

万历在龙椅上坐定，向下抬了抬手：“诸位爱卿，都平身吧。”

“谢吾皇万岁！”群臣再叩了叩，分列在大殿两旁。

万历冲身旁的太监使个眼色，那太监便尖着嗓子，向殿外喊道：“宣太子、福王觐见！”

不多时，朱常洛和朱常洵先后入殿，冲万历行过礼后，双双立在一边。

见人都到齐，万历便清了清嗓子：“朕今日召集列位臣工，是有一桩要事宣布。”

群臣交头接耳、私语窃窃：“要事？”

“在宣布要事之前，朕要让诸位爱卿瞧一样东西！”万历说着，举手示意。

旁边太监会意，将手中托盘上的黄布一掀，露出了那方青铜玺。

朱常洛心中一紧，不由得看向朱常洵。那朱常洵洋洋自得，也正朝着朱常洛冷笑。

万历又咳嗽一声，向那太监道：“去，让每位爱卿都仔细瞧瞧。”

“是。”太监答应着，托起青铜玺来到群臣面前，“各位大人，都请上眼一观吧。”

群臣围了过来，拿起那青铜玺，小心翼翼地翻瞧。当看清了玺底刻字，群臣顿时哗然：

“嗬，这是咱大明朝的传国宝玺啊！”

“不错，这宝玺古朴斑斓，确为洪武朝所制。”

“能寻到太祖传下的这方宝玺，真可谓是万岁之福、大明百姓之幸……”

“极是极是，万岁爷洪福齐天！”

一时间，殿上谀辞纷起。万历很是满意，又乘兴问道：“照诸位爱卿的意思，这方宝玺在谁手中，谁便是九五之尊了？”

群臣都没听出万历的弦外之音，齐声附和道：“既然是传国宝玺，那当然要在一国之君的手中。”

“好！”见时机到了，万历便朗声道，“朕也是这么以为。这宝玺是我大明圣物，皇帝得之，执掌大宝；皇子得之，则当立为皇储！”

一听“皇储”二字，群臣登时打个激灵，皆你瞧我、我瞧你，不再吭声。

“怎么？”万历皱起眉头，“诸位爱卿为何不说话了？难道朕说错了吗？”

朱常洵赶紧上前一步：“父皇金口玉言，岂有说错之理？众位大人不开口，自然是默以为然。”

万历点了点头，又转向朱常洛：“太子，你意下如何？”

朱常洛只得道：“父皇之言有理有据，儿臣并无异议……”

“那好！”万历一拍龙椅，“这传国宝玺，乃我大明君主印信，如今它失而复得，理当祭礼太庙，告慰列祖列宗。并且，重获此玺之人，为朕之皇子，既然他为大明立下如此不世之功，那朕自然就要重重地封赏于他，将他的封号，再升一级！”

万历言下之意，分明是要立朱常洵为太子。群臣又惊又急，“呼啦”跪满了大殿，一个个苦口婆心，冒死直谏：

“请万岁三思！东宫乃国之根本，动则伤及国运啊！”

“此举万万不可！皇上请收回成命吧……”

“放肆！”万历“噌”的一声从龙椅上站起，厉声喝道，“朕身为一国之君，所说的话就是圣旨！你们一个个抗旨不遵，是要置朕于何地？”

话音方落，殿外便传来一个声音：“你闭塞言路，一意孤行，又置这满朝的臣工于何地？”

此话一出，殿上一片死寂。那句话言辞犀利，无异于直接骂万历是昏君。群臣愣了半晌，这才提心吊胆地回头望去。只见殿门口缓缓走进两人，一个淡妆素裹，一个白发苍苍。

待看清二人面容，群臣心里的石头总算落了地，纷纷跪倒，齐齐行礼：“参见太后、参见皇后娘娘！”

万历冲龄践祚，在亲政之前，生母李太后对其管束极严。在李太后的悉心教导下，万历少时也曾励精图治，颇创下几桩政举。后来李太后年事渐高，久居深宫颐养，万历没了牵制，便逐步懈怠，以至多年不曾临朝。

然万历素来自诩仁孝，对母亲也是敬畏有加，故而群臣见是李太后出马，皆大松了一口气。

李太后手里拄着一支龙头拐杖，在王皇后的搀扶下，一面朝前走，一面向着群臣笑着点头：“快起来吧……”

朱常洛与朱常洵见状，也慌忙上前叩拜：“给皇祖母请安，给母后请安！”

李太后对朱常洵视若不见，反向着朱常洛伸出手来：“好洛儿，来来，皇祖母扶你起来。”

万历怔了怔，几步到了近前：“母后怎么来了？这正在商议家国大事……”

“家国大事？”李太后哼了一声，“当年你登基时才十岁，哀家可没少帮你处理家国大事。听说今日，那久不临朝的皇帝竟把群臣召集到朝堂，哀家心里好奇，过来瞧瞧热闹也不成吗？”

“母后教训得是。”万历拭了拭额头冷汗，转头向太监道，“还不搬绣墩来？”

那太监手脚麻利，片刻光景便将绣墩设好：“请太后和皇后娘娘入座。”

李太后坐定，又朝万历道：“不是商量大事吗？你接着说，让哀家也听听！”

万历面露难色：“这个……这个么……”

“什么这个、那个？”李太后将龙头拐杖朝地上重重一顿，“别以为哀家耳背！方才是谁在喊着什么宝玺啊、皇储的？怎么着，拿着传国宝玺就能当皇帝？那你当年登基时，怎么没见着这方宝玺呢？”

见万历有些下不来台，朱常洛忙向李太后劝道：“皇祖母，您老人家消消气，父皇既然说了‘皇子得之，则当立为皇储’，总不能让他失信于天下吧？”

李太后一怔：“洛儿你……”

“皇兄所言极是。”朱常洵赶紧道，“父皇一言九鼎，说出去的话，就如泼出去的水，岂有收回之理？”

李太后正要呵斥，朱常洛却在她手心轻轻一捏。李太后心知他定有深意，遂不再作声。

朱常洛看了看朱常洵，又瞧了瞧那方宝玺：“敢问父皇，不知这传国宝玺，是何人所得？”

万历一指朱常洵：“福王说是他找到的。”

“哦？”朱常洛眉头一蹙，“三弟，你这样堂而皇之地撒谎，着实不应该啊。这宝玺一直在我那里，不知三弟是如何盗去的？”

“你放……”朱常洵看一眼李太后，急忙将那个脏字咽回肚里，

“皇兄，你说这番话，可得拿出真凭实据来！”

“要证据？好！”朱常洛一指青铜玺，“这玺上另藏着玄机，若真是你的，你想必能知道吧？”

朱常洵心中暗笑，走到那玺前急拨了几下，九只小鼎上的宝石互照，赫然亮出个鲜红的“王”字。

那“王”字一现，群臣再度哗然。朱常洵得意地望着朱常洛，满眼皆是挑衅：“怎么样皇兄？这下你还有何话讲？”

朱常洛哼道：“这便是三弟所说的玄机？真是仁者见仁、智者见智啊，是了，三弟仅是个藩王，故而只能瞧见一个‘王’字。”

朱常洵喝道：“我不与你逞那口舌之快，反正这传国宝玺，就是我得来的！”

“大言不惭！”朱常洛正色道，“你连那传国宝玺的样子都没见过，居然还有脸说是你得来的？”

朱常洵在青铜玺上一拍，冷笑道：“怎么，皇兄无计可施了，就想说这方宝玺是假的？”

朱常洛亦笑道：“宝玺倒是不假，只不过三弟所拍的，是那盛装传国玉玺的宝函！”

“宝函？”不只是朱常洵，就连万历都是一怔，“这怎么可能？它上面连条缝隙都没有，晃着也没听见里面有动静啊！”

“没有缝隙，是因它做工精巧；听不见动静，是因里面填充得严密。”朱常洛说着，慢慢走到了函前，“三弟瞧好了，我教你如何开启这宝函。”

只见朱常洛将那九只小鼎重新旋转，鼎间的宝石灭了又亮，等他停下手来，众人再朝那上面瞧去，原来那个“王”字早已不在，取而代之的，居然是个鲜红的“卍”字。

“卍者，万法归宗。太祖曾于皇觉寺出家，以这卍字为开启宝函的密钥，应是想借这无边的佛法，来庇佑我大明的江山社稷！”

朱常洵已是哑口无言，只瞧着那刺目的“卍”字亮了几亮，那宝函的上部，便缓缓升起。

朱常洛伸手将函中之物取出，亮于众人眼前：“大伙看清了吧？这才是真正的大明传国宝玺！”

群臣皆抻长了脖子，仔细地打量。只见朱常洛手中之物赤红如火，一时竟认不出是何玉所制。

“明以火德，故而这传国宝玺，特意选用凉山所产的赤玉雕就。”朱常洛说着，又将玺底露出，“所刻篆字共为十六，则是‘天命明德，表正万方，精一执中，帝业永昌’。三弟，如今你还有何话讲？”

朱常洵不作声，万历也是默然不语。朱常洛将宝玺轻轻放下，又来到了宝函前：“咦？这函中好像还有一张绢书。”

“绢书？”朱常洵转头望去，一见朱常洛手中之物，脸色登时变得惨白。那东西不是别的，正是之前他写与红珠僧的契约：“快给我，那是我的！”

朱常洛将绢书掩在身后：“不错，这上面落着三弟的名字和手印，应该是三弟的。”

朱常洵骇得浑身直颤，拼命地争抢：“拿来！还我！”

“放肆！”李太后厉喝一声，“朱常洵，你把这里当什么地方了？”

“我……我……”朱常洵两股战战，身子慢慢瘫坐在地上。

李太后不再理他：“洛儿，那绢书上写了什么？你大声地念出来，让皇祖母和这文武百官听听！”

朱常洛看了一眼失魂落魄的朱常洵，将绢书递向了李太后：“皇祖母，这绢书不宜当众宣读，您老人家还是亲自过目吧。”

李太后接来，眯着眼睛费力地看了起来。越往下看，李太后的脸色便越是阴沉，看到最后，竟气得浑身发抖。

万历瞧出不对劲，急忙上前：“母后……”

李太后将那绢书摔到了万历身上：“瞧瞧吧，瞧瞧你养的好儿子！”

万历赶紧展开绢书，一目十行地阅罢，同样是怒火中烧：“这……这逆子……”

“行了！”李太后喘均了气，在皇后的搀扶下站起身来，“这种事，自己心里头明白就成了，那绢书即刻焚毁，不得有一字传出！”

万历羞怒交加，唯有诺诺连声。

李太后来到朱常洛面前，拉起了他的手：“洛儿啊，皇祖母这记性愈发不成喽，你那由校孩儿，现在是几岁来着？”

朱常洛笑道：“回皇祖母，由校快两岁了。”

“好啊，”李太后又拍了拍朱常洛的手，“这宝贝重孙儿，皇祖母一直没怎么见到，哪天你抱到慈宁宫去，让皇祖母好生瞧瞧……”

朱常洛点头道：“好。”

李太后再来到朱常洵面前：“该回过神来了吧？”

朱常洵一怔，忙扑在地上不断磕头：“皇祖母，洵儿知罪了！”

“别大呼小叫！”李太后低斥一声，慢慢弯下腰来，“你给我记住喽，咱们老朱家，打开国到现在，还没出现过割地的子孙。谁要敢割了地，别说是什么官职、爵位，就连那个‘朱’姓，哀家都会给他削了！”

朱常洵伏在地上，汗如雨下：“是……皇祖母的话，洵儿绝不敢忘……”

李太后缓缓直起腰，向着万历道：“皇帝，现在你知道，那传国宝玺是谁得来的了吧？”

万历忙道：“是……是洛儿得来的……”

“明白就好。这样吧，等我那由校重孙再长大些，你就赶紧册立他为皇太孙吧。早立早好，省得让有些人再起邪心思！”李太后扭过脸，向王皇后道，“喜姐儿，咱们也该回了……”

“是。”王皇后点点头，又搀起李太后，慢慢走出了大殿。

群臣纷纷跪倒，山呼海喝：“恭送太后、恭送皇后娘娘……”

待庙堂的风波弭定，徐振之与许蝉，已行在了京郊的野径之上。

徐振之安步当车、悠然赶路，许蝉却若有所思，时不时地朝京师方向回望几眼：“振之哥，你说咱们就这么走了，也不知太子那边事办得如何……该不会有什么差池吧？”

“放心，”徐振之笑了笑，“一切尽在掌控。只要殿下依我计策而行，定会大功告成。”

“也是，”许蝉点点头，“连老太后都请去坐镇了，肯定能稳操胜券的。对了振之哥，关于那事，我还有一点疑惑……”

“我知道你想问什么。”徐振之接着道，“不错，那青铜玺，正是我故意送出去的。其实从打开宝函的那刻起，我就开始琢磨，如何能将它送到福王手中，不想那伙戍军赶来，恰好帮了我的大忙。”

许蝉再问道：“为何一定要送出去？是因你在那函中，提前藏了福王的卖国绢书？”

徐振之摆了摆手：“那绢书仅是推波助澜，并非我的主要目的。我送玺的真正意图，是要借皇上的金口玉言，来认可那方传国宝玺。”

许蝉不解道：“那方传国宝玺，是如假包换的太祖敕制，何需皇上来认可？”

徐振之笑道：“不知你想过没有，宝玺的真假，其实与皇位无关。若皇上肯承认，那玺方能有用；若皇上不认，它无非就是古印一方罢了。”

许蝉稍加思索，总算明白了徐振之的意思：“哈，我懂了……”

正说着，徐振之目光一凛，眼睛直直望着前方。许蝉一怔，也扭脸瞧去，只见不远处赫然出现了一片烧塌的废墟。残砖碎瓦，颓垣断壁，放眼过去，满目疮痍，仅有那半垮的门楼，孤零零斜撑在那里，勉强挑着一截檐兽戗脊，依稀显露出从前的富丽堂皇。

“那……那是眠月山庄？”

二人互视一眼，心中五味杂陈，绕开绊脚的焦梁烂檩，踏入了曾经的院落内。院中也凌乱不堪，沉积着一层焦黑的灰烬，充斥着破败与死寂。犄角旮旯里，几株野草顽强地生长着，这才使得院内尚有一丝活气。

时变境迁，沧海桑田。昔时的虎穴豺窟，已成了脚下这片空余狼藉的焦土。徐振之回首往事，感慨万千。这一路走来，也不知遇上了多少凶险，一桩桩、一件件，皆历历在目。如今故地重临，徐振之仿佛又看见了那个青涩的少年，凭着一腔热血，任身畔千帆过尽，依然是初心不改、砥砺中流。

历经共苦同甘，夫妇间情而弥坚。此时的许蝉，也非当初那个涉世不深的小丫头，她触景生情，不自禁地朝徐振之瞧去，却发觉徐振之也正在望向自己。

二人相顾一笑，心照不宣。虽未吐只字，已胜万语千言。

待了一阵，夫妇二人缓缓离开废墟。许蝉又朝京师方向望了一眼，喟叹道：“这一别，也不知何时才能相见。结伴入川那会儿，一行人有说有笑多热闹啊，此时缺了郭鲸、薛鳄他们，总感觉身边有些冷清……”

“是啊，”徐振之也叹道，“俗谚云，外出十日，为风雨计；百日则为寒暑计；千日便是生死计。想当初，咱们一行栉风沐雨、由寒至暑，就连生死也是休戚与共……唉，乍别之下，我也是诸般不舍。好了，不提这些了，咱们赶路吧。”

“嗯。”许蝉点点头，继续前行。

约莫一顿饭的光景，前方一人行色匆匆，与夫妇俩擦肩而过。许蝉没加在意，徐振之却暗中留神，只见那人腰里别着斧头，肩后背着薪篓，像是个砍柴的樵夫。

果不其然。那人径直来到路旁一棵树下，摆开架势、亮出斧子，开始一面“嗬嗬”喊着号子，一面“砰砰”伐起树来。

许蝉回头瞧了瞧，笑道：“这樵夫嗓门挺大，力道也足，看来是个打柴的好手。”

徐振之未置可否，只是拍了拍许蝉的肩头：“接着走吧。”

再行一段，前面又出现了一个挑担货郎。那货郎许是走累了，正坐在担子上歇息。一见二人近前，他便从怀里掏出个拨浪鼓，“咚咚啪啪”地摇着，热情招呼起来：“我这不少有趣的玩意儿，二位要不要买上几个，带回去给家中的小少爷玩呀？”

徐振之摆了摆手：“我夫妇新婚，尚未诞有子嗣。”

“那又何妨？”货郎笑嘻嘻道，“这位夫人耳厚多福，一瞧就是宜男之相，先买回去备着，保管日后喜信频传、三年生俩！”

见那货担里琳琅满目，许蝉本想凑上去挑，可一听这话，羞得满脸绯红，冲那货郎啐道：“呸！冲这油嘴滑舌的讨厌劲，你这生意就开不了张。振之哥，咱们别理他！”

说完，许蝉拖起徐振之便走。

那货郎也不以为意，仍旧乐呵呵地晃着拨浪鼓，高声叫卖道：“瞧一瞧看一看啊，咱这玩意儿真齐全，糖猫、泥猴、不倒翁，风车、弹弓、竹蜻蜓……”

往前行出半里后，一座茶酒棚又映入了二人眼帘。

许蝉四下瞧瞧，眉头轻蹙：“振之哥，你有没有觉得不太对劲？我记得来时经过这里，附近连个鬼影都看不见，怎么一别数月，反倒热闹起来了？”

“是福不是祸，是祸躲不过。别想那么多了，咱们先歇歇脚，稍后怕是得费一番口舌了。”徐振之莫名其妙地扔下这句，走到棚中坐定。

那店家正在角落里司炉，或许是柴火有些受潮，折腾得满脸炭灰。见二人进来，店家也空不出手，棚中一名妇人见状，便急忙上前张罗：“二位用些什么？”

“上最好的酒，再多备几个碗来！”徐振之一反常态，竟摸出一锭大银，大喇喇拍在桌上。

许蝉一怔，赶紧扯了扯徐振之衣角：“振之哥，财不露白，这还是你教我的……”

“兵无常势，水无常形，这次我偏要反其道而行之。”徐振之笑笑，向那妇人道，“你们像是些老实的生意人，应该不会见财起意吧？”

“不敢不敢，公子稍等，我这便去准备酒水。”那妇人说完，唯唯诺诺地去了。

“到底是老实人，光顾着备酒，却忘了拿走这银两。“徐振之取了桌上银锭，抛向那店家，“接着！”

银锭在地上滚了几滚，落在店家脚边。那店家头也没回，随手抓起塞入怀中，又“嘿嘿”笑了几声，算是答谢。

不多时，那妇人折了回来。她摆好几只大碗，依次斟满了酒水：“公子请自便，若没其他事，我先下去忙了……”

“且慢！”徐振之突然叫住她，“我娘子不胜酒力，我自饮也无趣，不如你来陪我喝上几杯？”

不光妇人脸色一变，就连许蝉也跟着心中一紧。但她清楚徐振之的为人，知道他这么说，定是另有深意。许蝉未动声色，却悄悄伸出手，按在了腰间的秋水剑上。

见妇人不语，徐振之又道：“怎么，是嫌赏钱给得少？”

那妇人冷冷道：“公子一派斯文模样，不想却如此轻浮。我们乡野之人，比不得那教坊伶妓，不会陪酒伴笑！”

那店家也只得起身道：“是啊公子，你就别为难我浑家了……”

徐振之突然大笑几声：“李公公，你何时与印月姑娘结了对食？先去擦把脸再说吧。”

听他道破，二人也不再隐瞒，齐齐在面上抹了几把，露出了原本模样。

许蝉俏目一瞪：“还真是你们俩！”

客印月巧笑嫣然：“徐公子当真了不得，不知我哪里露出了马脚？”

徐振之微微一笑：“印月姑娘下次再扮农妇时，别只换布衣荆钗，也记得少搽些香粉。”

客印月举臂嗅了嗅，莞尔道：“这点倒是疏忽了。”

许蝉大惑不解：“你们怎么猜到我和振之哥会走这条道？”

李进忠正要开口，徐振之已然说道：“那自然是探子的功劳。咱们一动身，八成就已被耳目盯上，方才遇到的樵夫、货郎，应该就是他们的人。那二人无论是号子声，还是招徕声，皆暗含节奏，用以传递信息，好通报我们的下落。李公公，我这番推测对也不对？”

李进忠讪笑几声，没有否认。正当这时，棚外传来马蹄阵阵，紧接着靴声跫然，三人急匆匆闯了进来。

打头一人是朱常洛，郭鲸、薛锷伴其两旁。见朱常洛面带红光，徐振之便知大事已妥，遂起身拱手，向他贺道：“恭喜殿下。”

“全仗徐兄妙计。”朱常洛抱了抱拳，将话锋一转，“不过徐兄此番不辞而别，却有些讲不过去，难道是嫌我招待不周？”

客印月娇笑一声，抢先道：“还好主子及时赶到，这徐公子铁了心要回乡，人家怎么劝都劝不住呢。”

“又来妖里妖气！”许蝉秀眉一蹙，“我和振之哥帮你们把事情做完了，不回家还待在这里干吗？”

薛锷急道：“在京城多好，徐夫人，你们就留下吧，我和郭二哥也好天天请你们吃酒。”

“是啊徐公子，”郭鲸也劝道，“你们这冷不丁要走，咱哥俩可真是舍不得。再说福郑一党虽然受挫，但未能伤其根基，太子这边，依然需要徐公子辅佐啊！”

“对对对，”李进忠忙插言道，“主子之前还说过，想请徐公子留在东宫担任赞善一职。徐公子，你可别嫌这官位低，若日后……”

“李公公哪里话？”徐振之摆手打断，“徐某向来无意功名，更不贪图富贵。殿下，并非我故作清高不肯入仕，只因辞乡已久，家中老母日夜亟盼。这区区寸草之心，还望殿下成全。”

听他把话说到这份儿上，朱常洛知再劝也是枉然，轻叹一声，从桌上拿起一碗酒："既然徐兄归心似箭，那我也不强人所难，这碗薄酒，算是与徐兄践行吧。"

"谢殿下，振之先干为敬。"徐振之说完，将手中美酒一饮而尽。

徐氏夫妇去意已决，郭鲸、薛鳄纵有百般不舍，也无可奈何，只得闷声不响地跟在他们身后，送了一程又一程。

远处难舍难分，朱常洛也带了客印月与李进忠，留在棚边默然目送。见朱常洛怅然若失，客印月轻声笑道："主子，你真舍得放他离去？这徐振之的大名，怕是已传到郑贵妃和福王耳中了。"

"不错，这徐振之的确有些本事，并且知道不少咱们的底细。万一被福王他们拉拢过去，后果可是不堪设想啊。主子，奴才斗胆多句嘴，像徐振之这种人，用好了是骨肱，可用不好，只怕就是隐患了……与其放之任之，倒不如……"李进忠说着，抬起掌缘在自己脖子上一抹。

朱常洛未置可否，双目如箭，冷冷刺向李进忠。

李进忠脸色一变，"扑通"跪倒在地，"啪啪"自掴起面颊："奴才该死！奴才胡说八道！"

朱常洛不再理他，缓缓说道："之前从他们口中，我听说好像还有个'五脉'。印月，之后你派人暗中查查这事，记住，不要告诉郭鲸、薛鳄，更不可惊动了徐振之。"

客印月笑意一敛，郑重地点点头："主子放心，印月明白！"

更多精彩，敬请期待《徐霞客山河异志2》

《徐霞客山河异志2》
即将出版，精彩预告：

正当朝堂内的太子之争方兴未艾之时，四海之内早已是另一番景象。

山河令令主汤显祖亮出身份，四处寻找山河五脉的故人，欲图重振五脉。值此之时，盘踞东北的叶赫女真部公主化名“纳兰”潜入中原，想要借明朝元勋李成梁之手，除掉自己的杀父仇人努尔哈赤。蒙古诸部的末代大汗虎墩兔憨也紧随其后，四处游说大明边疆部落脱离大明。

归隐田园的徐霞客本无意于此，却被汤显祖设计引出，作为地师传人，跟随汤显祖一道游历山河各处，寻找其他几脉后人。哪知从四面八方拥来的各部势力早已盯紧五脉。一瞬间山河动荡，五脉的存亡悬于一线……

扫描紫焰二维码，并回复“徐霞客2”

抢先试读《徐霞客山河异志》第二部！